Doris Strobl

Kampf um den Astaller-Hof

Doris Strobl

Kampf um den Astaller-Hof

Roman

rosenheimer

www.rosenheimer.com

Titelfoto: © Andreas P. – Fotolia.com (oben) und
© 4FR – iStockphoto.com (unten)
Lektorat und Satz: BuchBetrieb Peggy Stelling, Leipzig
Druck und Bindung: GGP Media GmbH, Pößneck
Printed in Germany

ISBN 978-3-475-54252-7

Kapitel 1

»Cäsar, wir haben uns verfahren!«, seufzte Franziska und lenkte ihren Wagen auf den Parkplatz vor der kleinen Dorfkirche. Cäsar, der vierjährige Golden Retriever, schaute sie treuherzig an, winselte leise und ließ sich wieder auf das Polster der Rückbank sinken.

»Mein Gott ist das märchenhaft!«, rief Franziska begeistert. Das kleine Dorf in der Nähe von Garmisch-Partenkirchen schmiegte sich malerisch an einen hohen Berg. Dessen schneebedeckte Spitze, angestrahlt durch die warme Frühlingssonne, wirkte wie hell erleuchtet. Das sanft sprießende Grün der Pappeln und Sträucher, das den lang ersehnten Frühling verkündete, bildete dazu einen reizvollen Kontrast. Ein Teil des Berges und der Bäume spiegelten sich in einem kleinen See.

»Wie aus dem Bilderbuch«, murmelte die junge Frau und beugte sich widerwillig über die Straßenkarte, die auf dem Beifahrersitz lag. Interessiert schob Cäsar seine Schnauze nach vorn und begann ihre Hand zu lecken, während sie ratlos auf den Plan starrte. Franziska streichelte über den Hundekopf und stöhnte: »Eine 27-jährige Frau sollte in der Lage sein, eine Straßenkarte zu lesen, oder?« Sie drehte und wendete das Papier und fuhr mit dem Finger den Straßenverlauf nach. Die Unsicherheit, in welche Richtung sie weiterfahren sollte, blieb. Auf dem kleinen Zettel mit ihren handschriftlichen Notizen, die sie nach der Wegbeschreibung von Herrn Astaller gemacht hatte, tauchte der Name Seehöfl, der Ort, in dem sie sich jetzt offensichtlich befand, definitiv nicht auf.

Während sie in der Handtasche nach dem Handy kramte, um den Besitzer der Hundepension anzurufen, schnappte Cäsar schließlich nach der Landkarte und beutelte sie hin und her. »Cäsar – aus!«, schrie Franziska.

Wie immer hörte er nicht auf ihre Befehle. Der Plan zerriss, als sie versuchte, ihn dem Hund zu entwinden. Auf dem Rest der Kartenteile kaute Cäsar so lange herum, bis sie aufgeweicht und unleserlich waren.

»Du bist ein böser Hund!«, schimpfte Franziska. Ihr Liebling bedachte sie mit seinem unschuldig-treuherzigen Blick, der jede erzieherische Maßnahme sofort zunichte machte.

»Wieso kaufe ich mir denn aber auch kein Navigationsgerät«, stöhnte Franzi leise. Cäsar hatte sich auf die Rückbank des Autos verzogen, als sie die Nummer der Hundepension eintippte. Fast zeitgleich mit dem Freizeichen ertönte ein lauter Warnton. Sofort brach die Verbindung zusammen, und mit Schrecken erkannte Franziska, dass sie vergessen hatte, den Akku ihres Handys rechtzeitig aufzuladen.

»Mist!«, schimpfte sie und drehte sich zu Cäsar um. »Was machen wir denn jetzt? Wir hätten schon vor einer Stunde in Dirnbach sein sollen.«

Cäsar hob den Kopf und gab ein fiependes Geräusch von sich, mit dem er zu verstehen gab, dass er dringend sein Geschäft verrichten musste.

»Na komm«, ermunterte ihn Franzi. »Wir müssen sowieso aussteigen und sehen, ob wir jemanden finden, der uns sagen kann, in welcher Richtung es weitergeht.«

Cäsar ließ sich bereitwillig von seinem Frauchen das Halsband mit der Leine anlegen. Laut bellend sprang er mit einem gewaltigen Satz aus dem Auto.

»Pssst, Cäsar, ruhig«, befahl Franzi. Er ignorierte diesen Einwand und zog sein Frauchen mit sich, als er einen Hasen entdeckte, der mit gewaltigem Tempo ein Feld durchquerte. Als sich das Tier aus seinem Blickfeld entfernt hatte, beruhigte sich Cäsar und begann, am nächsten Baum gründlich und ausgiebig zu schnuppern. Der Ort schien menschenleer. Die Kirchturmuhr schlug fünfmal. In der Hoffnung einen Dorfbewohner zu treffen, lief Franzi mit zügigen Schritten auf die Dorfmitte zu. Cäsar, unwillig darüber, dass er nicht ausgiebig die fremden Gerüche erschnüffeln durfte, musste es sich gefallen lassen, dass Franzi seine Leine kurz hielt und ihn weiterzerrte. Nach einer kleinen Biegung rief Franziska erleichtert: »Cäsar schau, ein Gasthof!«

Sie ging auf das stattliche Anwesen zu, dessen Fassade den Schriftzug »Zum Schwanen« trug. Sie drückte die gewaltige, schwere Holztür auf und stand in einer geräumigen Gaststube. Die mit dunklem Holz getäfelten Wände verliehen dem Raum eine behagliche Gemütlichkeit. An einem Tisch in der Nähe der Schänke saßen junge Männer und spielten Karten. Einer von ihnen, dessen braune, lockige Haare bis auf seine Schultern fielen, hob kurz den Kopf und rief ihr zu: »Es ist noch g'schlossen, und Hunde sind hier drin nicht erlaubt!«

»Ich geh' gleich wieder«, versicherte Franzi. »Sie können mir doch sicher den Weg nach Dirnbach sagen, oder?«

»Was meint ihr Burschen«, fragte der Lockenkopf und sah mit einem spöttischen Lächeln in die Runde, »wollen wir dem hübschen Fräulein helfen?«

»Dirnbach?«, fragte ein anderer Mann und schaute sie aufmerksam an. Franzi nickte.

»Dirnbach«, echote der Lockenkopf, während sie sein musternder Blick streifte. Es gefiel ihm, was er da sah. Er mochte Frauen mit weiblichen Kurven. Ihre blonden Haare würden mir etwas länger noch besser gefallen, dachte er und sagte: »Kein besonders aufregender Ort, um Urlaub zu machen.«

»Das habe ich auch nicht vor, ich will in die Hundepension von Herrn Astaller.«

Die Männer lachten verächtlich, und der Lockenkopf sagte: »Der Astaller-Lenz ist ein eigenbrötlerischer Kauz. Wenn ich einen Hund hätte, würde ich ihn sicher nicht bei so einem lassen.«

Einer der Männer versuchte zu beschwichtigen. »Sie brauchen nicht alles glauben, was der Wirt sagt, junge Frau. Das ist etwas Persönliches zwischen ihm und dem Lenz.«

»Sie sind der Wirt dieses Gasthofes?«, fragte Franzi verblüfft.

»Gestatten, Jakob Stettner, der Schwanenwirt, höchstselbst!«, erwidert er theatralisch.

»Bitte«, flehte Franziska, »ich sollte schon seit einer Stunde dort sein. Sagen Sie mir doch, welchen Weg ich nehmen muss.«

Jakob erhob sich und schlenderte auf Franzi zu. Er ging vor Cäsar in die Knie, ließ ihn an seiner Hand schnuppern und kraulte seinen Kopf. »Armes Vieh«, murmelte er. »Hat das Frauchen genug von dir, dass sie dich in fremde Hände gibt?«

»Das geht Sie überhaupt nichts an!« Franzi wandte sich empört ab und schob Cäsar mit einem Ruck von Jakob weg. Sie hatte bereits die Hand auf der schmiedeeisernen Türklinke, als der Wirt rief: »Am Gasthof rechts den See entlang, nach etwa acht Kilometern beim Feldkreuz rechts. Bleiben Sie auf der Straße, bis sie nur noch links abbiegen können. Dirnbach ist ein kleiner Weiler mit ein paar Häusern, fahren Sie an denen vorbei und nehmen sie den ersten Feldweg, der nach rechts abgeht. Am Waldrand finden Sie den Astaller-Hof.

»Danke«, murmelte Franziska erleichtert. Während sie den Türknauf nach unten drückte, drehte sie sich noch mal um und sagte: »Auf Wiedersehen.«

»Das würd' mich freuen«, hörte sie Jakob spötteln, bevor die Tür sich hinter ihr schloss.

Kapitel 2

Es dämmerte bereits, als Franzi mit eineinhalbstündiger Verspätung am Astaller-Hof ankam. Schwungvoll bog sie auf das großzügige Gelände ein. Der alte Bauernhof lag idyllisch an einem kleinen Bach.

Hunde fingen an zu bellen, und Cäsar fühlte sich aufgefordert, in dieses Kläffen einzustimmen.

»Ruhig Cäsar!«, rief Franzi, öffnete vorsichtig die Fahrertür und stieg aus. Merklich kühlere Luft empfing sie, und als sie im Wageninneren nach ihrer Jacke suchte, drängte sich Cäsar an ihr vorbei. Vergeblich versuchte sie, die Hundeleine zu erhaschen. Blitzschnell sauste der Hund über den Hof in die Richtung, aus der das laute Bellen ertönte.

Resigniert brüllte Franzi seinen Namen und lief ihm hastig nach. Zwischen zwei Gebäuden erschien ein alter Mann, der Cäsar mit einem gezielten Griff am Halsband packte. Der Hund jaulte auf und Franzi fragte unsicher: »Herr Astaller?«

Er nickte. Während er Cäsar festhielt, streckte er ihr die rechte Hand entgegen und grummelte: »Lorenz Astaller. Sie sind ganz schön spät dran, Frau Obermair.«

Schuldbewusst drückte Franzi seine Hand: »Entschuldigen Sie bitte, aber ich habe mich leider verfahren und musste in einem Gasthaus nach dem Weg fragen.«

»So, so«, erwiderte Lorenz kurz angebunden. Erst jetzt kam Franziska dazu, ihn genauer anzuschauen. Das muss früher ein attraktiver Mann gewesen sein, dachte sie. Tiefe Falten zeichneten sein Gesicht. Das eisgraue Haar trug er straff zurückgekämmt. Die dichten Augenbrauen und der Vollbart verliehen ihm eine väterliche, gütige Ausstrahlung. Seine grünen Augen blickten freundlich. Und seine stattliche Gestalt strahlte Selbstsicherheit aus.

»Na, jetzt seid ihr ja da«, meinte er und beugte sich zu dem Hund hinunter.

»Und, welchen Namen hat dir dein Frauchen gegeben?«, erkundigte er sich.

»Cäsar!«

Das helle Lachen des Mannes dröhnte über das Hofgelände. »Da ist der Name Programm! Er ist der Boss und hört nicht auf Sie, hab' ich recht?«

»Stimmt«, gestand Franzi etwas kleinlaut. »Cäsar ist der unumschränkte Herrscher. Er tut meistens, was er will!«

Sie sah Herrn Astaller zerknirscht an, der inzwischen begonnen hatte, Cäsars Kopf zu kraulen.

»Das wird schon werden, Franziska«, versicherte er. »Mit dem förmlichen siezen sollten wir gleich aufhören. Hier bin ich für alle nur der Lenz«, bemerkte er resolut.

»Zu mir sagen alle Franzi!«

»Das ist aber ein schöner Name! Weißt du Franzi, das ist nicht der erste Hund, den ich in Obhut nehme und ihm nebenbei auch noch ein besseres Benehmen beibringe. Komm mit, dann zeig' ich dir, wie er untergebracht wird.«

Lenz hielt Cäsars Leine ganz kurz und sie gingen auf ein Nebengebäude zu. Wildes Hundegebell ertönte, das sofort verstummte, als Lenz mit donnernder Stimme »Aus!« rief.

»Ich bin beeindruckt«, lobte Franzi.

Er lachte herzlich. »Einer muss der Rudelführer sein, und das bin hier eindeutig ich!«

Sie traten in eine weitläufige Diele.

»Jeder Pensionsgast bewohnt sein eigenes Zimmer«, sagte Lenz schmunzelnd und wies mit einer ausladenden Handbewegung in eine der Räumlichkeiten.

Angenehm überrascht sah Franzi, dass der Fliesenboden sauber glänzte. Es gab eine Couch, Hundekörbchen und einige Decken. Spielzeug lag über dem Boden verstreut und ein Napf mit Wasser stand bereit. Ein Schäferhund kam interessiert näher. Durch die Glastür, die ihm den Weg nach draußen versperrte, beobachtete er schwanzwedelnd den Neuankömmling.

»Ich gehe davon aus, dass Cäsar kastriert ist?«

»Ja«, bestätigte Franzi.

»Das macht es einfacher«, stellte Lenz fest, während er weiterging. Sie traten durch die Hintertür ins Freie. Trotz der Dunkelheit erkannte Franzi, dass auf dem eingezäunten Gelände ausreichend Auslauffläche für die Hunde zur Verfügung stand.

Sie beugte sich zu Cäsar und streichelte ihn. »Ich glaube, dass es dir hier gut gehen wird«, brachte sie mit gepresster Stimme hervor. Zu Lenz gewandt, sagte sie: »Es fällt mir unsagbar schwer, mich von ihm zu trennen, aber es geht halt nicht anders.« Sie sah unglücklich aus, sodass sich der alte Mann betroffen abwendete. Die junge Frau mit dem raspelkurzen Haar und den leuchtenden blauen Augen hatte ihm auf Anhieb gefallen. Es rührte ihn, dass sie so traurig wurde. Schnell öffnete er eine der Glastüren und sagte mit betont munterer Stimme: »Cäsar, das ist dein neues Reich! Erobere es!«

Franzi huschte ein leichtes Lächeln über das Gesicht. Cäsar fing an, die Fliesen abzuschnüffeln und schaute sich interessiert um. Er entdeckte die Couch und sprang begeistert auf die Sitzfläche. Mit einem schweren Seufzer sank er nieder und schenkte seinem Frauchen einen treuen Hundeblick.

»Jetzt ist eine gute Gelegenheit sich zügig zu verabschieden«, riet Lenz.

Franzi streichelte Cäsar über den Rücken und vergrub das Gesicht in seinem braunen Fell.

Sie umfasste seinen Kopf mit beiden Händen und sagte zu ihm: »Sei brav, mein Cäsarlein, am Freitag komm' ich und hol' dich wieder ab.«

Mit einen leisen »Wuff« schien der Hund ihre Worte zu bestätigen.

»Komm mit ins Haus«, bat Lenz, nahm sie sanft am Arm und schob sie aus dem Raum.

»Hier ist der Vertrag«, sagte Lenz, als Franzi auf der gemütlichen Eckbank in der Wohnküche des Bauernhofes Platz genommen hatte.

Sie las das Papier flüchtig durch und unterschrieb am Ende des Blattes. Eine Woche hatte es gedauert, bis sie endlich diese Hundepension in der Nähe von München gefunden hatte, die einen freien Platz bot und bei der auch die finanziellen Bedingungen stimmten.

»Gibt es noch Besonderheiten, die ich über Cäsar wissen sollte?«, erkundigte sich der alte Mann.

»Er ist schrecklich verfressen«, bekannte Franzi und fuhr sich verlegen mit den Händen durch die Haare.

»Wie jeder halbwegs normale Hund«, konterte der alte Mann. »Hast du mir aufgeschrieben, was ich füttern soll?«

Sie kramte in ihrer Handtasche und holte einen dicht beschriebenen Zettel hervor, den sie ihm reichte.

Während Lenz über seinen Bart strich, überflog er den Text und lachte schallend.

»Der Kerl hat ein feines Leben bei dir! Kriegt ja stündlich was zu fressen. Du handelst bestimmt mit besten Absichten, aber artgerecht ist das nicht!«

»Cäsar durfte bisher tagsüber im Büro sein, aber das geht jetzt nicht mehr«, sagte Franzi und Tränen schimmerten in ihren Augen. »Wenn er brav war, bekam er halt zwischendurch immer Leckerli.«

»Ach so«, warf Lenz mit gedehnter Stimme ein. »Magst mir verraten, wieso der Hund jetzt nicht mehr mit dir kommen kann?«

Franzi zögerte. Zwei Stunden Heimfahrt nach München lagen vor ihr. Wenn sie hierbliebe, würde sich das morgen auf ihre Arbeitsleistung auswirken. Trotz allem immer pflichtbewusst, schimpfte sie sich in Gedanken. »Das ist eine längere Geschichte«, erklärte sie.

»Dann fang an zu erzählen«, forderte er sie auf.

»Ende März hatte ich eine Abschiedsfeier für meinen langjährigen Chef, Doktor Binzer, organisiert. ›Wenn ich meine Lehrzeit einrechne, arbeite ich seit fast 50 Jahren‹, hatte uns Doktor Binzer eines Tages erklärt. ›Meine Frau hat Rheuma und braucht ein wärmeres Klima. Daher werden wir zu meiner Tochter nach Amerika zu ziehen. Wir ihr wisst, lebt sie in Miami. Dann sind wir auch näher bei unseren Enkelkindern.‹

Meine Kollegen und ich hatten Verständnis für diesen Schritt, dennoch fiel uns der Abschied sehr schwer. Fast alle arbeiteten schon lange in dieser Kanzlei. Das Versprechen, einen Nachfolger auszuwählen, der gut zu passte, konnte Doktor Binzer nicht einhalten. Entgegen seiner Erwartung gab es nur einen Interessenten, dem er schweren Herzens sein Lebenswerk anvertraute.

Als Doktor Binzer an seinem letzten Arbeitstag die Steuerkanzlei betrat, überreichte ich ihm als kleinen Abschiedsgruß einen Blumenstrauß und kündigte ihm in der Küche eine Überraschung an.

›Torte? Kuchen?‹, fragte er hoffnungsfroh.

Als ich das bestätigte, seufzte er: ›Ach Leute, ihr werdet mir fehlen! Ich vermisse euch jetzt schon.‹

Als wir die Küche betraten, rief Doktor Binzer mit amüsierter Stimme: ›Cäsar, unser Bürohund, hat sich etwas Spezielles für mich ausgedacht!‹

›Cäsar!‹, kreischte ich entsetzt und versuchte, meinen unartigen Hund von den Wienerwürstel wegzuzerren, auf denen er genussvoll kaute.

Bis heute ist es mir ein Rätsel, wie es Cäsar geschafft hat, auf die Ablage zu springen. Doktor

Binzer vermutete, dass Cäsar sich irgendwie einen Stuhl herangeschoben hatte, um an die Beute zu kommen.

›Böser Hund‹, schimpfte ich. ›Was machst du denn da?‹

Doktor Binzer ergriff für ihn Partei. Er streichelte über sein Fell und meinte: ›Bist doch ein g'scheiter Hund, weißt genau, dass ich keine Würstl mag. Hast deinem Namen ›Cäsar‹ wieder alle Ehre gemacht!‹

Anschließend lobte Doktor Binzer das schöne Kuchenbuffet, und so mischte sich bald fröhliches Lachen in die Abschiedsstimmung.

Doktor Binzer behandelte Cäsar wie seinen eigenen Hund, aber dann kam sein Nachfolger Oliver Haupt.«

Franziska hielt inne, nahm einen Schluck vom selbstgemachten Himbeersaft, den ihr Lenz Astaller eingeschenkt hatte.

»Wie ging es weiter?«, fragte Lenz interessiert.

»Am Morgen kam der Nachfolger. Wie üblich, hatte ich Brez'n für alle geholt und in den Korb gefüllt, der an der Rezeption stand. Ich hielt meinen Kaffeebecher in der Hand, als durch die Eingangstür ein unverschämt gut aussehender Mann trat. Er trug einen dunklen, perfekt sitzenden Anzug und hatte seine braunen Haare mit Gel zu einer schnittigen Frisur geformt. Er bedachte die Empfangsdame Rita mit einem tadelnden Blick, stellte sich vor und erklärte uns, dass er keine Kaffeekränzchen dulden würde. Rita sollte sofort alle Mitarbeiter zu einer Besprechung zusammenrufen. Cäsar, der neben mir saß, sprang plötzlich auf und zerrte am Hosenbein von Herrn Haupt. Der schrie erschrocken auf und trat nach Cäsar. Er bezeichnete ihn als Drecksvieh, und als ich versuchte, ihm zu erklären, dass mein Hund sonst brav sei, lachte er hämisch auf.«

»Und verbot dir, den Hund weiterhin mit in die Kanzlei zu bringen?«

»Ja, er blaffte mich an, dass jetzt ein anderer Wind wehen würde und ich Cäsar sofort wegbringen sollte. Meinen Einwand, dass ich den Hund nicht den ganzen Tag alleine zu Hause lassen könnte, ignorierte er.«

»Oh weh, das klingt nicht gut«, stellte Lenz fest. »Aber mach dir keine Sorgen wegen Cäsar. Du wirst sehen, es wird ihm hier gefallen mit all den anderen Hunden. Den kleinen Bach hast du bestimmt auch bemerkt, da kann er jeden Tag schwimmen.«

»Ich hoffe, dass er sich schnell einlebt«, schniefte Franziska, der ihr Elend wieder bewusst wurde. »Aber was ist mit mir? Ich bin einsam ohne ihn.« Sie sah auf die Uhr und sprang erschrocken auf: »Jetzt muss ich losfahren. Ich hole noch Cäsars Lieblingsdecke und sein Spielzeug.«

Weit nach Mitternacht erreichte sie ihre gemütliche kleine Wohnung in München und sank müde ins Bett. Tränen flossen ihre Wangen herunter, als sie die leere Schlafdecke Cäsars sah, die neben ihrem Bett lag. Noch nie hatte sie sich in den letzten vier Jahren von ihrem Hund trennen müssen.

»Das kann ja heiter werden«, murmelte sie. »Cäsar fehlt mir jetzt schon, wie soll ich bloß die nächste Woche überstehen?«

Wie üblich stand Franziska am Montagmorgen um sechs Uhr auf. Nach ein paar Löffeln Müsli lief sie in den nahegelegenen Park, um ihre gewohnten Joggingrunden zu drehen. Sie machte einige Aufwärmübungen an einer Bank, als ein Mann an ihr vorbeilief. Er lächelte, schüttelte den Kopf und rannte weiter. Franzi wunderte sich, konnte sich aber auf sein Verhalten keinen Reim machen. Der nächste morgendliche Sportler hielt an und fragte: »Ist das jetzt der neueste Trend, mit einer Hundeleine um den Hals zu joggen?«

Erschrocken schaute Franzi an sich herunter. »Ach herrje«, stieß sie hervor, »die habe ich mir aus reiner Gewohnheit gegriffen. Sonst hatte ich immer meinen Golden Retriever dabei.«

Als sie die Steuerkanzlei ohne Cäsar betrat, versuchten ihre Kollegen, tröstende Worte für Franzi zu finden, denn sie hatten den Hund ins Herz geschlossen und vermissten ihn genauso wie Franzi. Oliver Haupt schien die frostige Stimmung seiner Mitarbeiter nicht aufzufallen, oder er ignorierte sie einfach.

Lustlos verrichtete Franziska ihren Job, der ihr sonst so viel Freude gemacht hatte. Sie vertiefte sich gerne in die kniffligen Steuergesetze. Doktor Binzer hatte sie für ihr exaktes Arbeiten und den freundlichen Umgang mit den Mandanten gelobt. Franzi liebte ihren Beruf und das Leben in der Großstadt. In München geboren und aufgewachsen, hatte sie sich einen Freundeskreis geschaffen. Es lag außerhalb ihrer Vorstellungskraft, dass sie sich auf dem Land wohlfühlen könnte. Doch immer öfter schweiften jetzt ihre Gedanken zum Astaller-Hof.

Am Freitagnachmittag, kurz vor Büroschluss, kam Herr Haupt in ihr Büro. »Ich habe Ihnen soeben eine Datei geschickt. Der Vorgang des Mandanten Meizer muss sofort bearbeitet und weitergeleitet werden.«

Franziska musterte ihn erschrocken. »Ich kann nicht länger bleiben, ich will heute zur Hundepension fahren und Cäsar abholen.«

Herr Haupt runzelte die Stirn und raunte verächtlich: »So sieht also Ihr Einsatz für die Firma und Ihr Verantwortungsbewusstsein aus, das Doktor Binzer mir gegenüber so hervorgehoben hat?«

Franziska schluckte und hätte gern erwidert, dass Doktor Binzer in so einer Situation niemals Überstunden von ihr verlangt hätte. Resigniert antwortete sie stattdessen: »Na gut, ich schau mir den Fall an.«

»Fertig bearbeiten sollen Sie den Vorgang, nicht nur ansehen. Der Hund merkt doch nicht, ob Sie heute oder morgen zu ihm kommen.«

»Aber ich vermisse ihn«, stieß Franziska hervor.

Er schüttelte missbilligend den Kopf: »Was kann man nur an so einem Vieh finden, das werde ich nie verstehen!«

»Blödmann«, murmelte Franziska wütend.

»Wie bitte?«, fragte er.

Unschuldig blickte sie ihn an. »Ich habe nichts gesagt.«

Unwillig wendete sie sich ihrem Computer zu, öffnete die Datei und vertiefte sich in die Arbeit.

Gegen 18 Uhr, als sich abzeichnete, dass sie heute nicht mehr zum Astaller-Hof fahren konnte, rief sie Lenz an.

»Hallo? Astaller-Hof!«, hörte sie eine Stimme.

»Lenz?«, fragte sie.

»Ja, wer ist denn da?«

»Franziska! Ich bin zu Überstunden verdonnert worden und kann den Cäsar erst morgen abholen.«

»Da wird er aber traurig sein, wenn ich ihm das gleich sage.«

»Meinst du?«, fragte Franzi erschrocken.

»Geh Mädel, ich scherz' doch bloß«, lachte er.

»Nimm nicht alles so schwer, dann kommst halt erst morgen!«

»Ja, gleich in der Früh bin ich da!«

»Fahr vorsichtig!«

»Ja, Lenz, das mach' ich!«

»Servus!«

Morgens um sechs sprang Franziska voller Vorfreude aus dem Bett. Nach einer ausgiebigen Dusche und einem schnellen Frühstück machte sie sich auf den Weg nach Dirnbach. Erst unterwegs merkte sie, dass sie weder den Zettel mit der Wegbeschreibung von Lenz dabei hatte, noch über eine Straßenkarte verfügte. »Mist«, murmelte sie. »Hoffentlich kann ich mich an die Fahrtstrecke erinnern.« Aber es dauerte nicht lange, bis sie sich erneut verfahren hatte. Wenigstens das Handy tat dieses Mal seinen Dienst, und so rief sie Lenz an, um ihn nach dem Weg zu fragen. Er lachte gutmütig und erklärte ihr, wie sie über Seehöfl den Astaller-Hof erreichen konnte.

Während Franziska den Gasthof »Zum Schwanen« passierte, musste sie kurz an Jakob denken.

Als Franziska auf das Hofgelände einbog, empfingen sie Lenz und Cäsar. Als der Hund sein Frauchen erkannte, stürzte er vor Freude bellend und schwanzwedelnd auf sie zu. Er umkreiste sie freudig, sprang an ihr hoch und versuchte, ihr Gesicht zu lecken.

»Mein Cäsar«, rief Franzi überwältigt vor Wiedersehensfreude und begann glücklich mit ihm herumzutollen.

»Cäsar, hierher«, rief Lenz nach einiger Zeit. Der Hund spitzte die Ohren, rannte zu dem alten Mann und setzte sich zu ihm.

»Wahnsinn«, staunte Franzi. »Wie hast du es denn geschafft, dass er so gehorsam ist?«

»Ich habe dir gesagt, dass ich der Rudelführer bin, oder? Aber das kriegst du auch hin. Wenn du dir Zeit nimmst, arbeite ich gerne mit dir und Cäsar.«

»Prima!«, sagte Franzi. »Wie ist es denn in der Woche mit Cäsar gegangen?«

»Er ist verspielt, aber auch sehr interessiert, wenn er etwas Neues lernen kann. Wir sind hervorragend miteinander ausgekommen.«

»Gott sei Dank«, seufzte Franzi erleichtert. »Ich bin froh, dass ich dich gefunden hab'.«

»Komm in die Stub'n«, Lenz schmunzelte, »ich hab' Kaffee g'macht.

Lag es am strahlenden Sonnenschein? Erst jetzt fiel Franzi auf, wie vernachlässigt die Wohnküche aussah. Oberflächlich schien alles sauber, doch bei genauem Hinsehen hätten viele Gegenstände einer dringenden Reinigung bedurft. Cäsar lag unter dem Tisch, quer über Franziskas Füßen, so als wollte er damit andeuten, dass er sein Frauchen nicht mehr so einfach weglassen würde.

Während sie sich unterhielten und ihren Kaffee tranken, schweifte Franzis Blick durch das mit alten Holzmöbeln gemütlich eingerichtete Zimmer. Das Porträtbild eines Mannes erweckte ihr Interesse.

»Ist das eine frühe Aufnahme von dir?«, erkundigte sie sich und zeigte auf das Foto, das auf der Anrichte stand.

Er schüttelte den Kopf. »Nein, das ist Simon, mein Sohn.«

»Er sieht dir sehr ähnlich«, bemerkte Franzi.

»Meinst?«, erwiderte er mit bitterer, harter Stimme, während sich sein Blick verfinsterte. »Ich find' die Ähnlichkeit nicht so gewaltig. Mein Herr Sohn hat nichts fürs Landleben übrig. Wenn's hochkommt, sehe ich ihn zweimal im Jahr. Von einem Buben hast wenig im Alter. So ein Mädel wie dich müsst' man als Tochter haben. Das wäre besser, das stelle ich mir schön vor.«

Franzi schaute ihn gerührt an. Der Lenz hat auch etwas Großväterliches an sich, dachte sie. Er geht doch sicherlich schon auf die 80 zu.

Als ob er ihre Gedanken erraten hätte, knurrte er: »Na, ich bin ein alter Depp, von wegen Tochter! Wohl fast Enkeltochter. Aber selbst dazu reichte es bei meinem Herrn Sohn nicht. Der Simon ist bereits 35 und immer noch Junggeselle, weil er mit seinem Beruf verheiratet ist. Diesen unterkühlten Kerl kann ich mir beim besten Willen nicht als Arzt vorstellen. Noch dazu in einem Krankenhaus.«

»Warum besucht er dich so selten?«, erkundigte sich Franziska.

»Er hat mir nie verziehen, dass seine Mutter mich vor vielen Jahren verlassen hat. Er blieb bei mir und hat mir die Schuld an ihrem Weggehen gegeben.«

»Das ist aber schade«, stellte Franziska fest. »Meine Eltern starben bei einem Flugzeugabsturz. Ich wäre glücklich, wenn sie noch leben würden.«

Sie schwiegen, und in die Stille hinein raunzte Lenz: »Ja, so ist halt das Leben.«

Vorsichtig versuchte Franzi, weitere Details über Simon und die gescheiterte Ehe von Lenz zu erfahren. Doch er wiegelte sofort harsch ab, und Franzi merkte, dass er heute nicht mehr darüber sprechen wollte.

Es ging auf Mittag zu, als Franziska und Cäsar sich zur Abfahrt bereit machten.

»Du hast den Hof noch nicht anständig besichtigt«, bemerkte Lenz. »Ich lass' dich nicht fahren, bevor ich dir alles gezeigt hab'.«

Cäsar blieb eng an der Seite seines Frauchens und ließ sie nicht aus den Augen.

Stolz präsentierte Lenz seinen üppigen Obst- und Gemüsegarten. Neben dem Hundehaus, in dem sich augenblicklich vier Tiere aufhielten, gab es noch ein Katzenhäuschen. Auf der Koppel standen zwei Stuten: Bergfee und Weibi, die Lenz vor dem Schlachter gerettet hatte. Ein Esel, ein Schaf und drei Ziegen. Auch einige Hühner konnte Franzi entdecken.

»Das sieht ja nach ganz schön viel Arbeit aus«, bemerkte sie.

Lenz kratzte sich verlegen am Kopf. »Ja, das stimmt, aber ich mag halt die Viecher gar so gern. Es macht mir Freud', für sie zu sorgen. Sie kriegen jetzt ihr Gnadenbrot bei mir.«

»Wie viele Angestellte beschäftigst du?«

Lenz grinste: »Geh', wo denkst du hin? Das könnte ich mir niemals leisten. Oft helfen mir ein paar jugendliche Tierfreunde, denen ich nichts zahlen muss.«

Franziska schaute ihn verblüfft an: »Das ist unglaublich. Wie schaffst du das auf Dauer?«

Er machte eine abwehrende Handbewegung, wandte sich ab und stapfte davon. Franzi sah, dass er sich mit dem Handrücken über die Augen wischte. Ratlos wartete sie einige Minuten. Als Lenz nicht mehr auftauchte, suchte sie nach ihm und rief seinen Namen. Als nichts geschah, sagte sie: »Komm Cäsar, lass uns fahren, es sieht so aus, als ob der Lenz jetzt seine Ruhe haben will.«

Am Sonntagabend, als Cäsar und Franzi wieder auf dem Astaller-Hof eintrafen, wurden sie sehr freundlich von Lenz begrüßt. Er freute sich sichtlich, dass Franziska auf einen Plausch in die Wohnstube kam. Spät in der Nacht war sie wieder in München.

Die Stimmung in der Steuerkanzlei wurde immer gereizter und Oliver Haupt von seinem Team inoffiziell als Sklaventreiber betitelt. Jeder Tag hielt unerfreuliche Überraschungen bereit.

Am Montagmorgen rief Herr Haupt alle Kollegen zu einem »Meeting« zusammen. Herr Brettschneider, der sich freute, bald in Rente gehen zu können, grummelte: »Ein ›Meeting‹, da könnte er doch aber auch ›Besprechung‹ sagen. Andererseits gibt er eh nur seine Befehle aus, da passt das englische Wort wahrscheinlich besser.«

Doktor Binzer hatte mit seinem Team diskutiert und alles einvernehmlich geregelt. Für ihn unbezahlte Überstunden zu machen, stellte nie ein Problem dar. Dafür zeigte er sich auch großzügig, wenn man kurzfristig frei haben wollte. Doktor Binzer spendierte großzügige Weihnachtsfeiern, und lud einmal im Jahr zu einem Überraschungsausflug ein und vergaß nie einen Geburtstag. Je unangenehmer es mit Herrn Haupt wurde, desto mehr trauerten die Kollegen Doktor Binzer nach.

Am Montag hatte es auf Kanzleikosten immer ein Weißwurstfrühstück gegeben. Jetzt saßen alle um einen leeren Tisch. Selbst Kaffee und Kekse hatte Herr Haupt ersatzlos gestrichen. Unverzüglich kam er nach einem knappen Morgengruß zur Sache: »Sie finden auf Ihren Computern eine Datei, in der Sie ab sofort eintragen, wie lange Sie an einem Vorgang arbeiten. Pausen gelten nicht als Arbeitszeit. Alle Arbeitsunterbrechungen sind aufzunehmen. Speziell die Raucher bitte ich, dies zu beachten. In Zukunft nehmen Sie auch Abstand davon, private Telefongespräche zu führen und außerdienstliche E-Mails abzurufen. Noch Fragen?«

»Ja! Ich hätte noch eine Frage«, warf Herr Brettschneider sarkastisch ein, und sah Herrn Haupt herausfordernd an. »Sollen wir unsere Toilettengänge auch aufschreiben?«

Herr Haupt bedachte ihn mit einem blasierten Blick und bemerkte herablassend: »Natürlich nicht, aber ich bin von Herzen froh, dass Sie bald in Rente gehen, Herr Brettschneider. Dann brauche ich mir Ihre Unverschämtheiten nicht länger anzuhören.«

»Von Herzen?«, blaffte der so Gescholtene. »Wo wollen Sie denn ein Herz haben? Sie halten Menschen klein, quetschen sie aus wie Zitronen.«

»Herr Brettschneider, Sie verlassen auf der Stelle mein Büro. Das wird ein Nachspiel haben! Sie hören von meinem Anwalt.«

Die Anwesenden saßen wie erstarrt, als sich ihr Kollege erhob und wortlos das Zimmer verließ. Als sich die Tür mit einem lauten Knall schloss, bemerkte Herr Haupt zynisch: »Ich stelle es jedem frei, zu gehen, der mit meinem Bedingungen nicht einverstanden ist.«

Am Mittwochnachmittag hatte Franzi solche Sehnsucht nach Cäsar, dass sie sich kurzerhand krank meldete und zum Astaller-Hof fuhr. Ein langer Spaziergang, der sie an Wiesen und Feldern entlangführte, gab ihr Kraft und Zuversicht.

»Mein Cäsarlein«, schmeichelte sie ihrem Hund, während sie seinen Kopf kraulte. »Ist das nicht wunderschön hier?«

»Cäsar heißt das Vieh?«, hörte sie plötzlich eine spöttische Stimme. Sie fuhr herum. Jakob Stettner, der Wirt vom »Schwanen«, stand hinter ihr. »Sie wissen hoffentlich, dass der Hund an der Leine zu führen ist und Sie seine Hinterlassenschaft mitnehmen müssen?«

Franzi nickte. »Selbstverständlich hat Lenz mir erklärt, dass die Landwirte Schwierigkeiten bekommen, wenn sie durch Hundekot verunreinigte Futtermittel einsetzen.«

»Vorbildlich, der Lenz«, rief Jakob sarkastisch. »Wenigstens das merkt er sich, obwohl er schon lang kein richtiger Bauer mehr ist, seit er die Marotte mit dem Getier entwickelt hat.«

»Sie mögen keine Hunde, oder?«, erkundigte sich Franzi.

Er schüttelte den Kopf. »Ich mag nur Viecher, die man schlachten und essen kann.«

Franzi schaute ihn fassungslos an. »Das meinen Sie nicht ernst!«

Er lachte: »Natürlich nicht, war ein Spaß! Ich habe auch einen Hund. Einen Bernhardiner. Kommen Sie doch mit Cäsar im ›Schwanen‹ vorbei. Wir bauen im Moment eine neue Terrasse am See. Das wird idyllisch.«

»Mal sehen«, antwortete Franzi gedehnt.

Der Wirt lupfte seine Kappe, wünschte ihr einen angenehmen Abend und ging seines Weges.

Während Franziska zum Astaller-Hof zurückschlenderte, dachte sie über die seltsame Begegnung mit Jakob nach.

»Das mit den Tieren klang aber nicht nach einem Scherz«, murmelte sie und verschränkte fröstelnd ihre Arme vor der Brust. Sie wusste nicht wieso, aber in der Gegenwart von Jakob fühlte sie sich unwohl.

Kapitel 3

Herr Brettschneider reichte eine Krankmeldung ein und kam nicht mehr an den Arbeitsplatz zurück. Der Sklaventreiber – so nannten die Mitarbeiter ihren Chef, wenn sie unter sich waren – teilte seine Mandanten kurzerhand unter den verbliebenen Mitarbeitern auf und erklärte, dass es keinen Ersatz für Herrn Brettschneider geben würde. Franzi hatte so viel zu tun, dass sie immer erst am Samstag zum Astaller-Hof fahren konnte.

So verging Woche für Woche, und plötzlich breitete sich in der Stadt schwüle, drückende Sommerhitze aus. Als Franziska bei Lenz ankam und aus ihrem Auto stieg, atmete sie tief durch. Der alte Mann bemerkte es mit einem amüsierten Lächeln und sie versuchte sich zu verteidigen: »Lenz, du hast keine Vorstellung davon, wie es in der Stadt stinkt. Hier draußen rieche ich den Sommer. Es ist einfach traumhaft.«

Lenz grinste. »Die Städterin kommt ins Schwärmen, das gefällt mir. Warum bleibst du nicht mit Cäsar übers Wochenend' bei mir und der reinen Luft?«

»Darauf bin ich jetzt aber gar nicht vorbereitet«, sagte Franzi überrascht.

»Ein Zahnbürst'l kann ich dir schon auch geben«, bot Lenz an.

Franziska überlegte kurz und stimmte seinem Vorschlag zu. Sie sah, wie er sich darüber freute.

»Aber dann will ich will dir bei der Arbeit helfen«, forderte Franzi.

»Hast du nicht genug zu tun, die Woch' über?«, fragte er.

Ihr Gesicht verfinsterte sich.

»Oh je!«, rief Lenz. »Was ist denn passiert?«

Franzi versuchte, ihre Verzweiflung zu verstecken. Doch vor Lenz konnte sie sich nicht verstellen. Sie hatte in ihm einen väterlichen Freund gefunden, und er sah in der jungen Frau die Tochter, die er sich immer gewünscht hatte.

»Wie soll das nur weitergehen?«, klagte Franzi, als sie mit Lenz auf der Bank vor dem Bauernhof Platz genommen hatte.

»Jeden Abend gehe ich mit Freunden weg, weil ich mich ohne Cäsar so einsam fühle. Morgens drehe ich freudlos meine Joggingrunde und beneide jeden Hundebesitzer, der mit seinem Tier an mit vorbeiläuft! Ich muss mir etwas einfallen lassen! Insgeheim hatte ich gehofft, Herr Haupt würde seine Meinung bezüglich Cäsar ändern. Aber daran glaube ich nicht mehr. Noch nie habe ich einen Menschen kennengelernt, der so hartherzig und egoistisch ist.«

Lenz nickte stumm und drückte Franzis Hand, als er die Tränen in ihren Augen schimmern sah.

Sie fuhr fort: »Ich zahle dir gern die 500 Euro im Monat. Cäsar ist hier gut aufgehoben. Aber dann kommen die Benzinkosten dazu, weil ich so oft wie möglich hierherfahren will. Das ist auf Dauer keine

Lösung. Wenn ich nur wüsste, was ich machen soll. Ich studiere die Stellenanzeigen in der Zeitung, aber es ist nichts dabei.«

Mitfühlend schlug Lenz vor: »In einer Stund' kommen zwei Mädels, die sich angeboten haben, die Pferdeställe auszumisten. Wir nehmen einfach den Cäsar und die anderen Hunde, die sich sicher über einen Ausflug freuen, und gehen zur Marienkapelle.«

»Ich bin nicht gläubig«, grummelte Franzi entschuldigend.

Lenz lachte: »Das ist der Mutter Maria egal. Sie hilft allen, die sie mit einem reinen Herzen bitten. Du zündest der Gottesmutter ein Kerzerl an und trägst dein Anliegen vor. Du wirst erstaunt sein, was alles geschehen kann!«

»Na gut, wenn du meinst, aber wie kann ich dich denn bei der Hofarbeit unterstützen? Ich bleibe gerne, doch du musst mich helfen lassen.«

»Ich merk', da lässt du nicht locker. Wir werden schon eine Beschäftigung für dich finden.«

Die Hunde schnüffelten begeistert am Wegrand entlang. Sie gingen brav, ohne zu zerren, an der Leine. Falls einer nicht parierte, genügte ein kurzer Befehl, den Lenz mit leiser, energischer Stimme sprach.

»Schau, der weißblaue Himmel!«, rief Franzi. »Das sieht aus wie aus einem Katalog.«

»Darum kommen auch alle zu uns nach Bayern«, bestätigte Lenz.

Die junge Frau atmete tief ein und seufzte: »Ach die reine Luft, und schau die Blumenwiese!«

Nach einer Wegbiegung erblickte Franzi die Kapelle. »Ich warte mit den Hunden draußen«, bot Lenz an. »Geh nur rein zur Gottesmutter.«

Unsicher trat Franzi in das kleine, kühle Gebäude und stellte sich vor die Madonnenstatue. »Entschuldigen Sie, Frau Maria, wenn ich nicht an Sie glaube und Sie trotzdem um Hilfe für meinen Cäsar und mich bitte. Es ist mein innigster Herzenswunsch, dass wir wieder zusammenleben können. Danke schön.«

Sie sah sich suchend um, entdeckte aber keine Möglichkeit, eine Kerze anzuzünden und ging wieder nach draußen. Sie nahm Lenz die Hunde ab und er zog aus seiner Jackentasche ein Teelicht und Streichhölzer.

»Hab's vergessen dir zu geben«, raunte er. »Ich stell' es nicht zu nah an die Altardecke. Es wäre doch jammerschade, wenn das Kircherl abbrennen tät, oder?«

Am Samstagabend ließ sich Lenz erschöpft auf die Bank fallen. Er hatte die Wiese gemäht, das Gras mehrmals gewendet, die Ziegenställe ausgemistet und die Pferde gestriegelt. Franzi setzte sich zu ihm. Ihr Rücken schmerzte von der ungewohnten Putzarbeit. Sie hatte die Wohnküche gründlich gereinigt und anschließend das Hunde- und Katzenhaus sauber gemacht.

Der alte Mann und die junge Frau freuten sich über den lauen Sommerabend. Sie aßen Radieser'l und einen Rettich aus eigenem Anbau mit einem Butterbrot und tranken ein kühles Bier dazu.

»Gell, wunderbar mild, der Radi«, lobte Lenz seine Ernte, und Franzi nickte zustimmend. Die Hunde lagen friedlich schlafend vor ihren Füßen. Während der Sommerferien herrschte Hochbetrieb in der Hundepension. Alle neun verfügbaren Räume waren belegt. Cäsar hatte sich in eine griechische Hirtenhündin verliebt. Franzi und Lenz hatten ihren Spaß daran, zu beobachten, wie Franzis Hund die angebetete Hundedame umschwänzelte, die ihn jedoch immerfort ignorierte.

Als die Nacht hereinbrach und ein großartiges Sternenzelt sichtbar wurde, schauten sie beide lange schweigend zum Firmament. Schließlich stand Lenz auf. »Ich bring' die Pensionsgäste auf ihre Zimmer«, sagte er und weckte die Hunde.

»Soll ich mitkommen?«, erkundigte sich Franzi.

»Nein, nein, schau du nur die Sterne an«, wiegelte er ab. Als er aufstand, verzog er das Gesicht und taumelte leicht.

»Was ist denn los mit dir?«, fragte Franzi besorgt. »Ist dir nicht gut?«

Lenz machte eine abwehrende Handbewegung und ging mit den Hunden weg.

Voller Ehrfurcht schaute Franzi zum Himmel. Trotz des ganzen Ärgers in der Steuerkanzlei breitete sich ein tiefer Frieden in ihr aus. Sie legte die Hände in den Nacken und konzentrierte sich vollkommen auf die funkelnden Sterne. Das laute Kläffen der Hunde riss sie aus dieser friedlichen Stimmung. Verwundert lauschte sie eine Weile, doch als das Bellen nicht aufhörte, ging sie zum Hundehaus. Lenz lag auf dem Boden und rührte sich nicht.

»Lenz!«, schrie Franzi entsetzt.

Er stöhnte und sie betrachtete angstvoll sein kalkweißes Gesicht.

»Lenz!«, rief sie. »Was ist mit dir, hörst du mich? Tut dir etwas weh?«

Er gab keine Antwort. Franzi drehte ihn behutsam auf die Seite und sagte, obwohl sie innerlich vor Aufregung bebte, mit beruhigender Stimme: »Ich bin gleich zurück, ich hol' Hilfe.«

Sie rannte ins Haus und holte ihr Handy. Während sie zu Lenz zurückhastete, rief sie den Notarztwagen. Sie schob dem alten Mann ein Kissen unter den Kopf und sperrte schnell alle Hunde ein.

Franzi kniete neben Lenz, als die Helfer ins Haus stürmten.

Nach kurzer Zeit stellte der Notarzt fest: »Ein Kreislaufkollaps; in Anbetracht seines Alters ist es besser, wenn wir ihn mit in die Klinik nehmen.« Franzi schlug entsetzt die Hand vors Gesicht und fing an zu weinen.

»Keine Sorge«, tröstete der Arzt, »Ihr Vater ist bei uns in besten Händen.«

»Ich komme mit«, sagte Franzi.

Lenz, der nach einer Spritze das Bewusstsein wiedererlangt hatte, protestierte mit zittriger Stimme: »Bitte, Franzi, die Viecher kannst nicht alleine lassen. Bleib auf dem Hof, das hilft mir am meisten.«

Sie drückte seine Hand vorsichtig. »Wie du willst. Werd bloß schnell g'sund.«

Er schloss seine Augen. »Ich bin so müd'«, ächzte er.

»Nicht reden. Ruhe jetzt!«, befahl der Arzt.

Als der Krankenwagen vom Hof fuhr, holte Franzi ihren Hund und ging mit ihm zum Bauernhof.

»Du musst heute bei mir schlafen, Cäsar«, bestimmte sie. »Allein ist mir ein bisschen unheimlich in diesem riesigen Haus.«

»Wuff«, bestätigte Cäsar, und Franzi stieg mit ihm über die alte, knarzende Holztreppe in den ersten Stock hinauf. Dort gab es eine abgeschlossene Wohnung, die Lenz vor vielen Jahren für Simon eingerichtet hatte.

Als Franzi im Bett lag und Cäsar sich auf seiner Schlafdecke neben ihr ausgestreckt hatte, sagte sie zu ihm: »Ich glaube, der Lenz hat zu viel gearbeitet. Hoffentlich wird er bald gesund. Was soll sonst aus dem Hof werden? Ich hab' überhaupt keine Ahnung, was zu tun ist.«

Als ob Cäsar sie verstanden hatte, gab er einen tiefen Seufzer von sich. Franzi tat es ihm nach und knipste die Nachttischleuchte aus.

»Morgen sehen wir weiter«, wisperte sie, um sich selbst Mut zu machen. »Aber jetzt wird erst mal geschlafen.«

Erwartungsgemäß hatte Franziskas Chef kein Verständnis für die Notlage seiner Angestellten.

»Urlaub?«, fragte er. »Von heute auf morgen? Der Mann ist doch kein Verwandter von Ihnen, oder?«

Sie bot Herrn Haupt an, wenn es nötig sei, vom Astaller-Hof aus zu arbeiten. Die Dateien könnte er an ihren Laptop senden. Schließlich billigte Herr Haupt eine Woche Urlaub zu, unter der Bedingung, dass sie ohne Bezahlung einige Mandantenvorgänge bearbeiten würde. Zähneknirschend stimmte sie zu, denn sie hatte keine andere Wahl. Wer sollte sonst die Tiere versorgen?

Zwei Tage später bereute sie es bereits bitter, auf die Forderung des Chefs eingegangen zu sein. Sie stand morgens um fünf Uhr auf und sank am Abend um zehn Uhr vollkommen erschöpft ins Bett. Ihre Muskeln schmerzten von den ungewohnten Arbeiten. Längst waren ihre sonst so gepflegten, langen Fingernägel abgebrochen, und ihre Hände fühlten sich wund und rau an. Als sie sich bei den Pferden auf der Koppel aufgehalten hatte, hatte sie sich einen Sonnenbrand eingefangen. Ihr glühendes Gesicht schmerzte. Die Hunde brauchten Beschäftigung und Auslauf. Die Katzen forderten ihre Streicheleinheiten. Die Gluthitze hatte sich noch verstärkt, daher musste sie dreimal am Tag den Gemüse- und Obstgarten gießen. Die reifen Früchte wollten geerntet und verarbeitet werden. Sie fand in der Küche ein abgegriffenes Kochbuch, das unter anderem Rezepte zur Marmeladenherstellung enthielt. Bei allen anderen Verrichtungen am Hof ließ sie sich von ihrem Gefühl leiten.

Mit den eigenen Händen etwas zu schaffen machte sie unglaublich stolz, aber es fehlte ihr die Kraft für die Bearbeitung der Steuerfälle. Pflichtbewusst zwang sie sich am Mittwochvormittag, doch mit ihrem Laptop eine Internetverbindung herzustellen. Verwundert stellte sie fest, dass Herr Haupt keine Dateien übermittelt hatte. Erleichtert packte sie das Gerät weg und widmete sich erneut der Hofarbeit.

Sie stand im Stall bei dem Esel, als sie ein knatterndes Geräusch vernahm. Laut bellend hetzte Cäsar hinaus, und Franzi rannte schnell hinter ihm her. Ein Motorradfahrer stieg von seiner Maschine. Als er seinen Helm abnahm, rief Franzi: »Ja, Herr Stettner, was führt Sie denn hierher?«

»Ich hab' g'hört, dass der Lenz im Krankenhaus ist und wollte schauen, ob ich helfen kann«, sagte er freundlich lachend.

Franzi erkundigte sich erstaunt: »Woher wissen Sie denn das?«

Er grinste: »In unserer Gegend verbreiten sich Nachrichten blitzschnell. Ich weiß auch, dass Sie hier eingezogen sind. Daher biet' ich jetzt auch das nachbarschaftliche ›Du‹ an.«

Franzi wollte ihn nicht duzen, aber was blieb ihr anderes übrig? Auf welche Weise hätte sie sein Ansinnen denn auch ablehnen können? Sie gab sich einen Ruck, streckte ihm die Hand hin und stellte sich vor: »Franzi.«

Mit einem kräftigen Händedruck erwiderte er: »Jakob.«

Unsicher stand Franzi neben ihm, während Cäsar eng an ihrer Seite blieb. Als Jakob die Hand nach dem Tier ausstreckte, knurrte der ihn an. Verwundert über sein unübliches Verhalten, musterte Franzi ihren Hund.

»Wollen wir ins Haus gehen und etwas trinken?«, fragte Jakob.

Franzi schluckte. »Ich hab' heute wirklich wahnsinnig viel zu tun, Jakob, aber vielleicht ein anderes Mal.«

Er nickte. »Hoffentlich bald! Wir müssen doch auf unsere Freundschaft trinken! Wie schaut es aus, wie kann ich dir helfen?«

Da Franzi wusste, dass Lenz nichts mit seinen Nachbarn zu tun haben wollte, sagte sie: »Danke für das Angebot, aber ich schaffe es alleine. Der Lenz wird hoffentlich bald wieder nach Hause kommen.«

»Dann lass uns wenigstens die Handynummern austauschen«, schlug Jakob vor. »Versprich mir, dass du dich meldest, wenn du was brauchst.«

Als sie am Abend mit Lenz telefonierte, erwähnte sie nichts von Jakobs Besuch. Lenz kündigte seine Entlassung am nächsten Tag an. »Das ist prima«, freute sich Franzi. »Ich hole dich ab.«

»Nix da, ich nehm' ein Taxi. Aber wenn du mir was Gutes tun willst, koch' mir eine kräftige Rindssuppe.«

Der Nachmittag neigte sich schon dem Ende, als Lenz versuchte, vorsichtig aus dem Taxi zu steigen. Seine Haare und sein langer Bart waren erheblich gestutzt worden.

»Grüß Gott!«, rief er ihr zu. »Wie ich dir gesagt hab' – ich bin runderneuert.«

Der Taxifahrer musste beim Aussteigen helfen, und unter Mühen gelang es Franzi, den alten Mann in sein Schlafzimmer zu bringen. Er aß noch ein paar Löffel Suppe, deren Geschmack er ausgiebig lobte.

»Jetzt ruh' ich mich noch ein bisserl aus«, verkündete er bald.

»Schlaf dich gesund, lieber Lenz«, bat Franzi und ging aus dem Zimmer.

Als die junge Frau am nächsten Morgen um fünf Uhr gähnend die Küche betrat, saß Lenz am Küchentisch. Sie versuchte vergeblich ihn ins Bett zurückzuscheuchen.

»Im Bett sterben die Leut'«, brummelte er.

Als er nach dem Frühstück mit Franzi ins Hundehaus gehen wollte, kehrte er bereits nach wenigen Metern wieder um und sank schwer schnaufend auf die Bank vor dem Haus.

»Lass es doch langsam angehen«, bat Franzi.

»Bleibt mir wohl nichts anderes übrig«, knurrte er unwillig. Cäsar blieb an seiner Seite. Auf Schritt und Tritt lief er ihm nach. Franziska fand es rührend und ließ ihren Hund gewähren. Lenz nannte Cäsar seine »haarige Krankenschwester« und nutzte die Zeit für weitere Erziehungsmaßnahmen.

Nach und nach ging es Lenz besser, aber Franzi sah, dass er zukünftig die Arbeit keinesfalls mehr alleine bewältigen konnte.

»Lenz, wen soll ich denn um Hilfe bitten?«, erkundigte sie sich vorsichtig.

»Ich brauch' keinen«, beharrte er starrköpfig.

»Eventuell jemand aus dem Dorf?«

»Das kommt überhaupt nicht infrage!«, grantelte er. »Ich hab' dir g'sagt, dass ich schon lange mit den Dirnbachern fertig bin und mit den Seehöflern sowieso.«

»Ich muss am Montag in die Steuerkanzlei zurück«, erklärte Franzi. »Länger bekomme ich nicht frei!«

»Jetzt mach dir nicht so viele Sorgen, ich pass' schon auf mich auf!«, raunzte er. »Die haarige Krankenschwester ist ja auch noch da!«

Mit gemischten Gefühlen hatte Franzi den Astaller-Hof am Montag in aller Früh verlassen. Müde stand sie bei Rita, der Empfangsdame der Steuerkanzlei, und berichtete ihr über das Leben auf dem Bauernhof, als plötzlich die Eingangstür aufgestoßen wurde und eine Horde Männer in die Steuerkanzlei stürmte. »Zoll« stand auf ihren Jacken.

Erschrocken wichen die Frauen zurück. Ein Mann mittleren Alters, der einen lässigen Pullover zu seiner Jeans trug, zückte seinen Ausweis. »Steuerfahndung, Peter Rutzke«, schnarrte er, während er ihnen die kleine Plastikkarte hinhielt.

»Bitte bleiben Sie an Ihren Arbeitsplätzen, keiner verlässt das Steuerbüro ohne meine Erlaubnis. Wo ist das Büro von Oliver Haupt?«

»Er ... er ist nicht da«, stammelte Rita.

»Aha«, stellte Herr Rutzke fest. »Wo ist er?«

»Keine Ahnung. Er hat letzten Montag angerufen und sich krankgemeldet«, stotterte Rita. »Er wird zu Hause sein.«

Herr Rutzke zückte sein Handy, wählte eine Nummer und raunte: »Habt ihr ihn?«

»Mist!«, schrie er. »Nein, hier ist er auch nicht. Sofort zur Fahndung ausschreiben!«

Er wandte sich zu Rita. »Zu Hause ist Herr Haupt nicht.«

»Was ist denn hier los?«, fragte Franziska unsicher, als sie langsam die Fassung zurückgewann.

»Details darf ich nicht nennen. Verdacht auf Veruntreuung von Mandantengeldern und Steuerhinterziehung. Wir nehmen Akten, Computer und alles mit, was uns wichtig erscheint. Im Anschluss werden die Büroräume versiegelt.«

»Für wie lange denn?«, erkundigte sich Franzi.

»Das kann Monate dauern«, stellte Herr Rutzke fest. Mit gesenkter Stimme, seinen Kopf verschwörerisch nach vorn geneigt, sage er: »Im Vertrauen gesagt, ich an Ihrer Stelle würde mir einen neuen Job suchen.«

Die schockierten Mitarbeiter mussten viele Frage beantworten. Franzi kam sich vor wie in einem Fernsehkrimi. Bis spät in die Nacht dauerten die Befragungen. Jetzt verstand sie, wieso ihr Herr Haupt nichts geschickt hatte. Er hatte sich mit den veruntreuten Mandantengeldern überstürzt abgesetzt. Franziska meldete sich am nächsten Morgen zum ersten Mal in ihrem Leben Arbeit suchend.

Anschließend rief sie Lenz an und fragte nach seinem Gesundheitszustand. Sie erzählte ihm von den Vorkommnissen in der Steuerkanzlei.

»Ja, Mädel, die Welt ist schlecht«, stellte Lenz fest. »Pack deine Sachen und komm zu mir raus, wenn dir danach ist.«

Franziska machte sich am Nachmittag auf den Weg nach Dirnbach und wurde von Lenz freudig willkommen geheißen.

»Ich weiß nicht, ob dir die Arbeit überhaupt gefällt«, sagte Lenz, »aber bis du eine neue Anstellung findest, könntest du hierher ziehen. Viel bezahlen kann ich nicht, aber Kost und Logis sind umsonst.

Außerdem müsstest du mir für Cäsar kein Geld mehr geben. Na?«

»Probieren können wir's ja«, stimmte Franziska zu. »Ich hab' viel Freude hier mit den Tieren.«

Dass sich in München viele ihrer Freunde von ihr zurückgezogen hatten, erzählte Franzi nicht. Sie hatten für ihre Wochenendaufenthalte auf dem Land kein Verständnis aufbringen können. Franzi war verbittert darüber, dass ihr niemand Hilfe angeboten hatte, als sie Cäsar nicht mehr mit ins Büro nehmen durfte. Eine tiefe Kluft hatte sich da aufgetan, und sie hatte schließlich begreifen müssen, dass manche Menschen eine andere Vorstellung von Freundschaft hatten als sie selbst.

Kapitel 4

Als der Sommer ging, hatte sich auf dem Astaller-Hof bereits einiges geändert. Nachdem Lenz' Kräfte immer mehr nachgelassen hatten, was ihn sichtlich verdross, war es Franzi gelungen, den freiwilligen Helfern feste Arbeitszeiten zuzuteilen. Die zahlreichen Tätigkeiten konnten auf diese Weise besser koordiniert werden. Da die Hunde- und Katzenpension die Haupteinnahmequelle von Lenz darstellte, betrieb Franzi nun auch verstärkt Werbung im Internet, um Kunden zu gewinnen. Gerne hätte sie auch einen Hofladen eröffnet. Lenz stimmte diesem Plan aber nicht zu. »Da rennen dann lauter Fremde hier rum, das will ich nicht«, sagte er starrsinnig, obwohl Franzi und Lenz den überreichen Ertrag der ganzen Obstbäume kaum verarbeiten konnten.

In einem Weidenkorb schleppte Franzi die geernteten Äpfel in die Küche. »Noch mehr Äpfel!«, rief sie fröhlich und Lenz brummte: »Macht nix, hab' noch genug Gläser für Kompott.«

»Geh, so viel können wir zwei doch gar nicht essen!«, meinte Franzi.

»Fang nicht wieder mit dem Hofladen an«, stöhnte er. »Da geb' ich dir nicht nach!«

»Dann erlaube mir doch aber wenigstens, dass ich die restlichen Äpfel zum Saftmachen bringe«, forderte sie.

»Na gut, nicht dass du meinst, ich sei halsstarrig. Aber eines kann ich dir gleich sagen, der Stettner schummelt bestimmt«, grummelte er.

»Gibt es denn Alternativen?«, fragte sie.

»Gibt leider keine«, knurrte Lenz. »Nur die Stettners besitzen eine Saftpresse.«

Franzis Auto bog sich unter der Last der Früchte. Fünfmal fuhr sie voll beladen zu Jakob, der sich sichtlich freute, sie zu sehen. »Jetzt kommst mir nicht mehr davon«, bestimmte er. »Du musst dir die neue Seeterrasse anschauen und einen Kaffee trinken.«

»Wie im Urlaub«, seufzte Franzi, als sie auf die zauberhafte Landschaft blickte.

Jakob lachte: »Du bist braun geworden, das steht dir gut. Scheinst ja mit dem alten Eigenbrötler auszukommen.«

Mit ernster Miene stellte sie fest: »Ich gehe davon aus, dass du den Lenz meinst. Ja, wir kommen einwandfrei zurecht. Mehr möcht' ich auch nicht darüber sagen.«

»Auf jeden Fall nehmt ihr einen Spitzenplatz beim Dorftratsch ein. Junges Mädel und alter Mann. Das regt bei manchen Leuten hier die Fantasie an.«

»Das ist eine bodenlose Unverschämtheit«, empörte sich Franziska. »Er ist wie mein eigener Vater für mich!«

Genau das hatte Jakob wissen wollen, und er wechselte sofort das Thema. »Am Wochenende ist bei uns das Seefest, ich würde mich freuen, wenn du kommen könntest. Es wird zum Tanz aufgespielt, und wir richten ein großartiges Buffet her.«

Bevor sie antworten konnte, donnerte eine Stimme über die Terrasse. »Jakob, ich such' dich überall. Da bist du ja!« Die Blicke aller Anwesenden wandten sich dem kräftigen älteren Herrn zu, der zügig an ihren Tisch trat.

»Vater!«, rief Jakob. »Darf ich dir Franziska Obermair vorstellen? Sie lebt beim Astaller-Lenz. Franziska, das ist mein Vater, Mattes Stettner.«

»So, Sie sind das also«, sagte Stettner Senior mit verächtlicher Stimme.

Er wandte sich an seinem Sohn: »Hast wohl zu wenig Arbeit? Der feine Herr Wirt sitzt am hellerlichten Tag da und trinkt Kaffee.«

Peinlich berührt schaute Jakob zu seinem Vater, der sich vor ihm aufgebaut hatte. »Ich komm' gleich«, wiegelte er ab und stand hastig auf.

»Servus, Franzi, hoffentlich sehen wir uns beim Seefest«, sagte er und folgte hurtig dem Senior.

Lenz schüttelte ungläubig den Kopf, als Franzi ihm von dieser seltsamen Begegnung erzählte.

»Kannst du jetzt verstehen, wieso ich mit denen nix zu tun haben will?«, fragte er.

Sie nickte.

»Pass bloß auf, dass sich der Jakob nicht in dich verschaut. Wenn ein Stettner eine Frau rumkriegen will, kennt der keine Gnade.«

»Woher weißt du das?«, fragte Franzi.

Der alte Mann wiegelte ab. »Glaub's mir einfach, lass dich nicht mit denen ein«, brummte er.

Das hatte Franzi sowieso nicht vor und ging selbstverständlich nicht zum Seefest.

Sie holte einige Tage später den Apfelsaft bei Jakob ab und wunderte sich über den geringen Ertrag. In der nächsten Zeit gelang es ihr erfolgreich, ihm aus dem Weg zu gehen.

Als der erste Schnee fiel, verließ die griechische Hirtenhündin den Astaller-Hof. Cäsar lag eine Woche apathisch herum. Er winselte und jaulte, zum Erbarmen. Selbst der Postbote wunderte sich, dass er nicht mehr bellend empfangen wurde und schmunzelte amüsiert über Franziskas Erklärung. »Ja, ja die Weiber«, kommentierte er.

Franzi trug die Post in die Wohnküche. »Lauter Werbung«, sagte sie. »Für dich ist ein Brief dabei.«

Lenz öffnete den Umschlag und fingerte ungeschickt eine Karte heraus. Er warf einen flüchtigen Blick darauf. Mit gerunzelter Stirn las er einen kurzen Text. »Von meinem Herrn Sohn«, grantelte er.

»Das ist doch nett«, kommentierte Franzi. »Wieso schickt er dir eine Karte? Hast du mir etwa deinen Geburtstag verschwiegen?«

»Ist für mich ein Tag wie jeder andere auch«, grummelte er.

»Lenz!«, rief Franziska vorwurfsvoll.«

Er stieß einen Seufzer aus. »Morgen werd' ich 75, nur falls der Bürgermeister auf die Idee kommt, hier aufzutauchen. Ich verbiete dir ausdrücklich, den Stettner-Mattes ins Haus zu lassen.«

»Der alte Stettner ist der Bürgermeister?«, wunderte sich Franzi.

»Nur noch ehrenhalber. Aber bei besonderen Geburtstagen schicken sie ihn zum Gratulieren.«

Franzi stand auf. »Ich werde dir einen Geburtstagskuchen backen. Magst mir vorlesen, was dein Sohn dir geschrieben hat?«

Lenz griff nach der Karte und las stockend: »Lieber Papa, alles Gute zum Geburtstag und viele Grüße von Simon. P. S.: Ich komme bald vorbei.«

Er hat zwar an den Jahrestag seines Vaters gedacht, aber dennoch vergessen, dass es der 75. ist, wunderte sich Franzi.

Am anderen Morgen wartete sie mit ihrem Kuchen vergeblich auf Lenz. Lange vor dem Frühstück hatte er das Haus verlassen. Die wenigen Gratulanten, darunter auch Jakob und Mattes Stettner, schickte Franzi fort. Obwohl sie sich über das Verschwinden des alten Mannes ärgerte, machte sie sich Sorgen. Erleichtert atmete sie auf, als am späten Nachmittag ein Taxi auf den Hof fuhr, dem Lenz entstieg. Cäsar, dem Franziska zur Feier des Tages eine rote Schleife um den Hals gebunden hatte, stürmte ihm entgegen.

Lenz hielt zwei Flaschen in der Hand und rief Franzi aufgeräumt zu: »Hol die guten Gläser aus dem Schrank, jetzt trinken wir Champagner.«

Freudig schnitt er Franzis selbst gebackenen Kuchen an und lobte die dekorative Schleife, die Cäsar um den Hals trug. Lenz merkte, dass Franzi sich nicht beschwichtigen ließ. Wortkarg und beleidigt saß sie am Tisch.

»Ich musste nach Garmisch, dringende Geschäfte erledigen«, versuchte er sie zu versöhnen.

Franzi schüttelte ungläubig den Kopf. »An deinem Geburtstag?«

»Wer wollte gratulieren?«, fragte er scheinheilig, um vom Thema abzulenken.

Franzi musste lachen. »Lenz, du bist ein Schlitzohr. Ich kann dir nicht böse sein, obwohl ich mich heute den ganzen Tag um dich gesorgt hab'.«

Er schrich über ihre Wange und lächelte gerührt. »Ach, mein Mädel, erinnerst du dich daran, wie du zu Maria gebetet hast, dass alles gut werden soll? Ich hab' mir gewünscht, dass der liebe Gott dich bei mir lässt. Du bist mein allerschönstes Geschenk.«

Als die Weihnachtsferien begannen, trafen nach und nach immer mehr Hunde- und Katzenbesitzer ein, um ihre Lieblinge in die Obhut von Lenz und Franzi zu übergeben.

»Ausgebucht«, musste Franzi jenen Tierfreunden sagen, die noch kurzfristig einen Platz für ihr Haustier suchten.

Kurz vor Weihnachten meinte Lenz so nebenbei: »Bin ja gespannt, ob Simon kommt«, und Franzi überlegte, ob sie seinen Sohn anrufen sollte. Andererseits ging sie die Beziehung zwischen Vater und Sohn nichts an.

Der betrübte, enttäuschte Blick von Lenz schnitt ihr ins Herz, als er einige Tage vor dem Fest eine Weihnachtskarte von Simon erhielt. Ein 500-Euro-Schein fiel heraus, den Lenz zusammen mit der Karte und einem wütenden »Ich brauch' doch keine Almosen von dem Kerl« in eine Schublade warf.

»Willst du heute Abend denn in die Christmette gehen?«, erkundigte sich Franzi am Weihnachtsmorgen.

Lenz schüttelte den Kopf. »Nein, ich hab' keine Lust, in der Heiligen Nacht auf die Dirnbacher und Seehöfler zu treffen. Wir zünden der Gottesmutter, die das Jesuskind geboren hat, eine Kerze an.«

Sie nahmen einige Hunde mit und stapften durch den hohen Schnee zur Marienkapelle. »Lenz«, fragte Franzi besorgt. »Ist dir das nicht zu anstrengend?«

Er winkte ab und schnaubte: »Mach mich nicht älter und kränker, als ich bin!«

Die Hunde tobten herum und hatten ihren Spaß. Cäsar, der noch nie so viel Schnee erlebt hatte, tappte anfangs vorsichtig durch die weiße Pracht. Dann steckte er seine Schnauze in den flockigen Neuschnee. Als er mit weißer Schnauze vor Franzi und Lenz stand, mussten die beiden herzlich lachen.

»Als ob er Eischnee g'fressen hat«, feixte Lenz.

Cäsar wandte sich beleidigt ab und schloss sich den anderen Hunden an, die vergnügt spielten. Er leckte mit der Zunge an der weißen Masse, fraß etwas davon und musste niesen.

»Cäsar entdeckt den Schnee!« Belustigt sah ihm Franzi zu und meinte zu Lenz: »Erst jetzt fällt mir auf, wie wenig ich brauche, um glücklich zu sein.«

Gerührt legte Lenz den Arm um sie. »Ja, Mädel, das vergessen wir oft. Mir geht es heute auch richtig gut, und ich hab' ein frohes Herz.«

»Das klingt gut, ein frohes Herz!«

»Versuch's dir zu bewahren!«, wünschte ihr Lenz. »Soll ich uns einen Christbaum besorgen für heute Abend?«

»Das wäre schön«, stimmte Franzi zu. »Aber wo willst du jetzt noch einen Baum herbekommen?«

Lenz begann schallend zu lachen und zeigte mit einer ausladenden Handbewegung nach rechts und links. »Na hier im Wald, da gibt es Bäume genug.«

»Aber man darf nicht einfach einen fällen, oder?«, fragte Franzi besorgt.

»In seinem eigenen Forst schon«, grinste Lenz.

»Der Wald gehört dir?«, rief Franzi überrascht.

»Freilich«, feixte er. »Was meinst du, wer die Marienkapelle gebaut hat?«

»Na du bist mir einer! Komm, lass uns schauen, ob wir einen schönen Christbaum finden«, rief Franzi, um dann enttäuscht festzustellen: »Du hast ja keine Axt dabei.«

»Die kann ich holen«, bot Lenz an.

»Das macht zu viel Mühe, den gesamten Weg noch mal hin und zurück.«

»Stimmt«, sagte Lenz betrübt. Er sah sich um und rief: »Ja schau mal, da liegt ein Baum!«

Verdattert starrte Franzi zum Wegrand hin.

Wieder lachte Lenz. »Den hab' ich gestern geschlagen, sollte eine Überraschung sein.«

»Na, die ist dir aber gelungen«, rief Franzi lachend.

Sie schleppten die kleine Tanne zum Astaller-Hof, schmückten sie mit alten Kugeln und betrachteten dann stolz ihr Gemeinschaftswerk.

»Jetzt hab' ich Hunger«, warf Lenz trocken ein.

»Ist ja auch schon Essenszeit«, bestätigte Franzi.

Es gab Leberknödelsuppe und speziell geräucherte Weihnachtswürste mit Sauerkraut und Brot. Franzi hatte Vanillekipferl gebacken, nach einem Rezept, das laut Auskunft von Lenz, von seiner

Ur-Großmutter stammte. Sie saßen gemütlich zusammen, der Kachelofen verbreitete eine wohlige Wärme, und Cäsar lag friedlich schlafend auf einem Teppich neben ihnen.

»Kennst du die Geschichte von den Tieren, die in der Christnacht sprechen können?«, erkundigte sich Lenz.

»Nein«, sagte Franzi.

Lenz lehnte sich bequem zurück und begann zu erzählen: »Eine alte Mär, überliefert von Generation zu Generation, besagt, dass Tiere in der Christnacht sprechen können.«

»Auch Hunde?«, unterbrach Franzi.

»Probier es aus!«, schmunzelte Lenz und fuhr fort: »Als kleiner Bub erzählte mir meine Großmutter, dass meine Lieblingskuh, die Schecki, nach Mitternacht sprechen könne. Man dürfe aber auf keinen Fall vor der Stalltür stehen und zuhören, was die Viecher sagen, denn das brächte Unglück.«

»Du mochtest schon als Kind Tiere gerne?«, fragte Franzi gerührt.

»Ja, das stimmt«, bestätigte Lenz. »Ich dachte mir, wenn ich nicht vor der Stalltüre lauschen darf, dann geh' ich halt rein.«

»So ein Lausbua!« Franzi grinste.

»Nach der Christmette musste ich ins Bett. Ich bin heimlich wieder aufgestanden, habe mich zur Schecki geschlichen und sie gefragt, ob sie mich auch so gern hat wie ich sie. Sie glotzte mich mit ihren reizenden Kuhaugen an, sprach aber kein Wort. Müde legte ich mich zu ihr, in der Hoffnung, dass sie mit den anderen Tieren eine Unterhaltung beginnen würde, doch nichts passierte. Ich bin neben ihr eingeschlafen. Am Morgen haben die Meinen nach mir gesucht. Was ich für eine Aufregung verursachte, kannst du dir vorstellen. Als mich der Vater fand, gab es eine ordentliche Tracht Prügel.«

»Ah herrje, da tust du mir jetzt noch leid.«

»Ich weinte nicht nur wegen der Schläge, sondern aus Enttäuschung, weil ich mich mit der Schecki nicht unterhalten konnte.«

Franzi lachte: »Da bin ich aber gespannt, was mir der Cäsar heute Nacht alles erzählt.«

Das Hunde- und Katzenhaus war fast leer, die Pferde waren im Stall, und der Garten lag brach. Hier gab es sie noch, die »staade Zeit«. Franzi nutzte die Gelegenheit und fuhr nach München, um nach ihrer Wohnung zu sehen. Sie hatte mit Lenz eine heftige Diskussion darüber geführt, ob sie ihren Haushalt in München komplett aufgeben sollte. Lenz drängte dazu, denn er fand es eine unsägliche Geldverschwendung, für eine kaum genutzte Wohnung Miete zu zahlen. Franzi hing jedoch an den zwei Zimmern in München-Giesing.

Solange sie Unterstützung von der Agentur für Arbeit bezog, musste sie keine Entscheidung treffen. Seltsam fremd empfand sie ihr Zuhause. Sie packte mehr Kleidung ein und viele ungelesene Bücher, sortierte ihre Post und fuhr zum Astaller-Hof zurück.

Kapitel 5

Mit Frühlingsbeginn steigerte sich der Arbeitseinsatz, und jetzt zeigte sich, wie wenig Lenz noch mit anpacken konnte. Bereits nach kurzer Zeit musste er seine Erschöpfung eingestehen und ins Haus zurückkehren, wo ihn Franzi auch tagsüber immer öfter schlafend vorfand – treu neben ihm Cäsar, was oft ein rührendes Bild bot, wenn der Hund seinen Kopf auf das Knie von Lenz legte. Sie drängte den alten Mann, zum Arzt nach Garmisch zu gehen.

»Franzi, ich bin regelmäßig beim Doktor Braun in Behandlung.« Ihren Einwand, dass ein Allgemein-Mediziner aus Seehöfl eventuell zu wenig Erfahrung hatte, tat er mit einer Handbewegung ab.

»Der Doktor Braun kennt sich aus. Der weiß, was gut für mich ist. Ewig leben tut sowieso keiner von uns, ob mit oder ohne Arzt.«

Eines Abends Anfang März saßen Lenz und Franzi in der Stube zusammen. Er löste Kreuzworträtsel und die junge Frau las einen Krimi.

»Fehlt dir der Fernseher?«, fragte Lenz plötzlich. »Soll ich ihn endlich reparieren lassen?«

»Nein«, versicherte Franzi, »jetzt komme ich endlich zum Lesen, das ist doch prima.«

Lenz nahm ihre Hand in seine und beteuerte: »Ich bin so froh, dass es dich gibt. Du erfüllst meine alten Tage mit Freude. Dafür werde ich dem lieben Gott immer dankbar ein.«

»Und der Gottesmutter«, ergänzte Franzi.

Er nickte. »Versprich mir, dass du ihr regelmäßig ein Kerzerl anzündest.«

»Aber ja«, antwortete Franzi erstaunt. »Bald ist der Schnee geschmolzen und der Weg leichter zu gehen, dann besuchen wir sie.«

»Mal sehen«, grummelte Lenz. Ächzend erhob er sich. »Ist spät, ich leg' mich hin.«

Franzi nickte. »Hast recht, ich geh' auch ins Bett.«

Zum ersten Mal, seit sie auf dem Hof wohnte, nahm Lenz sie in den Arm. »Schlaf schön, mein Mädel«, sagte er. »Ich danke dir für alles.«

Franzi musste einen dicken Kloß im Hals herunterschlucken, die Sentimentalität des alten Mannes berührte sie.

»Gute Nacht«, rief sie und stapfte die Treppe nach oben. »Cäsar, komm!«, befahl sie.

Doch ihr Hund drängte sich an Lenz und bedachte sein Frauchen mit einem treuherzigen Blick.

»Von mir aus«, gab sie nach, »bleibst heute Nacht beim Lenz!«

Das laute Jaulen Cäsars drang zu Franzi in den ersten Stock hinauf. Irritiert knipste sie die Nachttischlampe an, sprang aus dem Bett und lief die Treppe hinunter. »Lenz, alles in Ordnung?«, rief sie.

Als er nicht antwortete, öffnete sie zögerlich seine Schlafzimmertür, machte Licht und sah mit Entsetzen, dass der alte Mann regungslos in seinem Bett lag. Franzi berührte ihn sacht. »Lenz?«

Er röchelte und stieß mühsam hervor: »Meinen rechten Arm fühl' ich nimmer.«

»Ich hole einen Arzt!«, rief die junge Frau.

Mit erstaunlicher Kraft packte Lenz sie mit seiner linken Hand und hinderte sie daran, von ihm wegzugehen. »Lass mich los«, flehte sie, »ich will Hilfe holen!«

»Bleib da«, hauchte er schwach. »Ich kann nichts sehen. Es ist so dunkel, ich fürcht' mich allein.«

»Du brauchst dringend einen Notarzt!«, sagte sie verzweifelt.

Er stöhnte gequält auf. Franzi neigte ihr Ohr nah an seinen Mund, um ihn verstehen zu können.

Der alte Mann flüsterte: »Da hilft kein Doktor mehr, Mädel, lass gut sein, bin lang genug auf der schönen Erde gewesen. Grüß meinen Buben von mir, sag ihm, dass ich ihm nicht bös' bin. Auch wenn ich es ihn vielleicht nicht hab' spüren lassen, ich hab' ihn immer lieb g'habt und dich ganz besonders.«

Franzis Tränen tropften auf seine Hand und sie konnte ihr Schluchzen nicht unterdrücken.

»Net greinen«, wisperte er. »Wir sehen uns in der Glückseligkeit wieder! Uiii, jetzt wird's ganz hell.«

»Lenz!«, schrie Franzi panisch. »Lenz!«

Doch er reagierte nicht mehr, seine Hand glitt aus der ihren. Ein Zucken ging durch seinen Körper und dann lag er mit einem Mal regungslos da.

Cäsar winselte, schnappte nach dem Schlafanzugärmel des alten Mannes und zog daran, so als wollte er sagen: »Steh doch auf!« Aber bald gab der Hund sein Vorhaben auf, sprang auf das Bett und schmiegte sich neben Lenz.

Fassungslos weinte Franzi und faltete die abgearbeiteten Hände von Lenz. Unter verzweifeltem Schluchzen presste sie hervor: »Jetzt ist er bei dir, Gottesmutter, pass mir gut auf ihn auf!«

Franzi zwang sich aufzustehen und ging zum Telefon, das im Hausflur auf einem Tischchen stand. Ein Zettel, den sie dort noch nie gesehen hatte, lag neben dem altmodischen Apparat. Sie erkannte die ungelenke Handschrift von Lenz. »Simon Astaller« und eine Telefonnummer hatte er aufgeschrieben.

Ratlos rief Franzi zuerst die Notrufnummer an. Vor lauter Weinen konnte sie kaum richtig sprechen. Man riet ihr, den Hausarzt von Lenz zu verständigen, der den Totenschein ausstellen sollte, und recht schnell im Anschluss ein Bestattungsunternehmen zu beauftragen, das sich um die Begräbnisformalitäten kümmern würde.

Franzi rief in der Praxis von Doktor Braun an, der ihr versprach, so bald wie möglich zu kommen.

Niedergeschlagen und erschöpft ging sie zu Lenz und Cäsar zurück. Sie konnte ihren Hund nicht dazu bewegen, aus dem Bett zu springen. Selbst ein Leckerli half nicht. Das Tier schaute sie treuherzig an und drängte sich enger an Lenz heran. Franziska kochte schließlich einen Kaffee. Ein wenig weckte das dunkle Gebräu ihre Lebensgeister wieder. Sie griff zum Telefonhörer und wählte die Nummer von Simon Astaller.

Eine verschlafene, männliche Stimme meldete sich und blaffte barsch ins Telefon: »Ja, was ist denn?«

»Herr Doktor Astaller?«, fragte Franzi eingeschüchtert.

»Nein, verflixt noch mal, da haben sie eine falsche Nummer, hier ist Wegreiter.« Noch bevor Franzi sich entschuldigen konnte, wurde aufgelegt.

Ratlos stand sie da, als ihr die Weihnachtskarte einfiel, die Lenz achtlos in die Schublade gelegt hatte. Sie fand sie, jedoch hatte der Briefumschlag, obwohl so viel Geld beilag, keinen Absender.

»Komisch«, murmelte Franzi unter Tränen. Sie erinnerte sich an das stimmungsvolle Weihnachtsfest, und fing erneut bitterlich an zu weinen.

In dieser aufgelösten Stimmung fand sie wenig später Doktor Braun vor. Er gab ihr eine Beruhigungspille und ließ sich ins Schlafzimmer führen. Süßlicher Geruch breitete sich aus. Der Arzt öffnete das Fenster, beugte sich zu dem alten Mann und sagte erschüttert: »Lenz, das hätte ich nicht gedacht, dass du uns so schnell verlässt. Ich wünsch' dir Gottes ewigen Frieden.«

Cäsar knurrte bedrohlich, als Doktor Braun versuchte, Lenz zu berühren. Franzi wollte sich bei dem Mediziner entschuldigen, doch er winkte ab: »Das erlebe ich öfter, dass die treuen Tiere ihr Herrchen nicht verlassen wollen. Schaffen Sie es, den Hund wegzulocken?«

Franzi ging in die Küche und kam mit einem Stück Leberwurst zurück und hielt es Cäsar vor die Nase.

»Cäsarlein, komm jetzt runter, los«, lockte sie. »Schau, feine Wurst.«

Der Hund schnupperte interessiert, wandte sich ab und legte mit einem Aufseufzer seinen Kopf auf die Brust von Lenz.

Der Arzt und Franzi tauschten einen verständnisvollen, aber ratlosen Blick. In Franzis Gedanken tauchte plötzlich die Stimme von Lenz auf: »Arbeite mit den Zeichen.«

»Natürlich!«, rief sie. Wie hatte sie das vergessen können? Wenn alles Reden nichts mehr nutzte, hatte ihr Lenz gezeigt, mit welchen Gesten man einen Hund dazu brachte, gehorsam zu sein.

Sie suchte den Blickkontakt mit Cäsar, hob ihre Hand und zeigte ihm an, sofort zu ihr zu kommen. Langsam erhob sich das Tier und verließ widerwillig, aber folgsam seinen Platz neben dem alten Mann.

»Schlaganfall«, sagte der Doktor, als er zu Franzi und Cäsar in die Wohnküche trat und ihr den Totenschein auf den Küchentisch legte.

»Sie können jetzt Ihren Freund beerdigen.«

Während Franzi am Nachmittag auf die Mitarbeiter des Bestattungsunternehmens wartete, stellte sie eine Internetverbindung her und gab in einer Suchmaschine den Namen von Simon Astaller ein. In einer Münchner Klinik wurde er in der Ärzteliste als leitender Oberarzt geführt. Vertrauenswürdig und freundlich schaute er auf dem Foto aus, das man neben seinem Namen platziert hatte. Sie versuchte, ihn telefonisch zu erreichen und erfuhr, dass er an einem Ärztekongress in China teilnahm. Sie bat darum, ihm die Nachricht vom Tod des Vaters zu übermitteln. Außerdem hinterließ sie ihre Handynummer. Mehr konnte sie im Moment nicht tun.

Kapitel 6

Simon Astaller meldete sich nicht. Die Beerdigung seines Vaters fand ohne ihn statt. Fast alle Bewohner von Dirnbach und Seehöfl erwiesen Lenz die letzte Ehre. Er hatte bei einem Bestatter bereits die Kosten für sein Begräbnis beglichen und verfügt, dass der Leichenschmaus im Gasthof »Waldesruh« in Birgsheim stattfinden sollte und keinesfalls beim Schwanenwirt in Seehöfl. Trotz ihrer Trauer musste Franzi schmunzeln, denn Lenz hatte über seinen Tod hinaus im Streit mit den Stettners das letzte Wort behalten.

Eine Woche nach der Beisetzung saß Franzi beim Mittagessen in der Wohnküche, als Cäsar plötzlich zu bellen begann. Er raste durch den Flur zur Haustür. »Was ist denn Cäsar?«, rief sie und folgte ihm. Sie erschrak, als sie hörte, dass die Haustür aufgeschlossen wurde. Ein Mann mit einem grimmigen Gesichtsausdruck stand vor ihr. Er starrte sie verwundert an und schnauzte ungehalten: »Was machen Sie denn hier?«

»Das könnte ich auch fragen«, blaffte Franzi zurück und rief Cäsar zu sich, der sich kläffend vor dem Fremden aufbaute.

»Halten Sie das Vieh fest«, befahl der Unbekannte. »Und sagen Sie bloß nicht, dass er harmlos ist.«

Franzi, verärgert über den rüden Ton des Mannes, zog die Augenbrauen nach oben und musterte ihn mit entschlossenem Blick. Er kam ihr bekannt vor. Wo hatte sie ihn nur schon einmal gesehen?

»Freundlichen Menschen tut Cäsar nichts«, sagte sie und streichelte dem Hund, der sich brav an ihre Seite gesetzt hatte, über den Kopf.

»Cäsar?«, brachte der Mann verächtlich hervor und fing an zu lachen. »Was für ein blöder Name!«

»Was geht Sie das denn an?«, blaffte Franzi. »Und jetzt verschwinden Sie, sonst …«

»Sonst was?«, fragte der Mann herausfordernd und stemmte die Hände in die Hüften.

Lenz stand genauso da, wenn er wütend wurde, dachte Franziska. Es dämmerte ihr, wo sie den Mann bereits gesehen hatte. »Sie sind Doktor Astaller, stimmt's?«

Er nickte zustimmend und erkundigte sich: »Muss ich Sie kennen?«

»Franziska Obermair«, brachte sie hervor.

»Woher wissen Sie, wer ich bin?«, fragte er.

»Ihr Foto steht in der Küche und Ihr Vater sprach manchmal von Ihnen.«

»So, so, der Vater«, sagte er gedehnt. »Das hätte ich ihm nicht zugetraut, dass er auf seine alten Tage noch so ein flottes G'spusi findet.«

Franzi schnappte empört nach Luft. »Ich wohne zwar im ersten Stock, aber Lenz und mich verband lediglich eine herzliche Freundschaft.« So ein blöder Depp, dachte Franzi. Mir eine heimliche Liebschaft mit seinem Vater zu unterstellen, der ist ja vielleicht unverschämt!

»Wie auch immer«, sagte Simon kurz, »in meinem Auto wartet ein Immobilienmakler, dem will ich das Anwesen zeigen, denn ich werde es auf keinen Fall behalten.«

Entsetzt platzte es aus Franzi heraus: »Sie wollen dieses Paradies verkaufen?«

Er nickte und raunte: »Was für den einen das Paradies ist, bedeutet für den anderen die Hölle.«

Franzi erwiderte trotzig: »Ich finde es herrlich hier!« Leise fügte sie hinzu: »Ich bedauere, ich konnte die Bestattung Ihres Vaters nicht länger hinauszögern. Es gab keine Nachricht von Ihnen.«

Er unterbrach sie hastig: »Ja, ich verstehe, das ist schon in Ordnung.«

»Ich hoffe, die Entscheidung, ihn im Grab Ihrer Großeltern beisetzen zu lassen, war in Ihrem Sinne?«, fragte Franzi.

Genervt rollte er mit den Augen und sagte: »Ja doch, jetzt hören Sie schon endlich damit auf.«

»In seiner letzten Stunde hielt ich die Hand Ihres Vaters. Seine Gedanken galten Ihnen, seinem Sohn. Ich soll ausrichten, dass er Ihnen nicht böse ist. Auch wenn Sie es nicht gespürt hätten, er hatte Sie immer lieb gehabt.«

»Aha«, sagte Simon trocken.

»Dann haben Sie das Grab Ihres Vaters noch nicht besucht?«, stellte sie fest.

»Alles zu seiner Zeit«, brach es barsch aus ihm heraus. Er ging entschlossenen aus der Tür.

Nach einigen Minuten betrat er mit dem Immobilienmakler das Haus und zeigte ihm mit einer Selbstverständlichkeit die Räume im Erdgeschoss, dass sich Franzi ärgerte. Die beiden Männer flüsterten miteinander und Franzi spitzte die Ohren. Wortfetzen drangen an ihr Ohr: »altes Gerümpel«, »unmodern«, »Grundsanierung«, »Fenster und Türen raus«, »Investor suchen«.

Eine Woche nach der Beerdigung seines Vaters, an der er nicht teilgenommen hatte, tauchte dieser Mann unvermittelt in seinem Elternhaus auf. Er brachte einen Immobilienmakler mit, der möglichst rasch alles für ihn verkaufen sollte. Franzi verstand die Welt nicht mehr. Sie merkte, wie eine rasende Wut über dieses Verhalten in ihr aufstieg, das von einer abgrundtiefen Traurigkeit begleitet wurde. Hatte er denn überhaupt nichts von Lenz positiven Charaktereigenschaften geerbt?

Sie schreckte aus ihren Überlegungen hoch, als sie das knarzende Geräusch der ersten Treppenstufe hörte. »Wo wollen Sie denn hin?«, rief sie laut.

»Nach oben«, gab er zurück.

»Das kommt nicht infrage!«, schrie Franzi. »Sie werden meine Wohnung nicht betreten!«

Er drehte sich um und kam auf sie zu. Cäsar knurrte bedrohlich, und Franzi hielt ihn zur Sicherheit am Halsband fest.

Mit funkelnden Augen und spöttischer Stimme fragte er: »Wie wollen Sie mich dran hindern?«

»Genauso schaute ihr Vater, wenn er zornig wurde«, sagte Franzi leise und zuckte zusammen, als Simon Astaller brüllte: »Wagen Sie es nie mehr, mich mit dem Alten zu vergleichen!«

Der Immobilienmakler griff jetzt schlichtend ein. Er versuchte, Simon verständlich zu machen, dass er eine Wohnung nicht ohne den Willen der Mieterin betreten dürfte.

»Dann zeigen Sie mir Ihren Mietvertrag«, forderte Simon.

»Ich hab' es mündlich mit Lenz vereinbart«, antwortete Franzi tapfer, obwohl ihr schlagartig bewusst wurde, dass sie ohne schriftlichen Vertrag keinerlei Rechte hatte, hier zu wohnen.

»Dann können Sie mir, als rechtmäßigem Erben des Anwesens, nicht untersagen, alles zu begutachten!«, stieß Simon triumphierend hervor.

»Haben Sie denn einen Erbschein?«, fragte Franzi scheinheilig.

Er atmete tief ein, sah vom Makler zu Franziska und antwortete mit einem süffisanten Lächeln: »Wem sollte der Alte denn sonst den gesamten Krempel vererben?«

»Der katholischen Kirche?«, warf Franzi ein.

Simon lachte schallend. »Ihr Sinn für Humor ist bemerkenswert. Aber was soll's. Lassen wir's gut sein für heute. Ich kann ein anderes Mal wiederkommen. Sie sollten sich sofort nach einer anderen Wohnung umsehen, hier können Sie nicht bleiben. Wieso sind denn so viele Viecher auf dem Hof?«

Franzi erklärte es ihm, und auf dem Weg zur Haustür sagte er: »Die Tiere müssen weg. Ich hoffe, Sie finden einen Platz, an dem sie unterkommen können. Ich möchte sie nur ungern zum Schlachter bringen.«

Ja, hoppla, dachte Franzi. Eine menschliche Regung, und das ausgerechnet bei Tieren? Das war aber interessant.

Er streckte ihr die Hand hin: »Auf Wiedersehen, Frau Obermair.«

Während sie seine Hand drückte, schaute sie ihn an, und er hielt ihrem Blick stand. Eine eigenartige Stimmung kam zwischen ihnen auf. Franzi hatte plötzlich das Gefühl, als blickte sie in die gütigen, freundlichen Augen von Lenz. Sie merkte, wie ihr die Tränen kamen, und damit er es nicht bemerkte, zog sie ihre Hand zurück und wandte sich ab.

Franzi hörte, wie er die Haustür öffnete, und konnte nicht verhindern, dass Cäsar hinter ihm herstob. Hastig schaute sie in den Hof und lächelte unter Tränen, als sie sah, dass ihr Hund sein Beinchen hob und am Vorderreifen von Simons Auto einen gewaltigen Strahl verspritzte.

Als Cäsar zurück ins Haus kam, sauste er zur Schlafzimmertür von Lenz und kratzte mit seiner Pfote so lange, bis Franzi nachgab und ihn ins Zimmer ließ. Er hüpfte auf das Bett, rollte sich mit einem Seufzer zusammen und sah sein Frauchen mit schmachtenden Hundeaugen an. Sie setzte sich zu ihm, streichelte seinen Rücken und sagte: »Der Lenz würd' mich schimpfen, wenn ich dir dauernd deinen Willen lasse, bald ist deine Erziehung zum Teufel. Es ist schön hier, gell? Du magst auch nicht mehr in die laute, lärmende Stadt zurück. Ich fürchte, es wird uns nichts anderes übrig bleiben. Ich bin froh, dass ich wenigstens die Wohnung behalten hab'.«

Cäsar schnaufte tief und rollte sich auf den Rücken, damit Franzi so seinen Bauch kraulen konnte. »Du alter Gauner«, rief sie liebevoll, »fehlt dir der Lenz? Ich hatte ihn lieb gewonnen. Aber jetzt komm, du Faulenzer. Mitten am Tag hier rumliegen, das geht ja nicht. Es gibt viel zu tun!«

Sie stand auf, Cäsar hüpfte vom Bett. Bevor er hinter ihr durch die Tür trottete, warf er einen traurigen Blick zurück.

Zwei Tage später, als einige freiwillige Helfer auf dem Hof werkelten, beschloss Franzi, zu einigen Bauernhöfen in der Umgebung fahren, um zu schauen, ob sie für die Tiere des Astaller-Hofes eine Heimat fände.

Zuerst steuerte sie den Gniglhof in Dirnbach an. Misstrauisch wurde sie empfangen, Anna, die Altbäuerin schnauzte: »Ja, woher kommt den der plötzliche Sinneswandel, dass du uns besuchst? Es ist üblich, dass man sofort die Aufwartung macht, wenn man hinzuzieht.«

»Ich bin Melli«, sagte die Jungbäuerin und streckte Franzi die Hand hin.

Sie drückte sie und antwortete resigniert: »Wer ich bin, weißt du ja.«

Melli nickte. »Können wir dir helfen?«

»So weit käm's noch«, schnaubte die alte Bäuerin mit harscher Stimme dazwischen.

»Komm Oma, setz dich zu uns«, bat Melli.

»Mit der an einen Tisch? Nie und nimmer!«, blaffte diese und schlurfte aus der Küche.

»Tut mir leid«, sagte Melli entschuldigend. »Darfst der Mutter nicht wirklich bös' sein. Wurd' halt viel getratscht über dich und den Lenz. Magst einen Apfelsaft?«

Am liebsten wäre Franzi weggelaufen, doch sie dachte an die Tiere und setzte sich an den Esstisch in der Küche.

»Franzi, wieso bist du hergekommen?«

»Ich suche einen Unterstellplatz für die Pferde, den Esel, das Schaf und die Ziegen. Könntet ihr ein oder sogar mehrere Tiere aufnehmen?«

»Unsere Lena ist begeistert von euren beiden Stuten, sie hat schon etwas bei mir anklingen lassen. Komm mit«, bat Melli und erhob sich.

Als sie die Tür zum Stall öffnete, sah Franzi, dass die Kühe eng beieinanderstanden. »Mehr Platz gibt's nicht, ich wüsste nicht, wo wir noch ein Tier unterbringen sollten«, sagte die Bäuerin bedauernd.

»Was glaubst du, wie Lena gebettelt hat, dass wir die Pferde aufnehmen. Für eine 12-jährige Pferdenärrin wäre das ein Traum. Aber es ist unmöglich.«

»Was meinst du, wen könnte ich sonst noch fragen?«, erkundigte sich Franzi.

»Ich sag's dir, wie es ist, das wird schwierig. Fahr nach Seehöfl zum Huberhof, der ist einer der Größten im Umkreis.«

Franzi dankte Melli, stieg in ihr Auto und machte sich auf den Weg nach Seehöfl.

Beim Huberhof traf sie auf die Austragsbäuerin Resi, die sie nötigte, auf der Bank vor dem Haus Platz zu nehmen.

»Magst was trinken?«, fragte Resi. »Braucht das Hunderl ein Wasser?«

Franziska bejahte beide Fragen, und als sie an ihrem kühlen Saft nippte, wollte Resi wissen: »Hat sich der Lenz schwergetan mit dem Sterben?«

Franzi schüttelte den Kopf und erzählte ihr traurig von seiner letzten Stunde.

»Als junges Madl hatte ich mich in den Lenz verliebt. Fast hätten wir geheiratet. Lenz war ein schneidiger Bursch, und doch sanft und freundlich. Nicht so ein Raufbold wie die anderen. Als das Lieserl auftauchte, beendete er unsere Beziehung. 15 Jahre jünger als er, verdrehte sie ihm vollkommen den Kopf. Aber diese Ehe brachte beiden kein Glück.«

»Was ist denn passiert?«, wollte Franzi wissen.

Resi winkte ab. »Ach lassen wir die alten Geschichten ruhen! Lenz zog sich von der Dorfgemeinschaft zurück. Ich hab' ihn schon lange nicht mehr gesehen, und jetzt ist er tot.«

Franzi wagte nicht, weitere Fragen zu stellen, und Resi fuhr fort: »Wieso sollen die Tiere denn weg?« Als ihr Franzi von Simons Absicht erzählte, schaute die Bäuerin sie traurig an und seufzte: »Der schöne Hof! Ich kann dir nicht viel Hoffnung machen. Falls ich etwas zu bestimmen hätte, würde ich dem Lenz zuliebe ein paar Tiere aufnehmen. Aber ich fürchte, mein Sohn denkt anders. Lass mir deine Telefonnummer da, wenn's klappt, melde ich mich.«

Franzi bedankte sich und stand auf. Die Bäuerin schaute sie unsicher an, dann brach es aus ihr heraus: »Hattest du ein Techtelmechtel mit dem Lenz?«

»Nein«, sagte Franzi nur schlicht, die keine Lust mehr hatte, ihr Verhältnis zu Lenz erneut zu erklären. »Danke für den Saft, ich muss jetzt weiter«, stellte sie fest.

Mutlos fuhr Sie zum Wallnerhof und zum Ruckertbauern, dann gab sie auf. Niemand erklärte sich bereit, den Tieren ein Zuhause zu geben. »Wozu Getier durchfüttern, das zu nichts mehr taugt?«, fragte sie der Ruckertbauer. »Lass die Viecher halt einschläfern!«

Franzi schaute ihn entsetzt an.

Sein Sohn fiel ihm ins Wort: »Nach dem Tierschutzgesetz ist es verboten, gesunde Lebewesen zu töten, nur weil sie keinen Nutzen mehr bringen.«

Der Ruckert lachte hämisch auf: »Was mein Herr Sohn alles weiß! Dazu fällt mir der schöne Satz ein: ›Wo kein Kläger, da kein Richter‹. Du und Lenz habt' wie Einsiedler vor euch hingelebt, und plötzlich besinnst du dich darauf, dass es Nachbarn gibt? Reichlich spät, meinst du nicht?«

Franzi schwieg betreten, und Ruckert Junior sagte: »Für mich hat das eine mit dem anderen nichts zu tun.«

»Für mich schon«, schnappte sein Vater und wandte sich ab. »Ich kann es mir nicht leisten, fremde alte Viecher durchzufüttern.«

»Was soll nur werden, Cäsar?«, schniefte Franzi, als sie zurückfuhr. »Ich bin ratlos, jetzt kann nur noch der Himmel helfen.«

Sie lenkte den Wagen zur Marienkapelle, zündete eine Kerze an und bat um Hilfe für sich und die Tiere. Gestärkt und getröstet kehrte sie zum Astaller-Hof zurück.

Kapitel 7

Die Osterferien begannen, die Hunde- und Katzenpension füllte sich, und Franzi hatte viel zu tun. Sie kam nicht umhin, Jakobs angebotene Unterstützung anzunehmen. Nach der Beerdigung hatte er sie zur Seite genommen und ihr seine Hilfe angetragen. Während Jakob die schweren Futtermittelsäcke auslud, die er besorgt hatte, fragte er: »Ich hab' g'hört, der Simon hat sich seinen Hof angeschaut?«

»Ja«, antwortete Franzi einsilbig.

»Und, wie findest du ihn?«

»Ich hab' nur ein paar Worte mit ihm gewechselt«, entgegnete Franzi.

»Wird viel getuschelt, weil er bei der Beerdigung durch Abwesenheit geglänzt hat«, bemerkte Jakob.

»Geh – was die Leut' immer reden«, warf Franzi ein und stellte zu ihrer Überraschung fest, dass sie den jungen Astaller verteidigte.

»Simon wollte sein Erbe begutachten, oder?«, stichelte Jakob.

Widerwillig antwortete Franzi: »Ja, er hat sich im Haus umgeschaut.«

»Na ja, wird das Sach' verkaufen, was soll ein Doktor schon mit einem Bauernhof anfangen?«

»Ich weiß nicht, was er vorhat«, erklärte Franzi schroff und wunderte sich, wieso sie Jakob nicht die Wahrheit sagte.

Er stand schwitzend und schwer schnaufend neben seinem Wagen. »So, fertig!«, rief er. »Jetzt wär' ein Tasserl Kaffee grad recht.«

»Komm mit ins Haus«, forderte Franzi ihn notgedrungen auf.

Gerne war sie nicht mit Jakob alleine. Seine Sticheleien und sein Ausfragen störten sie gewaltig. Andererseits half ihr sonst niemand von der Dorfgemeinschaft. Solange Lenz gelebt hatte, war ihr gleichgültig gewesen, ob man sie leiden konnte oder was über sie gelästert wurde. Nun musste sie feststellen, dass sie ohne die Unterstützung der anderen nicht weit kam. Man half sich gegenseitig, doch Franzi wurde nicht akzeptiert, lediglich geduldet.

»Wo sind die Hunde?«, wunderte sie sich. Sie rief nach Cäsar und musste laut lachen, als er aus Richtung der Pferdekoppel gelaufen kam. Dicht hinter ihm lief Hexi, Jakobs Bernhardiner-Hündin. Sie trug Cäsars Lieblingsspielzeug in der Schnauze, so als ob sie seine Dienerin sei, und blieb nah an Cäsar, damit sie ihn ja nicht aus den Augen verlor.

»Ja schau her, die Hexi hat sich auch vergafft!« Er folgte Franzi ins Haus, die diese Aussage absichtlich nicht kommentierte.

Franzi wollte den Kaffee frisch aufbrühen, als Hundegebell und Autogeräusche in die Küche drangen. Seufzend stellte sie den Wasserkocher ab und lief hinaus. Der Postbote blieb vorsichtshalber im Wagen sitzen und stieg erst aus, als die Hunde folgsam bei Franzi saßen.

»Ein Einschreiben«, rief der Mann und wedelte mit einem schmalen Briefumschlag.

»Oh je«, jammerte Franzi. »Solche Post bringt meist nur Ärger.«

»Vom Amtsgericht«, bemerkte der Postbote. »Da geht es bestimmt ums Testament vom Lenz. Dann haben Sie wohl geerbt.«

Franzi bestätigte ihm den Empfang des Schriftstückes und dachte an Jakob, der in der Küche saß und sie gleich neugierig ausfragen würde. Ob er es von mir erfährt, ist egal, dachte Franzi. Der Postbote erzählt sowieso überall herum, dass ich einen Brief vom Amtsgericht erhalten habe. Das weiß morgen jede Frau und jeder Mann im gesamten Zustellgebiet.

Sie ging in die Küche zurück, ließ das Wasser noch einmal aufkochen und goss es mit so viel Schwung in den Kaffeefilter, dass es auf einer Seite überschwappte und über ihre linke Hand spritzte.

»Aua«, schrie Franzi. Sofort sprang Jakob herbei. »Schnell, halt die Finger unter kaltes Wasser«, befahl er.

»Das tut gut«, sagte Franzi, als er dicht neben ihr am Wasserbecken stand.

»Ja, das stimmt«, bestätigte er. »Wenn ich bei dir bin, dann ist alles paletti.«

Franzi schwieg und er nahm ihre Hand, trocknete sie vorsichtig mit einem Tuch ab und begann sie mit kleinen Küssen zu bedecken.

»Geh, was machst denn?«, rief Franzi und zog eilig die Hand weg.

»Schade«, seufzte Jakob enttäuscht.

Verlegen wandte sich Franzi dem Kaffeemachen zu und wunderte sich über ihr klopfendes Herz.

Später, als sie auf der Eckbank saßen, fragte Jakob: »Was hast denn so lang' mit dem Postler zu reden g'habt? Da musst aufpassen, der erzählt alles rum. Postgeheimnis ist ein Fremdwort für den.«

Das hatte Franzi befürchtet und seufzte: »Ein Schreiben vom Amtsgericht!«

»Mach es doch auf«, drängte Jakob.

Franziska zögerte, zog den Brief aus ihrer Jackentasche und riss ihn auf. Ihre Augen folgen über den Text. Sie ließ das Schriftstück sinken, schaute Jakob an und sagte: »Ich bin zur Testamentseröffnung vom Lenz vorgeladen.«

Am Ostersonntag besuchte Franzi auf Jakobs Anraten die heilige Messe. Jahrelang hatte sie an keinem Gottesdienst mehr teilgenommen. Zu ihrer Überraschung hatte sich seit ihrer Kindheit einiges zum Positiven verändert. Jakob hatte ihr zu verstehen gegeben, dass die Dörfler sie besser akzeptieren und unterstützen würden, wenn sie am Gemeindeleben teilnahm. Das bedeutete auch, sich einmal in der Kirche sehen zu lassen. Da man in der Dirnbacher-Kapelle keine Messen mehr las, fuhr Franzi nach Seehöfl, während einer der ehrenamtlichen Helfer bei den Tieren auf dem Astaller-Hof blieb.

Fast hätte sie Jakob nicht erkannt, der fein herausgeputzt in einem Trachtenanzug nach ihr Ausschau hielt. Er winkte freudig, als sie mit dem Auto auf den Parkplatz fuhr.

»Einen schönen Sonntag wünsch' ich dir!«, rief er so laut, dass die anderen Gottesdienstbesucher neugierig zu ihnen schauten.

»Grüß Gott, Jakob«, sagte Franzi, und bevor sie wusste, wie ihr geschah, gab er ihr demonstrativ einen Kuss rechts und links auf die Wange.

»Komm«, fordert er sie auf. »Wir sollten gleich reingehen, du bist spät dran.«

Gemeinsam betraten sie die Kirche. Erleichtert stellte Franzi fest, dass nach alter Tradition die Männer in den rechten Bankreihen ihre Plätze einnahmen und die Frauen auf der linken Seite saßen. Melli winkte ihr. Franzi freute sich über ein bekanntes Gesicht und setzte sich zu ihr. Anna, die Altbäuerin, schaute sie zwar grimmig an. Franzi lächelte freundlich und versuchte, die Abweisung zu ignorieren.

»Gibt es eine Erklärung, wieso Männer und Frauen in der Kirche getrennt sitzen?«, erkundigte sich Franzi nach dem Gottesdienst.

Melli lachte hell auf und sagte: »Wie es zu der Geschlechtertrennung kam, kann ich nur vermuten. Sicher hatte das etwas mit der Sittsamkeit zu tun.« Anna mischte sich ein und grantelte: »Selbstverständlich hat das damit zu tun. Früher saßen auch noch verheiratete und unverheiratete Frauen separat. Die Kirch' ist für Gott da und nicht zum Anbandeln.«

Sie stützte sich schwer auf ihren Stock und sah Franzi direkt in die Augen. Sie raunte: »Wo wir gerade beim Thema sind. Seid ihr ein Paar, der Jakob und du?«

»Aber nein«, rief Franzi bestürzt.

»Was nicht ist, kann ja noch werden«, wandte Jakob ein, der in diesem Moment zu ihnen trat.

Anna schüttelte den Kopf und rief: »Nur Flausen im Kopf, die jungen Leut'!«

Sie humpelte auf das Auto zu, in dem Sepp auf sie wartete.

Als sich Franzi verabschiedete, flüsterte Melli: »Pass auf, mit wem du dich sehen lässt!«

Mit gerunzelter Stirn stand Franziska vor dem Schrank. Cäsar betrachtete sein Frauchen aus sicherer Entfernung mit schief gelegtem Kopf. Sie holte einen Rock heraus und schlüpfte hinein. »Zu eng!«, seufzte sie. »Das Landleben macht mich so hungrig!« Sie griff nach einem Kleid. »Passt auch nicht mehr«, stöhnte sie. »Diese bösen Kleiderwichtel, die in der Nacht alles enger nähen!«

Cäsar beobachtete sie eher mittelmäßig interessiert und gähnte. Franzi fand schließlich eine passende schwarze Hose und eine modische Bluse. »Fertig«, rief sie. »Schaut gut aus, Cäsar, oder?«

Franzi hatte noch nie dem modernen Schönheitsideal des superschlanken Models entsprochen und als Mädchen oft mit dieser Tatsache gehadert. Inzwischen hatte sie sich mit ihren etwas üppigeren weiblichen Formen arrangiert. Bloß wenn sie nicht mehr in ihre Kleidung passte, ärgerte sie sich.

Franzi verhinderte, dass Cäsar ins Auto sprang, und wich seinem empört-sehnsüchtigem Hundeblick aus. »Ich komme ganz bald wieder«, sagte sie, während sie ihm über den Kopf streichelte. »Jakob ist gleich da. Er bringt sicher deine Hundefreundin Hexi mit, dann hast du hier ein bisschen Ablenkung.«

In letzter Minute betrat Franzi das Zimmer im Amtsgericht.

»Grüß Gott«, sagte sie in die Runde hinein. Simon Astaller schwieg und bedachte sie mit einem kurzen Blick. Franzi zeigte ihren Personalausweis und setzte sich auf einen der Stühle, die rund um einen Schreibtisch standen.

Der Mann, der das Vermächtnis verkünden sollte, stellte sich als August Schneider vor. Er gab zugleich zu bedenken, dass diese Art der Testamentseröffnung unüblich sei und in dieser Form auf den ausdrücklichen Wunsch Lorenz Astallers hin stattfände.

»Und wie wird das sonst gehandhabt?«, warf Simon ein.

»Sie bekommen eine Abschrift von dem Ausschnitt des Textes, der Ihr Erbe betrifft«, antwortete Herr Schneider.

»Ich verstehe«, sagte Simon. »Dann wollte der Al…«, er verbesserte sich eilig, »mein Vater, dass wir gegenseitig hören, was er uns vererbt.«

»Davon gehe ich aus«, erwiderte Herr Schneider trocken. »Kann ich jetzt anfangen?«

Simon nickte.

Herr Schneider räusperte sich und fing an zu lesen: »Ich, Lorenz Simon Maria Astaller, derzeit wohnhaft in Dirnbach, Wegscheid 1, erkläre hiermit meinen letzten Willen. Meinem Sohn Doktor Simon Astaller vererbe ich den Bauernhof in Dirnbach, Wegscheid 1. Ebenso den Grund, auf dem der Hof steht, samt allem, was sich in der Wohnung im Erdgeschoss befindet, in der ich gelebt habe. Er bekommt sämtliche Wiesen und Äcker, wie mit den entsprechenden Flurnummern in der Anlage dieses Testaments aufgeführt.«

Herr Schneider warf einen kurzen Blick zu Simon, der zufriedenen grinste.

»Franziska Obermair«, fuhr Herr Schneider fort und sah aus den Augenwinkeln, wie Simon zusammenzuckte, »Franziska Obermair, Stütze und Freude meiner alten Tage, vermache ich wie folgt die auf dem Grundstück Dirnbach, Wegscheid 1 stehenden Nebengebäude, mit dem dazugehörigen Grund. Das heißt, die beiden kleinen Häuschen, in denen im Moment eine Hunde- bzw. Katzenpension betrieben wird. Außerdem verfüge ich, dass Frau Obermair ein lebenslanges Wohnrecht im Bauernhof, Dirnbach, Wegscheid 1, in der Wohnung im ersten Stock erhält. Voraussetzung dafür ist, dass sie ihren Hauptwohnsitz dorthin verlegt. Das Wohnrecht gilt auf Lebenszeit, ist nicht vererbbar und darf nicht verkauft werden. Den Stall mit dazugehörigem Grund, die Koppel und alle Tiere, die sich auf dem Astaller-Hof befinden, vermache ich Frau Obermair. Sollten Doktor Astaller oder Frau Obermair das Erbe nicht antreten wollen, fällt deren Anteil dem Tierschutzbund zu. Ich vertraue jedoch drauf, dass Frau Obermair meine geliebten Tiere nicht im Stich lässt. Diesen Willen erkläre ich im Vollbesitz meiner geistigen Kräfte. Franzi und Simon, mein letzter Wunsch ist, dass ihr euch vertragt und nicht streitet. Schickt mir Weihwasser, betet für mich und zündet bei der Gottesmutter Maria ein Kerzerl für mich an. Lorenz Simon Astaller.«

»An seinem Geburtstag hat er das aufsetzen lassen?!«, rief Franzi erstaunt, als Herr Schneider das Datum nannte, an dem das Testament verfasst worden war. Sie fing an zu weinen und schluchzte: »Herr Astaller verschwand am Vormittag und sagte mir, er müsse dringend etwas erledigen.«

»Der spinnt doch!«, schrie Simon. Alle Anwesenden zuckten erschrocken zusammen. »Über den Tod hinaus mischt er sich in mein Leben ein. Das nehme ich nicht hin, das Testament fechte ich an!«

»Das bleibt Ihnen überlassen«, antwortete Herr Schneider kühl. »Sie haben außerdem eine sechswöchige Frist, das Erbe auszuschlagen.«

»Schon recht«, polterte Simon, »vielleicht sollte lieber das feine Fräulein über so einen Schritt nachdenken?«

Franzi sah ihn nicht an und schwieg.

Simon sprang auf, dass sein Stuhl krachend umfiel. »Mir reicht es, ich muss raus«, schnauzte er.

»Sie bekommen eine Kopie des Testaments per Post geschickt«, rief ihm Herrn Schneider nach.

Simon gab ihm keine Antwort und stürmte wütend davon.

Entgeistert starrte Franzi zur Tür und erhob sich. »Kann ich auch gehen?«, fragte sie matt.

»Ja«, antwortete Herr Schneider.

Ein älterer Mann kam durch die geöffnete Tür in das Zimmer und steuerte auf Franzi zu. »Frau Obermair?«, fragte er.

Franzi nickte.

»Ich bin Notar Breitlanger. Lorenz Astaller hat bei mir seinen letzten Willen bekundet. Da ist ein

Briefumschlag für Sie. Auf Wunsch des Verstorbenen sollte er nach der Testamentseröffnung an Sie ausgehändigt werden.« Er reichte ihr ein Kuvert.

Franzi hielt es unschlüssig in den Händen und flüsterte: »Ein letzter Gruß von Herrn Astaller?«

Herrn Breitlanger nickte und gab ihr eine Visitenkarte. »Wenn ich helfen kann oder Sie Fragen haben, rufen Sie mich bitte an!«

»Danke«, murmelte Franzi. »Herr Astaller gab mir einmal den Rat, dass ich mir mein frohes Herz bewahren soll. Das fällt mir gerade schwer.«

Herr Breitlanger nickte. »Als wir über das Vermächtnis sprachen, wies ich ihn darauf hin, dass diese Form des Testamentes zwischen den Erben für Streitigkeiten sorgen könnte. Doch er lachte und behauptete, dass er genau wüsste, was er täte. Alles Gute für Sie, Frau Obermair.«

»Danke«, seufzte Franzi.

»Denken Sie daran, es bleibt Ihnen unbenommen, das Erbe innerhalb von sechs Wochen auszuschlagen«, erklärte der Notar.

Auf dem Weg zum Auto kam sie an einem Bistro vorbei. Der Besitzer schleppte soeben Tische und Stühle vor sein Lokal. Die frühlingshaften Sonnenstrahlen luden dazu ein, draußen zu sitzen. Sie beschloss, sich diesen Luxus zu gönnen. Kaffee und Kuchen! Genau danach sehnte sie sich jetzt. Als sie genussvoll ein Stück Apfelkuchen mit Sahne verzehrte, sah sie Simon Astaller auf das Bistro zusteuern. Mist, dachte sie. Muss der hier vorbeigehen? Da hatte er sie entdeckt und kam direkt auf sie zu.

»Na, zufrieden?«, blafft er sie an. Die anderen Gäste schauten interessiert zu ihnen herüber.

»Ich hatte keine Ahnung!«, versuchte Franzi zu erklären.

Er lachte höhnisch: »Wer's glaubt, wird selig! Das letzte Wort ist in dieser Angelegenheit noch lange nicht gesprochen.« Er wandte er sich abrupt ab und ging auf die andere Straßenseite.

Simon rannte kopflos durch Garmisch-Partenkirchen. Schließlich fasste er den Entschluss, zum Astaller-Hof zu fahren. Er musste sich noch einmal genau anschauen, was sein Vater dieser jungen Frau alles vermacht hatte. Als er durch Seehöfl fuhr, begann sein Magen zu knurren. Er parkte sein Auto und ging zur Seeterrasse des Schwanenwirts. Er bestellte ein Bier und studierte die Speisekarte.

»Ja, seh' ich richtig, der Astaller-Simon gibt uns die Ehre«, hörte er eine Stimme hinter sich.

»Jakob«, rief Simon überrascht. »Das ist ja eine Ewigkeit her, seit wir uns das letzte Mal gesehen haben.«

»Darf ich mich zu dir setzen?«

»Freilich, gerne!«

»Nimm den Rehbraten«, empfahl Jakob. »Ist gestern frisch geliefert worden!«

»Vom Jäger oder gewildert?«, flachste Simon.

Jakob feixte: »Alles legal, kennst doch den Spruch der bayerischen Staatsforsten: ›Wald vor Wild‹. Der Förster geht auf die Pirsch, und wir bereiten es fachmännisch zu.«

Simon lachte: »Ganz Wirtssohn, gell?«

»Nein, nein, ich bin jetzt der Hausherr, der Vater hat den Gasthof schon an mich übergeben«, stellte Jakob großspurig fest.

»Respekt«, lobte Simon und bestellte bei der Bedienung, die zu ihnen an den Tisch kam, den Rehbraten.

Jakob ließ sich ein Bier bringen, und sie tranken auf ihr Wiedersehen.

»Bist du verheiratet?«, fragte Jakob.

»Nein, ich habe die richtige Frau noch nicht gefunden«, antwortete Simon.

»Und du?«

»Auch nicht, aber es könnt' sich gerade was entwickeln!«

Simon verlangte einen Obstler und erklärte: »Jetzt muss ich erst einmal den Ärger runterspülen. Die Testamentseröffnung von heute Vormittag steckt mir noch in den Knochen.«

»Du bist wie ich der einzige Sohn, gehört eh' alles dir, oder?«

»Das dachte ich auch«, stellte Simon trocken fest. »So ist es aber nicht. Komm, lass uns besser von den guten alten Zeiten reden.«

Jakobs Interesse galt eher der Gegenwart. Vor allem wollte er Details über Simons Erbe erfahren. Doch Jakob blieb gelassen, er wusste, nach ein paar Bieren und Obstlern löste sich Simons Zunge bestimmt. Es kühlte ab, und die Gäste wechselten von der Terrasse ins Innere des »Schwanen«. Simon schwankte bereits beträchtlich.

Jakob half ihm, einen Platz in der Wirtsstube zu finden und setzte sich schließlich zu ihm. Er schob ihm einen Obstler hin: »Prost, Simon, auf dein Wohl.«

»Diese Erbschleicherin hat mich um alles gebracht, was mir zusteht. Das lasse ich mir nicht gefallen! Die verklage ich«, brach es auf einmal aus Simon heraus, dessen Aussprache schon undeutlich wurde.

»Das musst du machen!«, feuerte ihn Jakob an und fragte listig: »Was hat der alte Kauz denn dem Frauenzimmer alles vermacht?«

»Das Wohnrecht für die Räume im ersten Stock des Bauernhofes.«

»Auweh!«, bedauerte ihn Jakob.

»Hätt' einen Investor an der Hand, der wollte ein Hotel dort bauen. Viel Geld hat er mir geboten, aber das kann ich jetzt vergessen«, klagte Simon verbittert und kippte den Obstler hinunter, den ihm Jakob frisch eingeschenkt hatte.

»Dann kauf ihr halt das Wohnrecht ab!«, schlug Jakob vor.

»Das geht ja nicht«, schrie Simon erbost. »Wurde testamentarisch unterbunden! Die kleinen Häusel, die Koppel und der Stall, gehört jetzt alles ihr.« Er stockte und beugte sich zu Jakob über den Tisch. »Ich geh' zum Anwalt, das kann doch nicht sein!«

»Ja, gegen so was muss man sich wehren«, bestätigte Jakob. »Das ist dein Sach', damit hat das Weiberleut' nichts zu schaffen!«

»Genau so isses«, lallte Simon, der einen weiteren Obstler kippte, obwohl er bereits erheblich angetrunken war.

»Jetzt bring mir die Rechnung, ich fahr heim!«

»Du bleibst da, oben sind Gästezimmer. Ich helf' dir die Treppen hinauf. Es langt doch, wenn du morgen früh losfährst.«

»Nein«, grummelte Simon, »ich muss doch zum Dienst.«

»In dem Zustand kannst du nirgendwo mehr hin«, bestimmte Jakob fest und half ihm beim Aufstehen. In dem Moment betrat Stettner Senior die Wirtsstube und bedachte seinen Sohn mit einem tadelnden Blick.

»Hilf mir«, rief Jakob. »Lass uns den Simon nach oben in ein Zimmer bringen.«

Sie nahmen den Angetrunkenen in die Mitte und brachten ihn unter Mühen in den ersten Stock. Unterwegs tadelte Mattes seinen Sohn: »Machst du neuerdings das Kindermadl für die Besoffenen?«

»Schimpf nicht, lieber Papa, ich weiß jetzt über Astallers Erbverhältnisse Bescheid. Dafür hab' ich gerne ein paar Obstler spendiert.«

»Da schau her«, raunte Mattes anerkennend. »Du wirst ja langsam doch ein richtiger Stettner. Gut g'macht, Bua. Und, wie schaut es aus?«

»Da reden wir gleich in Ruhe drüber, wenn wir den Simon ins Bett gebracht haben«, sagte Jakob.

Als Mattes Stettner den Informationen über die veränderten Besitzverhältnisse gelauscht hatte, sagte er: »Du weißt, was du zu tun hast?«

»Ich kann mir vorstellen, was du erwartest«, nickte Jakob.

»Morgen früh fährst du zuerst zu dieser, wie heißt sie gleich?«

»Franzi.«

»Genau, sie darf auf keinen Fall das Erbe ausschlagen. Mach ihr schöne Augen, umgarn sie ein bisserl und heirat' sie. Wir kaufen dem Simon zu einem günstigen Preis den Hof ab und alles gehört wieder den Stettners.«

»Wieso sagst du, ›gehört uns wieder‹?«

»Nicht so wichtig! Tu, was ich sag'. Sie ist doch ein fesches Ding, oder?«

»Ja, sie tät mir g'fallen, aber ich fürchte, sie interessiert sich nicht für mich.«

»Lass dir was einfallen!«, befahl Mattes barsch. »Ist nicht die erste Frau, die du rumkriegst, oder?«

Jakob nickte und machte eine anzügliche Geste. Jetzt galt es, auch dem Vater zu beweisen, dass er zu Recht als Schürzenjäger bezeichnet wurde. Viele Frauen waren von seinem Charme und seinen lockeren Sprüchen hingerissen. Franzi allerdings schien immun zu sein, was wiederum seinen Jagdtrieb erneut beflügelte.

»Sie wird mein Meisterstück«, raunte er.

Mattes klopfte ihm auf die Schulter und sagte anerkennend: »Das ist mein Sohn!«

Franzi hatte schlecht geschlafen. Wirre Träume ließen sie öfter wach werden. Am gestrigen Abend öffnete sie sofort das Briefkuvert, das ihr der Notar überreicht hatte. Zwei verschlossene Umschläge fand sie darin. »Franziska Obermair« stand auf dem einen und »Doktor Simon Astaller« auf dem anderen, jeweils versehen mit dem Vermerk: »Sechs Monate nach der Testamentseröffnung lesen«.

»Du machst es aber spannend, Lenz«, grummelte Franziska. Der gestrige Tag steckte ihr in den Knochen. Über vier Stunden hatte sie in einem kilometerlangen Stau gestanden. Nach einem schweren Unfall war es weder vor noch zurück gegangen. Erst spät war sie auf dem Hof angekommen.

Als Entschädigung für den anstrengenden Tag gab es zumindest einen Erfolg bei Cäsars Erziehung. Freudig bellend hatte er sie gestern Abend stürmisch begrüßt. Er rieb seinen Kopf an ihrem Oberschenkel und stupste sie an – die eindeutige Aufforderung ihn zu streicheln, nachdem er so lange auf sie warten musste. Sie nahm seinen Kopf zwischen ihre Hände und kraulte ihn hinter den Ohren. Schließlich holte sie ein Leckerli hervor.

»Cäsar – sitz!«, befahl sie. Der Hund sah sie mit treuem Hundeblick an und blieb vor ihr stehen.

»Ich krieg's nicht hin, Lenz«, murmelte Franzi. »Deine mühevolle Erziehung ist wieder zum Teufel, er hört nicht auf mich.«

Sie wollte ihm das Leckerli reichen, da kam ihr die Mahnung von Lenz in den Sinn, nicht gleich aufzugeben, sondern geduldig, jedoch beharrlich zu bleiben. Sie hob den Zeigefinger, suchte den Blickkontakt zu ihrem Hund und sagte leise, aber bestimmt: »Cäsar – sitz!«

Er zögerte eine kleine Weile, drehte sich zweimal im Kreis und setzte sich mit einem tiefen Aufseufzen hin. »Brav«, lobte Franzi und gab ihm den ersehnten Hundekeks. Der theatralische Auftritt Cäsars ließ sie schmunzeln und sie freute sich über ihren Erfolg.

Franzi schenkte sich eine zweite Tasse Kaffee ein und trat vor den Bauernhof, als Lena angeradelt kam. Die 12-jährige Tochter von Melli und Sepp half begeistert mit, die Pferde auf der Koppel regelmäßig zu bewegen und zu pflegen.

»Franzi, ich will Weibi und Bergfee striegeln. Darf ich den beiden auch Futter und Wasser geben?«

»Gern, Lena!«, sagte Franzi.

»Aber Kind, du bist ganz erhitzt, geh ins Haus, setz dich in die Küche und trink etwas. Ich geh' schnell zu den Ziegen, bin gleich da.«

Als Franzi in die Küche zurückkam, trank Lena gerade ihr Glas leer und sagte: »Der Huberbauer rief an und wollte dich sprechen. Ich soll dir ausrichten, dass er dir kein Heu mehr bringt.«

»Was?«, meinte Franzi verdattert. »Hat er gesagt, aus welchem Grund?«

Lena schaute verlegen zur Seite und murmelte leise: »Ja.«

»Red doch Kind«, drängte Franzi, »was ist los?«

»›Einer Erbschleicherin will ich nichts mehr liefern.‹, hat er gesagt.«

Fassungslos ließ sich Franzi auf die Eckbank fallen. »Das gibt's ja nicht«, stöhnte sie. »Woher weiß der denn von meinem Erbe?«

Lena erklärte: »Beim Schwanenwirt hat sich gestern Abend der wöchentliche Stammtisch getroffen. Mein Papa ist auch mit dabei. Beim Frühstück hat er uns von deinem Erbe erzählt.«

Danke Jakob, dachte Franzi bitter. Von Anfang an habe ich dir misstraut. Doch es dämmerte ihr, dass die Geschichte nicht von Jakob kommen konnte. Den Inhalt des Testaments kannten nur sie, Simon Astaller, Herr Schneider und der Notar Herr Breitlanger. Die beiden letzteren Herren würden ihren Job riskieren, wenn sie über das Testament sprechen würden.

»Simon«, murmelte Franzi, die völlig vergessen hatte, dass Lena neben ihr saß. Simon hatte es weitererzählt, das erschien ihr die einzige Möglichkeit.

Lena riss Franzi aus ihren Überlegungen. »Wir brauchen dringend Heu, es langt nimmer!«

»Ich weiß, ich kümmere mich morgen darum«, beruhigte Franzi das Mädchen. »So, jetzt komm, geh zu den Pferden!«

»Die Nummer vom Huberbauern liegt beim Telefon«, sagte Lena und ging zur Koppel.

Kapitel 8

Im Katzenhaus gab es einen neuen Pensionsgast. Wotan, ein rabenschwarzer Kater mit reizenden weißen Pfötchen. Am ersten Tag weigerte sich das Tier, seinen schützenden Katzenkorb zu verlassen. Zusammengerollt und reglos lag er da. Er verschmähte das Futter und sämtliche Leckereien, so als würde er seinen Aufenthalt im Katzenhotel als enorme Zumutung empfinden.

»Komm, Wotan«, lockte Franzi mit singender Stimme. »Schau, wie schön der große Kratzbaum ist, komm doch aus deinem Körbchen, komm.«

Wotan schaute sie lässig an, fauchte empört und drehte sich um.

Franzi ließ den eigenwilligen Kater in Ruhe. Am zweiten Tag saß er plötzlich auf einem der Mini-Sofas und putzte sein Fell. Als er Franzi entdeckte, rannte er ihr entgegen, strich um ihre Beine herum und ließ sich bereitwillig von ihr hochnehmen.

Doktor Brenner, Wotans Herrchen, befand sich auf einer dreiwöchigen Treckingtour und hatte Franzi vorsorglich einige Marotten seines Haustieres geschildert. Wotan akzeptierte ausschließlich das Futter einer bestimmten Tiernahrungsfirma, und davon fanden nur vier Sorten seine Zustimmung. Er schlich an den gefüllten Futternapf heran, schaute hinein, schüttelte sich ab, und ging weg. Nach einiger Zeit kam er zurück und fraß alles so gierig, dass er Würgegeräusche von sich gab. Im Anschluss trank er etwas Wasser und verdünnte Milch und ließ sich vollkommen erschöpft auf den Bogen gleiten.

»Jetzt kommt die Wotan-Show!«, rief Franzi jedesmal, wenn sie ihm das Futter hinstellte.

Selten hatte sie ein Tier so amüsiert wie dieser vierjährige Kater. Franzi liebte dieses besonders anschmiegsame Wesen, das täglich eine Extra-Streicheleinheit einforderte. Wotan konnte es absolut nicht leiden, wenn Franzi eine andere Katze streichelte. Er zischte wütend, versuchte sich dazwischenzudrängen und tat miesepetrig. Wotan genoss es sichtlich und hörbar, wenn Franzi ihn ausführlich am Bauch kraulte. Erstaunt stellte sie fest, wie rasch sie bei dieser Beschäftigung zur Ruhe kam und alles um sich herum vergaß. So profitierten beide von diesem Ritual, Mensch und Tier. Sanft legte sie Wotan auf eine Decke. Er krallte sich an ihr fest und wollte nicht, dass sie wegging.

»Wotan«, sagte Franzi sanft. »Genug jetzt!«

Als ob sie der Kater verstanden hätte, löste er seine Krallen und ließ sich bereitwillig auf dem Boden absetzen.

Am Abend fiel Franzi siedend heiß ein, dass Simon Astaller einen Haustürschlüssel besaß. Das hieß, dass er jederzeit hier ein- und ausgehen konnte.

»Mist«, murmelte sie. Ein ungutes Gefühl stieg in ihr auf. Sie wusste nicht, ob Cäsar bellen würde, wenn ein Fremder das Haus betrat. »Ich fürchte, eher nicht«, grummelte sie vor sich hin.

Sie überlegte kurz, ob sie lieber nach München fahren sollte, verwarf diesen Plan aber sofort. Sie konnte die Tiere unmöglich ohne Aufsicht lassen. Sie schlüpfte in ihr Nachthemd.

»Komm, Cäsar« befahl sie und ging ins Erdgeschoss. Sie sperrte die Haustür sorgfältig ab. »Du musst heute besonders wachsam sein«, sagte sie zu ihrem Hund. Die Tür zu ihrer Wohnung im ersten Stock schloss sie ebenfalls ab und schob einen schweren alten Sessel davor.

»Wenn er für den unteren Eingang einen Schlüssel besitzt, dann bestimmt auch für hier oben«, belehrte sie Cäsar, der interessiert ihr Tun betrachtete.

Sie legte sich ins Bett, der Hund ließ sich mit einem Aufseufzer auf seinen Schlafplatz sinken, und Ruhe kehrte ein im Astaller-Hof. Franzi schlief unruhig in dieser Nacht. Sie lauschte auf die Geräusche des Hauses.

Simon Astaller kam mit einem Heißluftballon angeflogen. Er trug einen Arztkittel und warf ein gewaltiges, weißes Netz über den Astaller-Hof. Er zog den Hof nach oben und flog mit ihm davon. »Das gehört alles mir«, hörte ihn Franzi rufen.

Mit klopfendem Herzen erwachte sie und ließ sich erleichtert in ihr Kissen zurücksinken. »Jetzt träume ich schon von dem Burschen«, seufzte sie und lauschte angestrengt. »Cäsar, hörst du das?«, fragte sie. Ihr Hund rührte sich nicht. Ihr war, als ob sie das Geräusch eines Autos wahrnahm. Sie schlich zum Fenster, doch auf dem Hofgelände sah alles aus wie immer. »Jetzt sehe ich schon Gespenster«, flüsterte sie kopfschüttelnd und legte sich wieder hin.

Am anderen Morgen stand Franzi bei Peterchen, dem Esel, im Stall. Das wilde Gekläff Cäsars drang zu ihr, das sich bald in ein freudiges Winseln verwandelte. Sie ging hinaus und sah, wie Cäsar und Hexi sich freundschaftlich balgten.

»Guten Morgen«, rief Jakob fröhlich. »Ist das nicht rührend, wenn Manderl und Weiberl sich so mögen?«

»Jakob, ich bitte dich, hör mit diesen Anspielungen auf«, wies ihn Franzi zurecht.

Ungerührt beugte er sich in das Innere seines Wagens und holte eine Papiertüte hervor. »Frische Semmeln und Brez'n!«, plärrte er vergnügt.

»Heu für die Pferde bräuchte ich dringender«, blaffte Franzi.

»Wieso denn so grantig heute, gnädige Frau? Bestell dir das Heu halt einfach beim Huberbauern!«, wies er sie zurecht.

»Der titulierte mich gestern am Telefon als Erbschleicherin und liefert mir nichts mehr«, erklärte Franzi mürrisch.

»Furchtbar, die Leut', komm – brüh uns Kaffee und erzähl mir, was passiert ist.«

»Sag du mir lieber, woher der Huber das mit dem Erbe weiß«, blaffte Franzi.

Jakob berichtete bereitwillig und ausführlich, dass sich Simon Astaller am Abend nach der Testamentseröffnung im »Schwanen« einen Rausch angetrunken hatte. Lautstark hätte er sich über Franzi und den Inhalt des Testaments beschwert. Die Möglichkeit bestünde durchaus, dass die Männer vom Stammtisch einiges mitgehört hätten.

»Was!«, rief Franzi entrüstet. »Spinnt denn der Astaller?«

»*Doktor* Astaller«, verbesserte Jakob trocken.

Franzi machte eine wegwerfende Handbewegung. »Freust du dich nicht über das schöne Sach', das dir der Lenz vererbt hat?«, fragte Jakob.

»Ich kann es immer noch nicht glauben, dass er mich so großzügig bedacht hat. Aber es bringt mir viel Scherereien. Ich arbeitete in einer Steuerkanzlei und weiß, dass die Erbschaftssteuer für Nichtverwandte höher ist, und ich muss mir das genauer anschauen. Im Moment bin ich ahnungslos, was an Zahlungen auf mich zukommt. Gut möglich, dass ich es mir gar nicht leisten kann, das Vermächtnis anzunehmen.«

»Na, na«, rief Jakob schnell beschwichtigend. »So arg wird es schon nicht werden!«

Franzi stand auf. »Jakob, ich muss weiterarbeiten, der Hufschmied kommt gleich, und die gründliche Reinigung des Katzenhauses steht an.«

Sie traten gemeinsam vor die Haustür. Bevor Franzi reagieren konnte, zog Jakob sie in seine Arme. »Ich bin für dich da Franzi, kannst dich auf mich verlassen«, raunte er. Sie wollte sich aus dieser Umarmung lösen, aber er ließ es nicht zu. »Geh komm, sei nicht so zugeknöpft«, forderte er. »Ein kleines Busserl kannst mir doch geben.«

»Lass mich sofort los«, rief Franzi nachdrücklich, obwohl ihr mulmig wurde.

»Schad'«, grummelte er enttäuscht und gab sie frei. »Aber denk drüber nach. Wir zwei täten gut zusammenpassen!«

Franzi schüttelte energisch den Kopf und presste die Lippen fest aufeinander. »Jakob, mehr als meine Freundschaft kann ich dir nicht anbieten.«

»Du musst mich einfach erst besser kennenlernen«, erwiderte er spöttisch lachend. »Du wirst meine Qualitäten zu schätzen wissen. Ich dräng' dich nicht, ich hab' viel Zeit!«

Franzi spürte, wie sie eine Gänsehaut bekam. Wie er das sagte, klang es fast wie eine Drohung.

Am Nachmittag, als Franzi im Katzenhaus versuchte, Wotans Mitbewohnern Streicheleinheiten zukommen zu lassen, dachte sie über Jakobs Worte nach. Sie ärgerte sich, dass er nicht akzeptieren konnte, dass sie kein Interesse an ihm hatte. Wotan hüpfte auf ihren Schoß, obwohl es sich dort eine andere Katze gemütlich gemacht hatte. Diese schreckte hoch und rannte weg. Wotan nutzte die Gelegenheit und nahm deren Platz ein. Siegessicher sah er Franzi an und rollte sich auf den Rücken.

In Cäsars Bellen hinein hörte sie einen Mann rufen: »Hallo, ist jemand da?« Aus ihren Überlegungen gerissen, zuckte sie erschrocken zusammen.

»Hier im Katzenhaus«, schrie sie, davon ausgehend, dass der Hufschmied nach ihr suchen würde.

Simon Astaller trat ein. Er nahm ihr sichtbares Erstaunen über seinen Besuch mit einem amüsierten Lächeln zur Kenntnis.

»Aha«, bemerkte er süffisant. »Das Katzenmutterl im Einsatz!« Er schaute auf Wotan, ließ seinen Blick durch den Raum schweifen und fragte: »Wie viele Tiere finden denn hier Platz?«

»Maximal zehn«, antwortete Franzi und erkundigte sich: »Wieso interessiert Sie denn das? Was wollen Sie?«

Missmutig bemerkte er: »Bereits vergessen? Ich bin der Hoferbe und will ich mir anschauen, was ich mit Ihnen teilen muss.«

Arroganter Affe, dachte Franzi und sagte: »Ich bin gleich fertig.« Sie setzte Wotan auf einen Kratzbaum, füllte frisches Wasser in seinen Napf und forderte Simon auf: »Kommen Sie!«

Cäsar wich nicht von ihrer Seite und beäugte den Ankömmling misstrauisch.

Im Hundehaus nickte Simon anerkennend. »Dass sich die Tiere hier wohlfühlen, verstehe ich.«

»Ich dachte, Sie mögen keine Hunde«, erwiderte Franzi verblüfft.

»Wie kommen Sie denn darauf?«, fragte er.

»Bereits vergessen? Sie titulierten Cäsar als Vieh und monierten sich über seinen Namen«, blaffte Franzi schnippisch.

Er gab keine Antwort, sondern machte sich auf den Weg zur Koppel. Bergfee und Weibi galoppierten auf sie zu. Simon strich über Weibis Hals und fragte: »Wie alt sind die beiden Stuten?«

»Keine Ahnung«, antwortete Franzi, erstaunt, ob seines Interesses an den Pferden. »Nicht einmal Ihr Vater wusste das genau. Er schätzte, dass sie weit über 30 Jahre alt sein müssten.«

»Ein Esel«, rief Simon überrascht, als sie den Stall betraten.

»Er heißt Peterchen«, erklärte Franzi. Wie selbstverständlich ging Simon auf das Tier zu, das sich seine sanfte Berührung gerne gefallen ließ. Sie zeigte auf das Schaf: »Das ist Mandi. Die Namen der Ziegen lauten Eins, Zwei und Drei.«

»Äußerst originelle Namen«, lachte Simon . »Wer melkt die armen Viecher jetzt?«

»Ich«, verkündete Franzi und verschwieg, wie schwer sie sich damit tat und wie wenig sie diese Tätigkeit mochte.

Auf dem Weg zum Haus rannten einige Hühner mit ihren Küken und der Hahn herum. »Zwetschi«, bemerkte Franzi und zeigte auf den Hahn.

Simon stöhnte auf: »Reicht es nicht, dass die Kinder heutzutage mit exzentrischen Namen gestraft werden? Muss das bei Tieren auch so sein?«

Franzi schüttelte ihren Kopf und raunte erbost: »Sie meckern gerne rum, oder?«

»So alt schaut das Federvieh ja gar nicht aus«, äußerte Simon nun, Franzis Bemerkung einfach ignorierend.

»Ist es auch nicht«, bemerkte Franzi trocken. »Die Hühner hielt sich Ihr Vater, weil er jeden Tag frische Eier wollte.«

»Das Hühnerhaus gehört mir«, sagte Simon.

»Ich weiß!«, bestätigte sie. »Sie können gerne jeden Tag kommen und die Eier einsammeln.«

Unwillig zog er die Augenbrauen nach oben und sagte: »Reden Sie keinen Unsinn! Ich lebe in München. Sie glauben doch nicht ernsthaft, dass ich extra deswegen täglich nach Dirnbach fahre!«

»Echt nicht?«, äußerte Franzi süffisant.

Simon schüttelte den Kopf. »Wie viele Hühner befinden sich auf dem Hof?«

»Sieben sind es«, antwortete Franzi.

»Das heißt, pro Tag wahrscheinlich durchschnittlich sieben Eier«, stellte Simon fest. »Ich kann Sie Ihnen gerne verkaufen, sagen wir, zu zwei Euro pro Tag?«

Franzi starrte ihn schockiert an und fragte: »Das ist nicht Ihr Ernst!«

»Doch, das ist es«, behauptete er. »Für Bio-Eier ist das doch ein sehr günstiger Preis.«

Am Ende des kleinen Rundgangs, als sie vor dem Hofgebäude standen, rieb Cäsar seinen Kopf an Simons Knie, wodurch er ihn zu Streicheleinheiten aufforderte.

Cäsar, du Verräter, dachte Franzi bitter, schalt sich aber gleich eine dumme Kuh. Was konnte der Hund dafür, dass Lenz für solche Verwicklungen sorgte? So unrecht schien Simon nicht zu sein, wenn sich ihr Hund bei ihm wohlfühlte. Denn der ließ sich nicht von jedem Fremden anfassen und streicheln. Vielleicht erkannte Cäsar bereits eine Seite an ihm, die ihr noch verborgen blieb. Dennoch fand sie es lächerlich, dass Simon für die Hühnereier eine Zahlung forderte. Zeigte das nicht auch, wie tief ihn das Testament seines Vaters kränkte? Je länger sie ihn musterte, umso mehr Ähnlichkeit stellte sie zwischen ihm und Lenz fest. Es machten nicht nur die Äußerlichkeiten aus. Simon war wesentlich größer als sein Vater. Seine schwarzen, kurz geschnittenen Haare weckten keine Erinnerung an Lenz. Aber Simons Art zu sprechen, seine Gesten und der Blick aus seinen tiefgrünen Augen versetzten ihrem Herz einen Stich. Sie vermisste

Lenz und hoffte, mit seinem Sohn zu einer gütlichen Einigung zu kommen.

Simon, der bemerkte, wie sie ihn taxierte, wollte das Gefühl der Sympathie, das er für Franzi zu entwickeln begann, sich keinesfalls eingestehen und zulassen. Schroff sagte er: »Ich werde das Testament anfechten. Es richtet sich nicht gegen Sie persönlich. Ich brauche das Geld aus dem Verkauf meines Erbes, um meine persönlichen Pläne verwirklichen zu können.«

Eine Zornesfalte zeigte sich auf Franzis Stirn. »Wollen Sie den letzten Willen Ihres Vaters unbedingt mit Füßen treten?«, schrie sie erbost. »Ich möchte Ihnen etwas geben, bevor Sie gehen.«

Er stand stumm da und starrte sie an. Sie rief Cäsar zu sich und rannte ins Haus. Eilig packte sie den Briefumschlag, den Lenz hinterlassen hatte. Sie wühlte in der obersten Kommodenschublade und fand Simons Weihnachtskarte, in der noch der 500-Euro-Schein lag.

»Da nehmen Sie«, blaffte sie ihn an und hielt ihm beide Kuverts hin. »Eine letzte Nachricht von Ihrem Vater!«

Überrascht schaute Simon auf die mit seinem Namen versehene Briefhülle. »Und was ist in dem anderen Umschlag?«, fragte er.

»Ihr letzter Weihnachtsgruß. Ihr Vater wollte Ihr Geld nicht. Er hoffte auf Ihren Besuch. Sie ahnen nicht, wie sehr Sie ihn enttäuscht haben.«

»Er mich auch«, stellte Simon sachlich fest und steckte die beiden Briefumschläge ein. »Dann sind wir jetzt quitt, der Alte und ich.«

Empört brüllte Franzi ihn an: »Hören Sie in meiner Gegenwart auf, Ihren Vater derart respektlos ›den Alten‹ zu nennen. Ich habe Ihren Vater als fürsorglichen, treuen Freund erlebt und lasse es nicht zu, dass Sie sich so abwertend über ihn äußern!«

Simon verzog den Mund, machte eine missbilligende Handbewegung und ging dann zu seinem Wagen.

Kapitel 9

Am frühen Abend saß Franziska vor ihrem Computer und studierte die Erbschaftssteuergesetze. Sie versuchte, den Wert ihres Erbes einzuschätzen und griff bei der Berechnung zur Sicherheit etwas höher. Nach einer Stunde streichelte sie Cäsar, der bequem unter dem Schreibtisch lag und sagte: »Cäsarlein, alles bestens, das Geld kann ich von meinem Sparbuch nehmen. Die Erbschaftssteuer können wir uns leisten!«

Sie gab sich einen Ruck und bot auf einem Onlineportal ihre Wohnung in München für drei Monate zur Untermiete an. Sie konnte jetzt jeden Euro gebrauchen.

Erneut sperrte sie die untere Haustüre sorgsam zu. Sie ärgerte sich, dass sie versäumt hatte, Simon auf den Hausschlüssel anzusprechen. Auf dem Weg ins Obergeschoss fiel ihr plötzlich der Brief von Lenz ein.

»Ich glaub', den verstecke ich besser im Schlafzimmer, Cäsar«, rief sie und rannte schnell in die Küche.

»Das gibt's doch nicht«, entfuhr es ihr, als sie zur Kommode sah. Dort lag kein Brief! Sie kniete sich auf den Boden, schaute unter das Möbelstück und rückte es mit Mühe von der Wand weg. »Ich bin mir hundertprozentig sicher, ich habe beide Umschläge hierhergelegt. Cäsar – such!«, befahl sie, durchaus wissend, dem Hund einen sinnlosen Befehl zu erteilen.

Traurig ließ sie sich auf einen Stuhl fallen. Hatte Simon, bevor er ins Katzenhaus gekommen war, die Wohnung betreten und den Brief genommen? Oder hatte Jakob die letzte Nachricht von Lenz gestohlen? Lenz hatte die Haustür tagsüber immer offen gelassen, diese Angewohnheit hatte sie von ihm übernommen. Sie nahm sich vor, künftig vorsichtiger zu sein. Wann hatte sie den Umschlag zuletzt gesehen? Jetzt fiel ihr auf, dass er nicht mehr dagelegen hatte als sie den Brief für Simon geholt hatte.

Entsetzt schlug sie die Hand vor den Mund. »Kann es sein, dass sich in der Nacht jemand ins Haus geschlichen hat?«, flüsterte sie Cäsar zu, um gleich darauf wütend hinzuzufügen: »Na warte, Simon Astaller!«

Sie griff zum Telefon und wählte Simons Nummer. »Wo ist mein Briefkuvert?«, schrie sie empört. »Und wieso dringen Sie nachts ins Haus ein?«

»Wer ist denn dran?«, fragte er.

»Franziska Obermair«, blaffte sie. »Jetzt tun Sie bloß nicht so unschuldig. Ich fordere Sie auf, mir den Brief zurückzugeben!«

»Ich weiß nicht, wovon Sie sprechen«, antwortete er verblüfft. »Welchen Brief?«

»Den Ihr Vater mir geschrieben hat. Ein Umschlag, beschriftet mit meinem Namen! Seine letzte Nachricht an mich!«, brachte Franzi mit erstickter Stimme hervor.

»Keine Ahnung, wirklich«, beteuerte er.

Sie konnte die Tränen nicht mehr zurückhalten und legte ohne Abschiedsgruß auf.

Nachdem sie sich beruhigt hatte, rief sie Jakob an. Er beteuerte, nicht zu wissen, wovon sie sprach, und gab ihr den Rat, das Türschloss ihrer Wohnung im ersten Stock auswechseln zu lassen.

Franzi legte sich ins Bett. Aufgewühlt durch die Ereignisse des Tages, konnte sie lange nicht einschlafen. Cäsar spürte die Sorgen seines Frauchens. Verbotenerweise kroch er vorsichtig zu ihr unter die Decke und drängte sich an ihren Körper.

Was ihm sonst Ärger einbrachte, ließ sie jetzt geschehen. Sie legte einen Arm um den Hundekörper und fühlte sich alsbald durch ihn getröstet.

Simon fand ebenfalls keine Ruhe und dachte über Franzis Anruf nach. Er schüttelte unwillig den Kopf. Er konnte tatsächlich nicht nachvollziehen, um welchen Umschlag es Franziska gegangen war.

Schade, dass ihre Begegnung unter diesen Umständen erfolgen musste. Denn die junge Frau gefiel ihm, ihre kurzen blonden Haare, die in alle Richtungen standen, und die blauen Augen, die so liebevoll schauen konnten, während sie mit ihrem Hund sprach, aber ihn auch wütend anfunkelten, wenn es um seinen Vater ging. Selbst wenn sich auf Franziskas Stirn eine Zornesfalte bildete, sah sie sehr attraktiv aus.

Simons Misstrauen blieb bestehen. Ein Zusammenleben mit seinem Vater, aus reiner Sympathie und ohne Hintergedanken? Das überstieg seine Vorstellungskraft. Er hatte in den letzten Jahren wenig

Kontakt mit seinem Erzeuger gehabt und ihn auch nicht sonderlich vermisst. Er dachte an Jakob, der auch an den redlichen Absichten von Frau Obermair zweifelte.

»Ob es besser ist, wenn ich die Nachricht des Alten gleich lese?«, murmelte er. Die Aufforderung, sechs Monate mit der Öffnung des Briefes zu warten, gab ihm Rätsel auf. Morgen hatte er einen Termin bei einem Anwalt, der als ein Spezialist für Erbrecht galt. Wie würde er diese ominöse Nachricht einschätzen? Könnte ihm ein Nachteil entstehen, wenn er den Umschlag jetzt öffnete? Er legte das Kuvert auf den Wohnzimmertisch zurück und seufzte: »Ach, Vater.«

Hufschmied Gabriel kam am Vormittag und kümmerte sich um Bergfee und Weibi.

»Stimmt es, dass der Lenz sein Anwesen zwischen Ihnen und seinem Sohn aufgeteilt hat?«, wollte er wissen.

Franzi stöhnte hörbar auf und antwortete: »Ja, das stimmt. Gibt es im Dorf noch irgendwen, der das noch nicht weiß?«

»Ich fürchte – nein«, lachte Gabriel. »Solche interessanten Neuigkeiten sprechen sich schnell rum!«

»Der Stammtisch beim ›Schwanen‹?«

»Exakt«, grinste Gabriel. »Zuverlässige Verbreitung garantiert.«

Franzi schüttelte den Kopf: »Und da sagt man immer, die Frauen seien die Ratschkatln.«

Gabriel feixte: »Wer das behauptet, hat noch nie die Männerrunde beim ›Schwanen‹ erlebt! So, Frau

Obermair, alles in Ordnung mit Ihren beiden Stuten. Ich bin fertig.«

»Soll ich gleich zahlen?«, erkundigte sich Franzi.

»Nein, ich schicke eine Rechnung. Ich gehe davon aus, dass Sie zuverlässig zahlen, so wie Lenz es immer getan hat.«

»Selbstverständlich«, versicherte Franzi.

»Und bitte, seien Sie auf der Hut«, warnte Gabriel. »Erbschleicherin ist wohl noch eher das harmloseste Wort, das ich im Zusammenhang mit Ihnen im Dorf gehört habe. Bisher kennt Sie hier doch keiner. Sie haben ja recht zurückgezogen mit dem Lenz gelebt.«

»Das stimmt«, meinte Franzi. »Kann sein, dass sowas die Fantasie der Leute beflügelt!«

Gabriel sagte: »Ich finde Sie sympathisch und glaube, dass es niemand etwas angeht, wie der Lenz seinen Nachlass verteilt. Sie sollten nur wissen, was alles getratscht wird.«

»Danke«, sagte Franzi ehrlich berührt.

Einige Zeit später fuhr sie nach München. Die Arbeitsagentur hatte ein Vorstellungsgespräch bei einer Steuerkanzlei vermittelt. Mit unguten Gefühlen ging sie hin. Ihre bisherigen erfolglosen Bewerbungen hingen wohl mit ihrer Einstellung zusammen. Unbewusst sträubte sie sich gegen einen Schreibtischjob. Immer mehr genoss sie es, für die Tiere zu sorgen und im Garten zu arbeiten. Das unabhängige, freie Leben gefiel ihr.

Auf Anhieb fand sie Herrn Fäustl sympathisch. Der Inhaber der Steuerkanzlei bot ihr, angetan von ihrem Auftreten und den exzellenten Schul- und Arbeitszeugnissen, sofort die freie Stelle an.

»Eine Schwierigkeit gibt es allerdings leider doch noch«, erklärte Herr Fäustl. »Aufgrund personeller Veränderungen vor Kurzem, kann ich Ihnen bloß eine Teilzeitstelle mit 20 Stunden pro Woche anbieten. Außerdem habe ich im Büro keinen Platz mehr für Sie. Das heißt, Sie müssten von zu Hause aus arbeiten. Selbstverständlich stellen wir einen Computer zur Verfügung und zahlen eine Pauschale für den Stromverbrauch.«

»Das ist ein Geschenk des Himmels!«, rief Franzi begeistert und schilderte ihm ihre derzeitige Lebenssituation.

Zufrieden mit dem Gehalt, das man ihr angeboten hatte, unterschrieb sie noch vor Ort ihren Arbeitsvertrag. Mit diesem Einkommen konnte sie ihren Lebensunterhalt bestreiten. Die Kosten für das Tierfutter deckten die Einnahmen aus der Hunde- und Katzenpension. Erleichtert fuhr Franzi zu ihrem ehemaligen Zuhause.

Eigenartig fremd kamen ihr die zwei Zimmer vor, als sie ihre persönlichen Sachen aus den Schränken räumte. Sie packte alles in ihr Auto und wartete auf Paola, eine spanische Austauschstudentin, der sie für drei Monate hatte die Wohnung untervermieten können. Nach der Schlüsselübergabe fuhr sie weiter zur Gemeinde nach Garmisch-Partenkirchen. Franzi meldete ihren Hauptwohnsitz, wie im Testament erwünscht, in Dirnbach an. Dafür nahm sie auch in Kauf, für die Münchner Wohnung Zweitwohnungssteuer zu zahlen. Simon Astaller plante, das Vermächtnis anzufechten. Falls es ihm gelingen würde, sie vom Hof zu vertreiben, könnte sie bei der herrschenden Wohnungsnot in München, niemals eine gleichwertige Bleibe finden. Die Steuerzahlung schien ihr da das kleinere Übel.

Bevor Franzi zum Astaller-Hof zurückkehrte, ging sie zur Marienkapelle und zündete dankbar ein Kerzerl an.

»Gottesmutter, bitt' für mich, dass ich in Frieden auf dem Hof leben kann«, flehte sie.

Ein Sonnenstrahl traf auf das Gesicht der Marienstatue. Es sah aus, als ob die Madonna lächeln würde.

Franzis zuversichtliche Stimmung verflog augenblicklich, als sie den Immobilienmakler auf dem Hofgelände bemerkte. Er stand vor dem Bauernhof und machte Fotos.

»Was fällt Ihnen denn ein?«, blaffte sie den Mann empört an.

Gelassen antwortete er: »Herr Doktor Astaller, der Besitzer des Gebäudes, hat mit seine Einwilligung schriftlich gegeben.«

Franzis Zornesfalte erschien sogleich auf ihrer Stirn. Sie stapfte wütend davon und begann ihr Auto auszuladen. Sie dachte nach, zwang sich, ihre Wut zu unterdrücken und fragte höflich, wozu der Makler die Bilder denn brauche.

»Es gibt Interessenten aus dem Ausland, die sich einem Zweitwohnsitz auf dem Land wünschen. Das erscheint mir eine vorstellbare Lösung, bei diesen Erbschaftsverhältnissen.«

»Ich will nicht, dass Sie Bilder von den kleinen Häusern machen, oder vom Stall und der Koppel.«

»Das hatte ich auch nicht vor«, beschwichtigte der Makler.

»Dann ist ja alles gut«, sagte Franzi und ging ins Haus.

Am frühen Nachmittag tuckerte der Huberbauer mit seinem Traktor, an dem ein Anhänger hing, auf das Gelände. Franzi, die im Gemüsegarten werkelte, lief erstaunt herbei.

»Ich bring' das Heu«, sagte der Huber lakonisch. »Wusste ja nicht, dass du mit dem Stettner z'amm bist. Da schaut die Sach' natürlich anders aus! Ich lad' dir's auch noch g'schwind ab.«

Franzi brauchte das Heu dringend. Daher unterdrückte sie den Impuls, zu erklären, dass sie und Jakob auf keinen Fall »z'amm« seien. Sie dankte dem Huberbauern schließlich freundlich und beschloss, nochmals eindringlich mit Jakob zu reden.

Kapitel 10

Jakob starrte auf den Briefumschlag, den er unschlüssig in den Händen hielt. »Franziska Obermair«, las er halblaut.

Als er zusammen mit seinem Vater den sturzbesoffenen Simon ins Gästezimmer gehievt hatte, hatte dieser seinen Schlüsselbund verloren. Und das hatte Jakob dann auf die Idee gebracht, sich in der Nacht zum Astaller-Hof zu schleichen, erwartungsgemäß unbemerkt von Cäsar, der wahrhaftig nicht als Wachhund taugte. Jakob hatte sich umgeschaut, die beiden Umschläge entdeckt und den für Franzi bestimmten Brief mitgenommen. Seinen ursprünglichen Plan, den alten Brauch des »Fensterlns«, hatte er zu seinem Bedauern nicht mehr ausführen können. Er hatte keine Leiter finden können, die er gebraucht hätte, um zu Franzis Schlafzimmerfenster hochzusteigen. Jakob war daraufhin ins Haus eingedrungen und hatte einfach so zu Franzis Schlafzimmer gehen wollen. Nach kurzer Überlegung hatte er dann doch Abstand von seinem Vorhaben genommen, vor allem als er den Umschlag gesehen hatte.

Unbehelligt war er anschließend in das Zimmer des schnarchenden Simon zurückgekehrt und hatte die Schlüssel neben dessen Kleidung gelegt.

»Ach, was soll's«, knurrte Jakob und riss mit einem entschlossenen Ruck das Kuvert auf.

Er überflog die Zeilen, sank schockiert auf einen Stuhl und rief empört: »So ist das also!« Er steckte den Brief in den Umschlag zurück, um ihn an einem sicheren Ort zu verstecken, bevor er ihn irgendwann vernichten würde.

Enttäuscht verließ Simon die Anwaltskanzlei. Ein Spezialist für Erbrecht hatte ihm auseinandergesetzt, dass er das Testament nicht anfechten konnte, weil kein ausreichender Grund vorlag. Sein Erbe ging über den Pflichtteilsanspruch hinaus, den der Gesetzgeber vorsah.

»Es stand Ihrem Vater frei, seinen Besitz wunschgemäß aufzuteilen. Auch wenn die Hinterlassenschaft nicht so ausfiel, wie Sie erhofft haben, eine Klage erachte ich für aussichtslos. Wie wollen Sie Ihren Verdacht beweisen, dass Frau Obermair sich dieses Vermächtnis arglistig erschlichen hat?«

»Ich verzichte am besten auf alles!«, rief Simon gekränkt.

»Lassen Sie sich Zeit mit einer solchen Entscheidung«, riet der Anwalt. »Falls Sie sich wirklich zu diesem Schritt entschließen, genügt ein Schreiben an das Nachlassgericht.«

Einige Tage später kam Simon todmüde von einem langen Schichtdienst nach Hause. Im Flur seiner Zwei-Zimmer-Wohnung zog er sein Sakko aus und ließ es achtlos auf den Boden gleiten. Als Arzt in einem Krankenhaus zu arbeiten, wurde immer mehr zu einem kräftezehrenden Knochenjob. Die dünne Personaldecke zwang ihn und seine Kollegen, die Patienten im Akkordtempo zu versorgen. Für ein tröstendes Gespräch oder ein verständnisvolles Wort blieb viel zu oft keine Zeit mehr. Simon seufzte. Sein einstiger Traumberuf wurde ihm immer öfter zur schweren Last.

Er warf den Schlüssel auf die Kommode. Sein Blick fiel auf den ungeöffneten Brief seines Vaters. Achtlos hatte Simon das Kuvert nach dem Anwaltsbesuch dort abgelegt. Erschöpft ging er in die Küche, öffnete die Kühlschranktür und nahm eine Flasche Wasser heraus. Gierig trank er, ohne sich die Mühe zu machen, ein Glas zu nehmen. Irritiert hielt er inne. Wieso roch es verbrannt? Er inspizierte jedes Zimmer und öffnete das Küchenfenster. Der Geruch verstärkte sich. Plötzlich ließ ihn ein lauter Knall zusammenfahren. In der Erdgeschosswohnung unter ihm barsten die Fensterscheiben. Glassplitter fielen laut klirrend in den Innenhof. Eine gewaltige Stichflamme züngelte durch die Öffnung.

»Mist, es brennt!«, schrie Simon entsetzt. Er schloss das Fenster, rannte in den Flur, zog sein Sakko an, raffte wahllos einige Dinge von der Kommode und stopfte sie in die Jacken- und Hosentaschen. Eilig lief er ins Bad und befeuchtete ein Handtuch, um es sich vor den Mund zu halten. Zügig trat er durch das Treppenhaus den Weg nach unten an.

Die anderen Mieter des dreistöckigen Hauses hasteten panisch an ihm vorbei. Furchtbarer Rauch kam ihnen entgegen.

»Frau Willnet!«, schrie Simon hustend in die verrauchte Wohnung hinein und presste erneut sein Handtuch vor den Mund.

Er bekam keine Antwort.

»Rufen Sie die Feuerwehr!«, brüllte er einem der Mieter zu, die an ihm vorbei ins Freie flüchteten.

Frau Willnets Wohnungstür hing schräg in den Angeln. Gegen den beißenden Rauch ankämpfend, trat Simon ein und stolperte fast über die alte Frau, die direkt hinter der Eingangstür lag.

Er warf sein Handtuch weg, packte sie mit beiden Armen und zog sie schnell aus der Gefahrenzone. Er rief um Hilfe, und gemeinsam mit den anderen Bewohnern schleppten sie Frau Willnet hinaus.

In der Ferne hörten sie die Sirenen des Feuerwehr- und Notarztwagens. Die alte Frau atmete noch, und Simon leistete Erste Hilfe.

Peter, ein Kollege von ihm, sprang aus dem Notarztwagen. »Du machst wohl nie Feierabend?«, fragte er und versorgte Frau Willnet mit Sauerstoff. »Du solltest auch eine Nacht im Krankenhaus zubringen«, riet er Simon. »Mit einer Rauchvergiftung ist nicht zu scherzen!«

»Ich weiß«, bestätige dieser. »Ich komme nach, ich will erst nach meiner Wohnung sehen.«

»Heute wird das nichts mehr«, sagte ein Feuerwehrmann trocken. »Außer uns wird vor morgen Mittag niemand dieses Haus betreten.«

»Na komm, fahr mit uns«, bot Peter an. »Übrigens, einwandfrei gemacht, Simon, die Frau wird durchkommen!«

Nach einer kurzen Untersuchung in der Notaufnahme, bei der eine Rauchvergiftung ausgeschlossen wurde, half Simon seinen überlasteten Kollegen, die anderen Patienten zu versorgen und zu beruhigen.

Kurze Zeit später galt es, die Opfer einer Massenkarambolage zu betreuen. Simon blieb im Dienst, um zu helfen.

Im Morgengrauen setzte er sich in die Kantine und trank einen Kaffee. Er fühlte sich vollkommen ausgelaugt. Nachdenklich begann er, den Inhalt seiner Sakkotaschen auf den Tisch zu legen. Er strich das zusammengeknüllte Kuvert, das seinen Namen trug, mit fast zärtlicher Bewegung glatt. Gedankenverloren sah er seinen Schlüsselbund an und merkte nicht, dass sein Vorgesetzter zu ihm trat. Als er seinen Namen vernahm, zuckte er zusammen.

»Simon, ich wollte dich nicht erschrecken. Danke für deinen Einsatz und die Unterstützung. Geh jetzt heim und ruh dich bitte aus.«

»Heim?«, brachte Simon bitter hervor. »Ich darf meine Wohnung nicht betreten!«

»Magst du dich bei mir zu Hause hinlegen?«

»Danke für das Angebot«, erwiderte Simon und überlegte kurz, ob er dem großzügigen Vorschlag zustimmen sollte. Da kam ihm jedoch der Astaller-Hof in den Sinn, der jetzt ihm gehörte. Gern hielt er sich dort nicht auf, dennoch erschien es ihm besser als in einem fremden Bett zu schlafen.

Er rief ein Taxi und ließ sich zu seiner Wohnung bringen. Die Feuerwehrmänner montierten soeben eine provisorische Holztür. Er versuchte nicht, sie zu überreden, ihn in seine Wohnung zu lassen.

Simon stellte sich vors Haus. Er blickte zu dem dunklen Loch hoch, in dem sich seine Küchenfenster befanden. Ein Gardinenrest wehte malerisch im Wind. Kopfschüttelnd wandte Simon sich ab.

Ein Feuerwehrmann kam auf ihn zu und fragte: »Wohnen Sie hier?«

»Ja«, stieß Simon bitter hervor und zeigte zu seinem Fenster nach oben. »Können Sie mir vielleicht wenigstens sagen, wie es da drin ausschaut?«

Bedauern schwang in der Stimme des Mannes mit, als er sagte: »Ganz ehrlich? Überhaupt nicht gut. Wir haben Ihre Handynummer?«

Simon nickte.

»Wir rufen Sie an, sobald Sie wieder in die Wohnung können.«

Simon bedankte sich und ging zu seinem Wagen, der ganz in der Nähe stand. Er stieg ein und fuhr zügig aus der Stadt.

Laut gähnend trat Franziska vor die Tür des Bauernhofes. Cäsar jagte an ihr vorbei und fing an zu bellen, als er den Mann wahrnahm, der auf der Bank vor dem Haus lag und schlief.

Simon schreckte hoch und musterte Franzi mit interessiertem Blick.

»Herr Astaller?«, fragte sie verwundert.

Dann fiel ihr ein, dass sie ihr Nachthemd noch nicht gegen die Arbeitskleidung getauscht hatte.

»Mist«, sagte sie und stürzte ins Haus.

Simon rief ihr nach: »Das macht doch nichts, es schaut wie ein Sommerkleid aus.«

»Das macht doch nichts«, äffte Franzi seine Worte nach. »Cäsar, der hat Nerven, oder?«

Der Hund legte seinen Kopf schief, was sie als ein Zeichen des Einverständnisses auslegte.

Simon saß immer noch auf der Bank, als Franzi erneut vor das Haus trat. »Sie sind doch im Besitz eines Hausschlüssels«, stichelte sie, »wieso sitzen Sie hier draußen?«

»Es ist ein herrlich milder Sommermorgen, und außerdem wollte ich Sie nicht erschrecken.«

»Wie rücksichtsvoll«, bemerkte Franzi schmallippig. »Was treibt Sie um sechs Uhr morgens nach Dirnbach?«

»Ein Wohnungsbrand«, antwortete er müde.

»Ach herje«, rief Franzi. »Wo denn?«

»In der Wohnung eine Etage unter mir. Aus welchem Grund, kann ich nicht sagen. Die Feuerwehr lässt die Bewohner nicht mehr ins Haus. Ich habe die Nacht im Krankenhaus verbracht und bin jetzt total erledigt.«

»Im Krankenhaus? Sind sie verletzt?«, erkundigte sich Franzi.

»Nein, ich arbeite dort und habe meinen Kollegen bei der Versorgung der Patienten geholfen, denn es gab außer dem Brand noch eine Massenkarambolage auf der Autobahn.«

Er stand auf und machte Anstalten ins Haus zu gehen. »Ich leg' mich auf die Couch, mir fehlt die Kraft, das Bett im Schlafzimmer neu zu beziehen.«

»Ich habe nach dem Tod Ihres Vaters alles frisch bezogen«, informierte sie ihn.

Er überlegte einen Moment und sagte gähnend: »Nein, ich nehme mit dem Sofa in der Küche vorlieb. Und wenn ich's mir recht überlege, mag ich mich eigentlich gar nicht ins Ehebett meiner Eltern legen.«

Er trat ins Haus, und Franzi folgte ihm. In der Küche ließ Simon sich einfach auf das Kanapee fallen, zog seine Schuhe aus und legte sich hin.

»Gehen Sie bitte, ich möchte allein sein«, sagte er genervt.

»Ich wollte mir gerade einen Kaffee machen«, sagte Franzi, »und Cäsar sein Futter geben.«

»Aber nicht hier«, blaffte Simon. »Das sind meine Räumlichkeiten!«

»Aber oben ist keine Küche«, erwiderte Franzi genervt.

»Tja«, sagte er pampig, »nicht mein Problem.«

Sie biss auf ihre Unterlippe, packte wortlos den Futter- und Wassernapf von Cäsar, nahm eine Dose Hundefutter und bemerkte schnippisch: »Komm Cäsar, Herr Doktor ist ungnädig, es ist wohl besser, wir gehen.«

Simon fiel die Zornesfalte auf ihrer Stirn auf, doch für weitere Diskussionen hatte er keine Energie mehr.

In Franzi brodelte es vor Wut, und sie fragte sich zum wiederholten Mal, wieso Simon derart launisch reagierte. Sie konnte ihn schwer einschätzen, und es ärgerte sie, dass es ihm gelang, sie mit seinem Verhalten zu verunsichern.

Grantig werkelte Franzi im Hühnerstall vor sich hin. »Ich bin blöd«, raunzte sie. »Der gnädige Herr Doktor will zwei Euro am Tag für die Hühnereier von mir, und ich kümmere mich um den Stall.« Ihre miese Laune hing auch damit zusammen, dass sie den morgendlichen Kaffee vermisste und Hunger hatte. Es blieb ihr nichts anderes übrig, als zur

Bäckerei nach Seehöfl zu fahren. Mit nüchternem Magen konnte sie unmöglich die kniffligen Steuererklärungen bearbeiten, die sie heute noch zu erledigen hatte.

Sie freute sich, als Simon das Haus verließ, in sein Auto stieg und wegfuhr.

Franzi sauste in die Küche und brühte sich einen Kaffee auf. Sie machte sich ein Schnittlauchbrot, biss genüsslich hinein und dachte über Simon Astallers ungebührliches Verhalten nach. Ihr Blick glitt zur Kommode. »Frechheit«, murmelte sie kopfschüttelnd und stellte den Bilderrahmen auf, in dem das Bild von Lenz steckte. Simon hatte es mit der Fotoseite nach unten gelegt.

Sie strich über das Bildnis und flüsterte: »Das würd' mich ernsthaft interessieren, was zwischen euch vorgefallen ist!«

Später tobte sie mit den Hunden durch das eingezäunte Freigelände. Begeistert sausten die Tiere hinter Bällen und Stöckchen her, die ihnen Franzi auf Zeit zuwarf. Cäsar beteiligte sich selbstverständlich an dem ausgelassenen Spiel. Nach anfänglichen Schwierigkeiten hatte er sich daran gewöhnt, mit anderen Hunden zusammenzusein.

Ich bin glücklich, dachte Franzi gerührt. »Ach, könnte ich bloß in Frieden hier leben«, seufzte sie leise. Sie rubbelte über das Fell Emmas, eines verschmusten älteren Riesenschnauzers. Zwei Wochen blieb Emma in der Hundepension. Immer wenn ihr Frauchen in den Urlaub fuhr, kam die Hündin nach Dirnbach. Im Laufe der Jahre hatte Lenz viele Stammkunden gewonnen. Die meisten Hundebesitzer hatten schockiert und erschüttert auf seinen unerwarteten Tod reagiert. Andererseits freuten sie sich nun, dass Franzi die Hundepension weiterführen wollte. Ihre offene, freundliche Art gefiel den Kunden. Herrchen oder Frauchen ließen ihre Lieblinge beruhigt in Franzis Obhut zurück.

Franzi nahm Emma und drei weitere Hunde an die Leine und spazierte mit ihnen zum Gatter. »Langsam, nicht so wild!«, rief sie lachend, als die Vierbeiner sie vorwärtszogen. Sie öffnete das Türchen, welches das Gelände vom Wasser trennte.

Die seichte Stelle des Baches eignete sich vorzüglich, um die Hunde in den Genuss eines erfrischenden Bades kommen zu lassen. Begeistert stiegen sie hinein. Franzi löste ihre Leinen nicht. Das Risiko, sie im offenen Gelände frei laufen zu lassen, wollte sie nicht eingehen. Falls ein Vierbeiner die Witterung eines Rehs oder eines Hasen aufnahm, würde der Jagdinstinkt ihn sofort dazu veranlassen, die Verfolgung aufzunehmen. Cäsar hingegen schwamm demonstrativ ohne Leine im Bach. So als wollte er den anderen zeigen, dass er sich frei bewegen konnte und als »Haushund« mehr Rechte besaß als sie. Die Anstrengung, die Leinen zu halten und sie zu entwirren, nahm Franzi gerne auf sich. Sie freute sich über das spaßige Planschen ihrer Pensionsgäste. Vom Ufer aus rief sie gelegentlich Cäsar zurück, wenn er sich zu weit wegbewegte.

»Wie folgsam du geworden bist«, lobte Franzi, um gleich darauf aufzukreischen. Cäsar hatte sich geschüttelt und sein Frauchen bekam eine Kaltwasserdusche. Die anderen Tiere kamen aus dem Wasser, stellten sich vor Franzi und machten es Cäsar nach.

»Hilfe, das ist eine Verschwörung«, prustete Franzi los und empfand die Erfrischung nach diesem heißen Sommertag als angenehm. »Los, ihr Vorwitzigen, wir gehen zurück«, befahl sie und zog die sich Sträubenden hinter sich her.

Cäsar jagte übers Gelände und begann zu bellen.

»Was ist denn los, Cäsar?«, rief Franzi. Sie rubbelte die nassen Pensionsgäste trocken und ließ sie auf das Freigelände. Anschließend ging sie zum Bauernhaus zurück.

Vor dem Gebäude stand ein Auto mit Münchner Kennzeichen. Simon Astaller entnahm Tüten aus dem geöffneten Kofferraum und schleppte sie, begleitet von Cäsar, ins Haus.

Beobachtend blieb Franzi stehen. Simon sah sie, winkte ihr zu und ging erneut ins Innere des Bauernhofes. Sie folgte ihm. Auf dem Küchenboden standen viele Plastiktüten.

»Meine Vorräte«, erklärt er.

Franzi runzelte unwillig die Stirn und fragte pampig: »Wieso? Wollen Sie länger bleiben?«

»Genau so ist es«, entgegnete er. »Meine Wohnung kann ich bis auf Weiteres nicht betreten. Alles ist voller Ruß, und was der nicht ruiniert hat, wurde vom Löschwasser erledigt. Ich gehe davon aus, dass von meinen ganzen Sachen nichts mehr zu gebrauchen ist. Totalschaden! Einige neue Klamotten habe ich bereits gekauft. Das ist vielleicht ein blödes Gefühl, wenn auf einmal alles futsch ist.«

»Wahnsinn«, hauchte Franzi verständnisvoll.

Simon bezog diese Aussage auf seinen Einzug und sagte schroff: »Es bleibt mir nichts anderes übrig, als vorübergehend auf dem Hof zu wohnen.«

»Meine Bemerkung bezog sich darauf, wie furchtbar das sein muss, alles zu verlieren. Andenken, Fotoalben und die sonstigen lieb gewonnenen Erinnerungsstücke.«

Er tat es mit einer Handbewegung ab und sagte betont lässig: »Sentimentalitäten!«

Missbilligend nahm Franzi zur Kenntnis, dass er Lenz' Foto erneut umgedreht hatte. Es schien ihr jedoch nicht der passende Augenblick, ihn auf das Verhältnis zu seinem Vater anzusprechen.

»Verstehe ich«, erwiderte sie gedehnt. Aber dann brauste sie auf. »Nein, ich kann nicht nachvollziehen, was in Ihnen vorgeht! Aber ich muss es ja auch nicht!«

»Genau«, blaffte er zurück. »Kümmern Sie sich um Ihre eigenen Angelegenheiten und machen Sie sich bitte keine falschen Hoffnungen. Ich will den Hof immer noch verkaufen. Irgendeine Lösung werde ich finden! Davon können Sie ausgehen!«

Franzi nickte stumm. Die Aussicht, mit ihm unter einem Dach zu leben, behagte ihr so gar nicht. Sie konnte es aber nun mal nicht ändern und nahm sich vor, baldmöglichst nach Garmisch-Partenkirchen zu fahren und eine Kaffeemaschine und zwei Kochplatten zu besorgen.

»Ich wünsche Ihnen eine gute Nacht«, sagte sie und versuchte, Cäsar, der sich heftig sträubte, aus der Küche zu zerren. Wieso der Hund die Nähe des griesgrämigen Astallers suchte, verstand sie immer weniger.

»Haben Sie denn eigentlich schon zu Abend gegessen?«, hörte sie ihn fragen.

»Nein«, antwortete Franzi schnippisch. »Aber nachdem Sie nicht wollen, dass ich die Küche mitbenutze, werde ich das in meiner Wohnung tun.«

Simon sagte gönnerhaft: »Na gut, dann mache ich halt für heute eine Ausnahme.«

»Danke, wirklich nicht nötig«, schnappte Franzi, drehte sich schwungvoll um und zog Cäsar hinter sich her.

Oben in ihrer Wohnung ärgerte sie sich. Was für eine Energieverschwendung, sich über diese unveränderliche Tatsache aufzuregen! Missmutig und hungrig hockte sie in ihrem Wohnzimmer. Vor lauter Zorn hatte sie vergessen, dass alle Lebensmittel in der Küche lagerten. Sie spähte vorsichtig durch die Gardine, als sie hörte, dass Simon den Wagen startete. Als er wegfuhr, unterdrückte Franzi den Impuls, nach unten zu schleichen und ein Brot zu essen.

Belustigt bemerkte Simon die Bewegung hinter dem Vorhang im ersten Stock, als er vom Hof fuhr. Er konnte heute Abend unmöglich alleine bleiben. Der Verlust seines Hab und Gutes traf ihn härter, als er vor Franzi zugeben konnte und wollte. Dieser Schock musste verdaut werden. Zudem lockte ihn der laue Sommerabend aus dem Haus.

Simon suchte sich beim »Schwanen« in Seehöfl einen Parkplatz und nahm sich fest vor, an diesem Abend die Kontrolle über seinen Alkoholkonsum zu behalten. »Vor allem keinen Schnaps, Simon!«, ermahnte er sich halblaut.

Jakob freute sich. Viele Besucher saßen auf der Seeterrasse. Das Sommergeschäft lief hervorragend! Die Fremdenzimmer waren komplett belegt. Die leichten Gerichte auf der überarbeiteten Speisekarte lockten immer mehr Gäste an. Überrascht begrüßte er Simon: »Guten Abend, das freut mich aber, dass du vorbeischaust!«

»Hallo Jakob, ich muss meine Zeche bezahlen und die Rechnung für das Zimmer!

»Geh, lass nur, warst eingeladen«, winkte Jakob großzügig ab.

»Das kann ich auf keinen Fall annehmen!«, stellte Simon fest. Er zog seinen Geldbeutel hervor, nahm 150 Euro und drückte sie Jakob in die Hand. »Ich bestehe darauf!«

Der grinste und antwortete: »Na, wenn du unbedingt willst. Speis und Trank von heute Abend ist aber schon mit eingerechnet!«

»Einverstanden«, bestätigte Simon. »Bloß keinen Alkohol heute, mein Dienst im Krankenhaus beginnt morgen um zehn Uhr!«

»Versprochen!«, erklärte Jakob feierlich.

Er setzte sich zu Simon, der ein alkoholfreies Weißbier bestellt hatte, erfuhr von der Brandkatastrophe und davon, dass Simon jetzt auf dem Astaller-Hof lebte. Nicht auf Dauer, wie er ausdrücklich betonte.

»Pass bloß auf, dass dich deine Miterbin nicht um den kleinen Finger wickelt«, stichelte Jakob. »Sie besitzt zwar ein loses Mundwerk, ist aber eine fesche Person. Ihre körperlichen Reize sind ja wirklich nicht zu verachten.«

Erstaunt fragte Simon: »Holla, wie meinst du das denn?«

Verschwörerisch raunte Jakob: »Wie ich es sage! Im Übrigen tut Franzi recht nett, aber sei vorsichtig. Sie hockt auf deinem Hof. Sie lebt in dem Haus, das deine Vorfahren unter Mühen und mit ihrer Hände Arbeit erschaffen haben.«

Simon nickte zustimmend und dachte, Franzi sagt er, also sind sie schon per du. Vielleicht hatte er ja tatsächlich was mit ihr?

Jakob hetzte weiter: »Meinst du ernsthaft, dass sie mit deinem Vater ausschließlich eine Freundschaft verbunden hat? Wie ich sie bisher kennengelernt habe, kann ich mir das nicht vorstellen.«

Simon stutzte. »Was heißt denn das nun schon wieder konkret?«

Jakob zwinkerte mit einem Auge und raunte: »Der Kavalier genießt und schweigt.«

»So hätte ich sie nicht eingeschätzt«, sagte Simon erschüttert und fuhr zögernd und fast entschuldigend fort: »Der Kontakt zwischen meinem Vater und mir war nicht so eng in den letzten Jahren.«

Jakob raunte: »Sie ist sicher nicht älter als 25.«

Er will mir erzählen, er hat ein Verhältnis mit ihr und weiß nicht, wie alt sie ist, dachte Simon. Das ist aber eigenartig. »27 ist sie«, sagte er daraufhin. »Bei der Testamentseröffnung wurde ihr Geburtsdatum genannt.«

»Siehst du!«, rief Jakob. »Die lebt doch nicht aus Jux und Tollerei mit einem alten Bauern z'amm.«

»Ich hab' meine Zweifel, ob ein Mann in dem Alter überhaupt noch …«, Simon stockte. »Na ja, bei den eigenen Eltern mag man an so etwas eh nicht denken.«

Jakob feixte, schaute sich um und flüsterte: »Täusch dich da mal nicht. Mein Vater ist fast der gleiche Jahrgang wie deiner, aber er fährt regelmäßig nach München zu seinem G'spusi. Und das Mädel ist wesentlich jünger als ich.«

Schockiert raunte Simon: »Geh, Jakob, was red'st denn du, das glaub' ich nicht.«

Jakob grinste: »Tu doch nicht so! Es ist eine alte G'schicht. Die unerfahrenen Mädchen freuen sich, wenn sie ein bisserl finanzielle Unterstützung kriegen, und der alte Mann labt sich an der Jugend.«

Unwillig schüttelte Simon den Kopf. »Soll jeder tun, was er mag, ich halte nichts davon. Und bei meinem Vater kann ich es mir beim besten Willen nicht vorstellen!«

»Hört, hört, wie empfindsam der Herr Doktor ist!«, frotzelte Jakob. »Aber um noch mal auf die Franzi und den Lenz zurückzukommen: Was wirst du denn jetzt unternehmen?«

»Nichts«, seufzte Simon. »Mein Anwalt hat mir deutlich zu verstehen gegeben, dass kein Grund für eine Anfechtung des Testaments vorliegt.«

»Saublöd!«, entfuhr es Jakob.

»Genau«, bestätigte Simon hart, und seine Stimme klang bitter. »Ich bin machtlos.«

»Sag das nicht«, Jakob grinste verschlagen. »Ein bisserl was kann man immer machen! Musst halt überlegen, wie du es anpacken willst. Falls du Hilfe oder Ratschläge brauchst, wende dich vertrauensvoll an mich!«

Simon seufzte: »Ach, Jakob, Gewalt will ich nicht anwenden, das ist auch nicht die Lösung!«

Jakob lachte laut auf: »Jetzt überschätzt du mich. Ich bin schließlich kein Gangsterboss! Das kann man ganz subtil angehen.«

Der Seniorchef trat an ihren Tisch. »Grüß Gott, Herr Doktor«, begrüßte er Simon mit einem Handschlag.

»Grüß Gott, Mattes!«

»Hab' schon von deinem Ärger mit der jungen Erbschleicherin auf deinem Hof g'hört«, sagte er, während er seinen massigen Körper schwerfällig auf einen Stuhl sinken ließ.

»Ja, es ist bitter!«, bestätigte Simon.

»Das schöne Sach'!« Tiefes Bedauern schwang in Mattes' Stimme mit. »Was hattest du denn für Pläne mit dem Hof?«

Simon seufzte tief. »Der Immobilienmakler hat mir einen Investor vermittelt, der das Thema ›Urlaub auf dem Bauernhof‹ interpretiert. Es werden alte Höfe und deren Grund gekauft und Häuser im Alpenstil dazu gebaut. Eine Reitanlage, Schwimmingpool, Wellness-Center. Alles, was reiche Menschen zu einem Luxusurlaub brauchen. Das ist der neueste Trend.«

Die Stettners wechselten einen bedeutungsvollen Blick. Mattes stellte nüchtern fest: »Mit einem Wohnrecht auf dem Haus wird's für den Investor wohl sicher uninteressant!«

»Das befürchte ich auch«, bestätigte Simon.

Mattes nahm einen kräftigen Schluck Bier und sagte bedächtig: »Simon, mir ist das Wohnrecht egal, und an einigen Wiesen und Äckern hab' ich durchaus Interesse.«

Simon verzog das Gesicht und schwieg. »Freilich«, fuhr Mattes fort, »so viel wie ein Großinvestor kann ich nicht zahlen, aber dafür wär' das Geschäft sofort abgewickelt.«

Er winkte eine Bedienung heran, verlangte einen Kugelschreiber und Papier, kritzelte etwas darauf und schob den Zettel zu Simon.

Der las den Betrag und schaute Mattes mit ungläubigem Stauen an. »Das ist nicht dein Ernst«, entfuhr es ihm. »Dann kann ich das Sach' ja auch gleich verschenken!«

Mattes lachte listig. »Na, na, nicht so hitzig! Obwohl, geschenkt tät ich es auch nehmen!«

»Mattes«, sagte Simon, »du bist ein altes Schlitzohr, aber jetzt treibst du es zu weit. Dieses Angebot ist eine Beleidigung.«

»Ein bisserl Spielraum ist noch drin«, antwortete Mattes listig. »Kannst es dir ja überlegen.«

Er stand auf, wünschte einen angenehmen Abend und schlenderte, die Gäste mit einer freundlichen Geste links und rechts grüßend, in den Gastraum zurück.

Simon brach kurz danach auf. Wütend umklammerte er das Lenkrad seines Wagens. Tief in Gedanken versunken raste er die Landstraße entlang.

»Nein«, schrie er empört. »Franzi und Jakob? Niemals!« Jakobs Andeutungen über das Verhältnis zu Franzi verletzten ihn tief. Verwundert stellte er ein Gefühl der Eifersucht fest. Um keinen Preis wollte er sich eingestehen, dass er sich zu der jungen Frau hingezogen fühlte. Er dachte an das lächerlich niedrige Angebot von Mattes. Dumpf tauchte die Erinnerung an ein Gespräch mit seinem Vater auf, das lange zurücklag. An den genauen Inhalt konnte er sich nicht mehr erinnern. Die Warnung des Vaters vor der Verschlagenheit der Stettners kam ihm wieder in den Sinn. Damals hatte Simon es als Hirngespinst abgetan. Wenn er an das Gerede Jakobs dachte, »dass man immer etwas tun könnte«, wurde ihm unheimlich zumute. Er schlug verärgert mit der flachen Hand auf das Lenkrad und knurrte: »Simon, beherrsch' dich!«

Plötzlich irritierte ihn ein Schatten, der von rechts auf sein Auto fiel. Automatisch trat er fest auf die Bremse und merkte, dass der Wagen nach links ausbrach. Er schleuderte über die Fahrbahn, kam auf das unbefestigte Bankett. Mit einem knirschenden Geräusch schlitterte er an einem Baum entlang. Sein Auto landete erneut auf der Straße, drehte sich quer und wurde in eine Wiese katapultiert. Kurz vor einer Baumgruppe kam es zum Stehen. Gespenstische Stille umgab Simon, als er vorsichtig aus dem Wagen kletterte.

»Mein Gott, was war das denn?«, murmelte er erschrocken und stellte verwundert fest, dass die Scheinwerfer seines Wagens noch Licht spendeten. Er schaute zur Straße zurück. Anmutig schritt ein gewaltiger Hirsch auf ihn zu, und Simon überlegte kurz, wo er sich in Sicherheit bringen könnte.

Gebannt stand er da und verfolgte das Tier mit seinen Blicken. In einiger Entfernung blieb der Hirsch stehen. Er sah so aus, als würde er Simon beobachten. Das Tier senkte sein mächtiges Geweih, als ob es sich vor Simon verneigte, und mit einem anmutigen Sprung verschwand es im Wald.

»Ich könnte tot sein«, murmelte Simon. Plötzlich begann er unkontrolliert zu zittern und ließ sich neben dem Wagen auf die Wiese sinken. Er schaute in den Abendhimmel. Da hock ich, dachte er. Ein 35-jähriger, mit dem Leben unzufriedener Arzt, der soeben dem Boandlkramer entkommen ist.

»Was ist denn nur los mit mir?«, brüllte er erbost in den Wald hinein. Er presste die Lippen zusammen, um die aufsteigenden Tränen zu unterdrücken. Jetzt ist das Auto auch noch hin, dachte er. Was kommt dann noch? Um meinem Vater zu beweisen, dass ich etwas kann und wer bin, habe ich geschuftet und geackert. Und mich mit Dingen belohnt, die ich nicht brauche.

»Na ja, jetzt ist sowieso alles verloren«, donnerte er unbeherrscht. Mein Privatleben ist auf der Strecke geblieben, überlegte er verbittert und atmete tief durch, um seine zitternden Hände unter Kontrolle zu bekommen. Auf einmal erlosch das Scheinwerferlicht, und Simon saß im Dunkeln.

Eine Zeitlang lauschte er auf die Geräusche des Waldes und zwang sich, ruhiger zu werden. Er versuchte aufzustehen, und als er sich mit der rechten Hand abstützte, durchfuhr ihn ein stechender Schmerz.

»Das tut weh!«, schimpfte er und schleppte sich schwerfällig zum Auto, um Verbandszeug zu holen. Mit der linken Hand konnte er den verzogenen Kofferraumdeckel nicht öffnen. Erleichtert stellte er fest, dass sein Handy noch in der Innentasche seines Sakkos steckte. Er rief im Astaller-Hof an. Franzi ging nicht ans Telefon. »Natürlich nicht«, murmelte er, »der Apparat steht in meiner Wohnung.«

Simon wählte die Nummer der Polizei, die sofort kam und erst einmal einen Alkohol-Test durchführte, der negativ ausfiel. Der Unfall wurde aufgenommen und Simon zum Astaller-Hof gefahren.

Was ist denn da für eine Unruhe? Was ist hier los?, dachte Franzi und rieb sich die Augen. »Die Haustür!«, sagte sie ängstlich und sprang aus dem Bett. Sie ging zum Fenster und Cäsar begann zu bellen.

»Ein Polizeiauto!«, rief sie erschrocken, zog ihren Bademantel an und lief nach unten. Simon sperrte gerade die Haustür auf und trat in den Flur. »Was ist denn passiert?«, fragte Franzi.

»Wieso schlafen Sie nicht?«, fuhr er sie an. »Haben Sie denn Ihre Augen überall?«

Wortlos wandte sie ihm den Rücken zu und ging wieder nach oben.

»Halt!«, rief er ihr nach. »Entschuldigung, ich meinte das nicht so.«

»Wie denn?«, fragte sie und drehte sich um.

»Ich hatte einen Autounfall«, murmelte er. »Meine Pechsträhne reißt einfach nicht ab.«

Franzi zögerte, doch ihr Mitleid siegte, und sie kam in den Flur zurück.

»Kommen Sie mit in die Küche?«, bat er.

Sie nickte und lauschte mit Entsetzen Simons Bericht über den Vorfall.

»Soll ich Sie ins Krankenhaus fahren?«, fragte Franzi.

Simon beschämte ihre Hilfsbereitschaft. Er benahm sich wie ein Idiot ihr gegenüber und sie bot ihm an, ihn mitten in der Nacht in die Klinik zu bringen. Nachdenklich sah er sie an und fragte: »Haben Sie irgendetwas, das als Armschlinge taugt?«

Sie holte einen breiten Schal, und er erklärte ihr, was zu tun sei.

»Danke, Schwester Franzi«, sagte er sanft, als sie das Tuch in seinem Nacken verknotete.

»Bitte sehr«, antworte sie. »Ich verordne auch einen Schnaps, um das Nervenkostüm aufzurichten. Wenn Herr Doktor erlaubt, dass ich etwas aus seinem Küchenschrank hole, kann ich einen erstklassigen Himbeergeist anbieten.«

Er lächelte: »Ich bitte darum!«

Franzi schenkte ein. Während sie sich zuprosteten, entstand ein intensiver Blickkontakt. Tiefblau wie ein Bergsee sind ihre Augen, dachte Simon und schalt sich im selben Moment einen gefühlsduseligen Idioten. Jakob hatte ihn gewarnt. Obwohl die Warnung eines Stettners wahrscheinlich nicht viel Wert besaß, beschloss er, auf der Hut zu sein.

»Ich brauche noch etwas frische Luft«, sagte Simon. »Ein paar Minuten auf der Hausbank sitzen wird mir gut tun. Kommen Sie mit?«

Franzi wunderte sich über seine plötzliche Freundlichkeit. Bestimmt verursacht durch den Unfallschock, dachte sie und folgte ihm misstrauisch nach draußen. Cäsar lief begeistert mit und nutzte die Chance für einen außerplanmäßigen Streifzug über das Hofgelände.

Wann hatte Simon zuletzt so einen grandiosen Nachthimmel gesehen? Ohne die städtische Beleuchtung strahlten und funkelten die Sterne wie Diamanten.

»Der große Wagen«, sagte Franzi und zeigte mit dem Finger nach oben.

Simon lachte heiser. »Apropos Wagen, ich glaube, meiner ist ein Totalschaden.«

»Entschuldigung bitte«, stotterte sie. Das hab' ich nicht mit Absicht gesagt.«

Simon beruhigte sie: »Ist in Ordnung! Trotzdem ein netter Witz, oder?« Er stöhnte: »Jetzt habe ich tatsächlich alles verloren.«

Franzi sagte mit gedämpfter Stimme: »Nein, das stimmt nicht. Der Bauernhof gehört Ihnen!«

Er schwieg, und nach einiger Zeit stand Franzi auf: »Ich muss ins Bett, Herr Astaller. Ich hoffe, dass Sie gut schlafen können!«

Sie stockte einen Moment. Jakob hätte diese Aussage für eine anzügliche Bemerkung genutzt. Simon hingegen entgegnete ruhig: »Ich wünsche Ihnen ebenso eine gute Nacht, Frau Obermair. Danke für Ihre Hilfe.«

Lange blieb Simon auf der Bank vor dem Astaller-Hof sitzen und dachte mit Wehmut an die unglückliche Kindheit, die für immer mit diesem Haus verknüpft sein würde.

Unter der Bank, auf der er jetzt saß, hatte er angstvoll gekauert, als sein Vater versucht hatte, seine Mutter daran zu hindern, den Hof zu verlassen. Er sah diese Szene genau vor sich, als würde sie in diesem Moment geschehen, und er erinnerte sich an die Panik, die er als kleiner Bub empfunden hatte.

Auf Zehenspitzen war er mit seiner Mutter den Flur entlanggegangen. Angstvoll hielt er ihre Hand umklammert. Sie hatte ihm aufgetragen, leise zu sein, und trug einen Koffer. Als sie behutsam die Haustür öffnete, hörten sie hinter sich die Stimme des Vaters. »Hast gedacht, der alte Depp schläft fest, da kann ich mich davonmachen! Aber das ist ein Irrtum. Ich bin hellwach, und du bleibst da«, schrie der Vater zornig und packte die Mutter grob am Arm.

Sie riss die Haustür auf, schob Simon sanft nach draußen und sagte zu ihm: »Wart' auf mich, ich komm' gleich.«

Er zwängte sich durch die Tür und versteckte sich unter der Bank. Die Mutter versuchte, das Haus zu verlassen, doch der Vater schien sie festzuhalten, denn sie brüllte: »Lass mich los, grober Lackl, ich mag nimmer. Halt mich nicht auf, Lenz. Mit deiner Eifersucht machst du mir das Leben zur Hölle!«

»Ist nicht ohne Grund, mein Argwohn! Du schaust doch jedem Kerl hinterher!«, brüllte er.

»Das ist nicht wahr«, schluchzte sie verzweifelt. »Ich hab' nimmer die Kraft, dich vom Gegenteil zu überzeugen, ich geh'! Es ist aus mit uns.«

Simon spähte besorgt unter der Bank hervor und sah, wie seine Mutter rückwärts taumelnd aus der Tür kam und fast gestürzt wäre. Bitter stieß sein Vater hervor: »Warnungen gab es genug, so eine junge Frau zu heiraten! Hattest es wohl wirklich nur auf mein Sach' abgesehen!«

»Nein!«, schrie sie verzweifelt. »Das stimmt nicht, und das weißt du. Von Anfang an hast an mir gezweifelt und wolltest mich dennoch unbedingt heiraten. Und ich habe ja gesagt, weil ich dich geliebt und dir jederzeit die Treue gehalten habe.«

Er hob bedrohlich die Faust, als ob er zuschlagen würde, und Simon konnte einen Schreckensschrei nicht unterdrücken. Rüde zerrte ihn der Vater unter der Bank hervor. »Hör auf zu schreien«, befahl er barsch. »Und weinen brauchst du auch nicht. Das gehört sich nicht für einen Mann.«

»Lass das Kind los!«, herrschte ihn die Mutter an und wollte Simon an sich ziehen.

Sein Vater hielt ihn fest. Er umklammerte Simon rabiat mit einem Arm und blaffte: »Lieserl, wenn du meinst, dass du gehen musst, dann schleich dich. Ich hab' es nicht nötig, zu betteln, dass du bleibst.«

Die Mutter streckte die Hand nach ihrem Kind aus und befahl: »Komm Simon, wir gehen!«

Der Vater verstärkte den Druck des Armes, dass Simon kaum mehr Luft bekam, und sagte hämisch grinsend: »Das kannst du aber vergessen, der Bub bleibt bei mir.«

»Niemals!«, schrie sie empört und versuchte Simon wegzuziehen.

Sein Vater versetzte ihr einen heftigen Stoß und sie fiel zu Boden. Er drehte sich um, zerrte den zappelnden Simon mit sich und rief: »Du hast nichts und du bist nichts, Lieserl! Jetzt schau, wie du zurechtkommst. Von keinem Richter auf der Welt kriegst du das Sorgerecht für den Buben.«

Er ließ krachend die Haustür ins Schloss fallen und herrschte Simon an: »Geh wieder ins Bett!«

Simon schrie panisch: »Mama, Mama, geh nicht ohne mich. Bleib da, Mama, bitte!«

Er bekam keine Antwort. Gespenstische Stille umfing ihn. Er rannte in den ersten Stock, um aus dem Fenster zu schauen, doch der Vater hetzte ihm nach und hinderte ihn daran. Simon trat nach ihm, kam aber nicht gegen seine Kraft an. Eine Welle der Angst überflutete ihn und er begann zu zittern. Der Vater strich ihm über das Haar und sagte: »Simon, du brauchst dich nicht fürchten, schau Bub, es wird alles gut. Die Mutter beruhigt sich. Komm, leg dich ins Bett und schlaf. Morgen schaut die Welt wieder besser aus.«

Er trug ihn ins Kinderzimmer und sperrte die Tür hinter sich zu. Diese in Verlassenheit durchwachte Nacht, die Pein, den Schmerz und die Einsamkeit dieser Stunden, all das konnte Simon nie mehr vergessen und seinem Vater nicht verzeihen.

»Deine Mutter ist bald wieder da!«, versuchte ihn der Vater am anderen Tag zu beruhigen. »Wo soll sie denn hin?«

Simon stürmte zur Haustür hinaus, holte sein Fahrrad und fuhr zum Gasthof. Das erschien ihm die einzige Möglichkeit, wo die Mutter übernachtet haben könnte. Doch er fand sie nicht. Niemand hatte sie dort gesehen. Simon flehte seinen Vater an, sie zu suchen. Er hatte Angst, dass ihr etwas passiert war. Unerbittlich wurde ihm jede Hilfe verweigert.

Freudlos lebte er neben dem Vater her, immer in der Hoffnung, dass ihm seine Mutter einen Brief schreiben würde. Er träumte davon, dass sie mit einem Auto angefahren kommen und ihn einfach mitnehmen würde. Sie könnten zusammen an einem Ort leben, an dem sie niemand kannte, und er wäre glücklich mit ihr. Nichts dergleichen geschah. Tag für Tag verging. Simon ging in die Schule, machte seine Hausaufgaben, spielte mit seinen Freunden. Der Vater sorgte für Essen und Kleidung, beschenkte in reichlich zum Geburtstag und zu Weihnachten. Seine Zärtlichkeit, Wärme und Liebe konnte Simon von ihm nicht annehmen. Sein verwundetes Kinderherz wehrte sich gegen die Zuwendung des Vaters. Ab und zu gab es eine mütterliche Hauswirtschafterin, die sich des Buben annahm. Lange hielt es keine aus auf dem Astaller-Hof. Der Bauer wurde immer mehr zum Eigenbrötler, was die Dorfgemeinschaft zwar zur Kenntnis nahm, sich aber nicht bemüßigt fühlte einzugreifen. Nach Simons 14. Geburtstag schickte Lenz ihn auf ein Internat. Dort gefiel es Simon besser als auf dem Astaller-Hof.

»Das hat mir wenigstens ein Stückerl Kindheit gerettet«, murmelte er nun vor sich hin, strich mit seinen Händen am verwitterten Holz der alten Bank entlang und seufzte: »Ach Vater, selbst als erwachsenem Mann hast du mir die Information über den Verbleib der Mutter verweigert.« Er schüttelte den Kopf und stöhnte: »Jetzt hast du dein Geheimnis mit ins Grab genommen.«

Wieder wandte Simon seinen Blick hoch zum Firmament. »Jetzt rede ich schon mit mir selbst«, grummelte er. »Aber eins noch, Vater: Wenn es wahrlich einen Himmel gibt und du da oben hockst, dann unternimm was. Auf Erden hast mich nie verstanden, vielleicht hast du vom Himmel aus eine andere Sicht auf die Dinge!« Simon erhob sich und ging ins Haus.

Die lang verdrängte Erinnerung an diese schicksalshafte Nacht ließ ihn keinen Schlaf finden. Auch sein verletzter Arm schmerzte. Unruhig drehte er sich auf dem Sofa hin und her und stand dann frühzeitig auf.

»Erst fünf«, seufzte er. Er spürte, wie diese seelische Strapaze auf seinen Körper übergriff. Er lächelte, als er den altmodischen Kaffeefilter entdeckte, und brühte sich einen starken Kaffee. Das heiße Gebräu erweckte seine Lebensgeister. Es dauerte nicht lange, bis er Geräusche von der oberen Wohnung hörte.

Franzi, dachte er und lauschte. »Franzi«, murmelte er vor sich hin und bemerkte ärgerlich, dass ein Herz heftiger schlug. Unwillig schüttelte er den Kopf. Was sollte das? Für ihn hatte sie Frau Obermair zu sein! Er durfte sich nicht von dieser Person betören lassen, so wie sein Vater. Außerdem hatte das Frauenzimmer scheinbar bereits mit Jakob angebandelt. Dieser Gedanke versetzte ihm einen Stich im Herz. »Es hat mich nicht zu interessieren. Was geht es mich an, was diese Frau tut?«, murmelte er und warf einen Blick an die Zimmerdecke.

Verwundert schaute er zur Kommode und blickte auf das Bild seines Vaters. Er runzelte die Stirn. Hatte er den Rahmen nicht gestern Abend umgedreht, bevor er zum »Schwanen« gefahren war? Bestand die Möglichkeit, dass Franzi es aufgestellt hatte als er das Haus verlassen hatte? Er überlegte eine Weile und grummelte: »Ach, was soll's!«

Er nahm sein Kaffeehaferl in die Hand, zögerte noch einen Moment. Er füllte es mit Kaffee und trug es in den ersten Stock, stellte das Haferl vor Franzis Wohnungstür, klopfte und rief: »Zimmerservice!«

Als er an den unteren Treppenstufen angelangte, hörte er ein überraschtes: »Oh, vielen Dank, wie aufmerksam. Kann ich bitte noch ein bisschen Frischmilch bekommen?«

»Gerne zu Diensten«, rief er lachend. Sie ist echt ein Frechdachs, dachte er sich.

»Ich wollte Sie nicht wecken«, sagte Franzi schuldbewusst, als er ihr die Milch reichte. »Ich habe vollkommen vergessen, dass da noch jemand ist. Wenn man auf den alten Böden läuft, hört man unten jeden Schritt. Wie geht es Ihrem Arm? Sie sehen erschöpft aus, haben Sie nicht gut geschlafen?«

»Nicht viel«, grummelte er. »Mein Arm hat doch recht weh getan. Ja, ich höre es, selbst wenn Sie barfuß durch die Wohnung schweben. Es klingt eher wie ein Trampeln. Die Isolierung der alten Häuser lässt stark zu wünschen übrig.«

Franzi goss Milch in den Kaffee und nahm einen genussvollen Schluck. »Ihr Kaffee schmeckt erstklassig«, lobte sie Simon. Er stand unschlüssig da, sie blickten sich an.

Simon wandte sich ab und sagte: »Ich muss gleich los, einen schönen Tag für Sie!«

»Wollen Sie nach München radeln?«, erkundigte sich Franzi. »Sie haben kein Auto mehr.«

»Stimmt«, seufzte er resigniert. »Das hab' ich ja total vergessen.«

»Mit dem Arm könnten Sie eh' nicht fahren. Kann ich Sie vielleicht irgendwohinbringen?«

»Nein, danke«, wehrte er ab, erneut verwundert über ihre Hilfsbereitschaft. »Ich nehme ein Taxi.«

»Ja, dann«, stellte Franzi mit gedehnter Stimme fest, »wünsche ich Ihnen einen angenehmen Tag.«

Während sie im Gemüsegarten arbeitete, dachte Franzi an Simon. Ihr Verstand riet ihr, ihn nicht nett zu finden. Doch ihr Gefühl sagte ihr von Anfang an, dass er kein unrechter Mensch war. Wie albern, dass wir uns immer noch förmlich siezen, sinnierte sie. Cäsar riss sie aus ihren Überlegungen. In einem abgeernteten Beet wühlte er mit den Vorderpfoten in der Erde.

»Cäsar!«, schrie Franzi und zog ihn aus dem eingezäunten Bereich. Sie brachte ihn zu den anderen Hunden auf das Freigelände.

Als sie zurückkam, stand Frau Völk vor ihr, die sich mit ihrem Dackel für die Pension angemeldet hatte. Franzi begrüßte sie und bat sie ins Haus, um die Formalitäten zu erledigen.

»Kann ich bitte erst sehen, wo mein Bazi die nächsten vier Wochen untergebracht sein wird?«, fragte Frau Völk und hatte Tränen in den Augen. »Die Trennung fällt mir furchtbar schwer, aber ich muss meine Hüfte operieren lassen.«

Franzi ging in die Hocke und streichelte den Hund. »Du wirst dich wohl bei uns fühlen«, sagte sie, während sie dem Hund sanft über den Kopf strich. »Es sind viele Spielkameraden da, und du bekommst einen extra schönen Schlafplatz von mir zugeteilt.«

Franzi merkte, wie sich Frau Völk beruhigte. »Sie sind sehr freundlich«, stellte sie fest. »Ich glaube, ich lasse Bazi in guten Händen zurück!«

»Kommen Sie«, forderte Franzi sie auf, »gehen wir zum Hundehaus, dann zeige ich Ihnen alles. Später erzählen Sie mir etwas über die Vorlieben und Abneigungen von Bazi. Und natürlich können Sie jederzeit hier anrufen und sich nach ihm erkundigen.«

Währenddessen beschnüffelte Cäsar den kleinen Bazi ausführlich und folgte den beiden Frauen, als sie zum Hundehaus gingen. Bevor Frau Völk sich tränenreich von ihrem Dackel verabschiedete, trank sie eine Tasse Tee mit Franzi. Dann kehrte wieder Ruhe ein auf dem Astaller-Hof, und Franzi ging zurück in den Gemüsegarten, wo jede Menge Arbeit auf sie wartete. Kaum hatte sie mit dem Umgraben eines Beetes begonnen, stand Jakob vor ihr. Nein, dachte sie. Was will der denn schon wieder hier?

»Grüß dich, Franzi«, lachte er freundlich.

»Hallo«, antwortete sie lahm und lustlos.

»Es wird ein heißer Tag, ich muss schauen, dass ich mit der Arbeit im Gemüsegarten fertig werde. Außerdem wartet mein Zweitjob auf mich, ein Mandant hatte eine Steuerprüfung und es gilt dringend, eine Stellungnahme zu verfassen.«

»Ich halte dich nicht lange auf«, sagte Jakob. »Ich finde, du arbeitest zu viel. Der Hof und die Steuersachen!«

»Überlass das nur mir«, schnappte Franzi. »Also, was ist?«

Jakob raunte: »Ich wollte dich warnen, Simon Astaller redet schlecht über dich. Ich dachte, als guter Freund sollte ich dir das sagen.«

»Danke, Jakob«, antwortete Franzi und ging mit eiligen Schritten an ihm vorbei.

Er hielt sie am Arm fest und schmeichelte: »Diese Information ist doch ein Busserl wert, oder?«

»Hör endlich auf, mich zu bedrängen«, wetterte Franzi. »Ich habe es gründlich satt, mich andauernd vor dir zu rechtfertigen. Wenn du mein Freund sein willst, akzeptiere bitte, dass aus uns als Paar nichts wird.«

Jakob lachte unbeeindruckt, wandte sich ab und rief: »Ich liebe dein Temperament, das macht mich unheimlich an! Du verpasst etwas, wir Stettners sind bekannt für unsere Manneskraft.«

Er stieg in sein Auto und fuhr mit durchdrehenden Reifen und Staub aufwirbelnd vom Hof.

»Idiot!«, murmelte Franzi verächtlich und wandte sich ihrer Arbeit zu. »Pfff, bekannt für seine Manneskraft! Was ist das denn für eine antike Angeberei«, grummelte sie. »Sterben denn die Machos niemals aus?«

Sie fand sein Geprotze so blöd, dass es schon wieder lustig war, und lachte laut vor sich hin. Nach einiger Zeit dachte sie darüber nach, was er von Simon berichtet hatte. Lästerte Doktor Astaller wirklich über sie? Gut möglich, denn er ärgerte sich sicher immer noch über sein verlorenes Erbe.

»Ach, Cäsar«, seufzte Franzi, »auf dem Astaller-Hof fühle ich mich wohl, doch langsam kommen mir Zweifel, ob ich mit dem Getuschel und Getratsche der Leute auf Dauer leben kann.« Seufzend begann sie, das Beet umzugraben, und beschloss, über dieses Thema ein anderes Mal nachzudenken.

Wütend fuhr Jakob vom Astaller-Hof. Die Abweisung Franzis nagte an ihm und gefährdete seine Pläne. »Wie steh' ich denn dann vor meinem Vater da?«, raunte er. »Wieso ist sie nur so spröde? Bei den anderen Frauen kamen meine lockeren Sprüche doch immer gut an.«

Ich bin ein sauberes Mannsbild, dachte er, und ich besitze ein florierendes Gasthaus.

»Langsam reißt mir der Geduldsfaden«, sagte er dann laut. »Und das Schlimmste ist, dass ich keine Ahnung habe, was ich noch machen könnte, um sie davon zu überzeugen, dass wir perfekt zusammenpassen.«

Kapitel 11

Einige Zeit später fuhr Simon mit seinem Gebrauchtwagen, den er in München kurzerhand gekauft hatte, nach einem anstrengenden Arbeitstag Richtung Dirnbach. Erfreut stellte er fest, dass sein Arm fast nicht mehr schmerzte. Das Eingeschränktsein hatte ihn genervt.

Abendrot tauchte die Berge in mystisches, zartrotes Licht. Er hielt an einem Parkplatz, um dieses Naturschauspiel zu genießen. Verwundert und unwillig schüttelte er den Kopf. Seit wann interessierte er sich denn für die Natur? Er stieg aus dem Auto und ging einige Schritte einen Feldweg entlang. Tief sog er die klare Luft ein. Welch ein Unterschied zum Stadtklima! Er fühlte, wie der Stress des Tages von ihm abfiel. Ein Lächeln umspielte seine Lippen, als er an das Lied dachte, das seine Mutter immer mit ihm gesungen hatte. Er brummelte mehr, als dass er sang: »Auf den Bergen wohnt die Freiheit, auf den Bergen ist es schön!« Der Gedanke an seine Mutter versetzte ihn, trotz des imposanten Alpenglühens, in eine melancholische Stimmung, die sich auch auf dem Weg zum Hof nicht mehr verflüchtigte.

Als er auf das Hofgelände fuhr, begegnete ihm Jakob, der mit seinem Auto rasant davonbrauste. Simon spürte einen schmerzvollen Stich in seiner Brust und stoppte den Wagen.

»Deine Mitbewohnerin ist bestens gelaunt!«, Jakob grinste verwegen und hielt seinen Daumen nach oben. Franzi saß mit einem gefüllten Weinglas in der Hand vor dem Haus. Sie hatte einen Tisch vor die Bank geschoben, brennende Kerzen standen darauf. Bellend umkreiste Cäsar Simons Auto. Als Simon ausstieg, erbettelte sich der Hund Streicheleinheiten.

Franzi rief schließlich tadelnd: »Cäsar, lass den Herrn Doktor in Ruhe, er hatte sicher einen arbeitsreichen Tag!«

»Das stimmt«, presste Simon hervor und stürmte ins Haus.

Franzi rief ihm nach: »Darf ich Sie zu einem Glas Wein einladen?«

Er drehte sich um und sagte sarkastisch. »Soll ich mich auf dem Platz niederlassen, der noch von Ihrem Liebhaber angewärmt ist?«

Franzi starrte ihn verständnislos und mit großen Augen an: »Welcher Liebhaber?«

»Jakob Stettner?!«, blaffte Simon.

Er ist nicht so cool, wie er sich gibt, dachte sich Franzi. Wenn ich ihm gleichgültig bin, wieso ärgert er sich über Jakobs Besuch? »Jakob hat mir ein paar Säcke Katzenstreu gebracht. Wir sind nur Freunde«, stellte sie ruhig fest.

»So?«, schnaubte er. »Die gleiche Art Freundschaft, die Sie mit meinem Vater verbunden hat?«

Franzis Zornesfalte erschien, und mit unterdrücktem Unmut antwortete sie: »Ich lasse mir von Ihren Anschuldigungen nicht den Abend verderben. Hocken Sie sich halt ins Haus. Ist mir doch egal!«

Sie wandte sich von ihm ab und nippte an ihrem Glas Wein. Als Simon die Haustür knallend ins Schloss fallen ließ, murmelte Franzi kopfschüttelnd: »Damischer Hirsch!«

Kurz darauf stürzte er auf sie zu. Er hielt zwei Geldscheine in der Hand und wedelte mit diesen vor ihrem Gesicht herum.

»Was ist das?«, rief er.

»Geld?«, gab Franzi schnippisch zurück.

»Reizen Sie mich nicht«, warnte er sie, ich bin sowieso auf Krawall gebürstet.

»Das ist die Bezahlung für die Hühnereier, für zwei Monate. Genau 120 Euro.«

Er schlug sich mit der Hand an die Stirn, warf ihr das Geld auf den Tisch und behauptete: »Du liebe Zeit, Franzi, haben Sie denn keinen Sinn für Humor? Ich wollte Sie damals nur foppen!«

Bevor sie etwas sagen konnte, lief er weg.

»Jaja, von wegen Spaß«, murmelte sie. »Für mich klang das damals mit dem Eiergeld sehr ernst. Und ich bin überzeugt davon, dass es kein Spaß war, als er seinen Anspruch angemeldet hat.«

Franzi hat er mich genannt, dachte sie und stieß einen tiefen Seufzer aus. Sie wurde aus diesem Mann nicht schlau. Cäsar legte seine Pfote auf ihr Knie, sie streichelte ihn und stöhnte: »Sei froh, dass du ein Hund bist, dann brauchst du dich nicht mit Menschen rumärgern. Genauer gesagt, mit Doktor Astaller. Zuerst wollte er nicht, dass ich seine Wohnung betrete und die Küche mitbenutze …«

»Wuff«, bestätigte Cäsar und brachte Franzi zum Lachen.

»Kluger Hund«, rief sie und flüsterte: »… und als ich mir die Kochplatte, den kleinen Kühlschrank und die Kaffeemaschine besorgt hatte, kam er eines Abends zu mir und hat gesagt, dass er noch einmal nachgedacht hätte. Es wäre doch zu umständlich in meiner provisorischen Küche, Obst und Gemüse zu verarbeiten. Ich könnte die Küche mitbenutzen. Die anderen Räume seiner Wohnung wären aber tabu! Jeder sollte selbst für seine Getränke und Lebensmittel sorgen! Jetzt koche ich in seiner heiligen Küche Marmelade ein und lagere das Gemüse in seinem Gefrierschrank. Sonst haben wir nicht viel miteinander zu tun.«

Kapitel 12

Außer Melli, Lena, Jakob und dem Huberbauern hatte Franzi keinerlei Kontakte zu den Seehöflern oder Dirnbachern. Ihre Helfer kamen aus Orten, die weiter entfernt lagen. Es belastete sie, dass ihr Jakob Gerüchte zutrug, zu denen sie definitiv keine Stellung beziehen konnte. Fest nahm sie sich vor, sich dem ansässigen Frauenchor anzuschließen oder bei der hiesigen Strickgruppe mitzumachen. Doch es fehlten ihr die Zeit und die Kraft. Sie werkelte auf dem Astaller-Hof vor sich hin, vorsorgte die Tiere und betreute liebevoll die ihr anvertrauten Hunde und Katzen. Franzi nutzte die Chance auf einen Plausch, wenn »Pensionsgäste« abgegeben oder abgeholt wurden. Sie fühlte sich zunehmend einsam.

Seit ihrer letzten Auseinandersetzung herrschte seit längerer Zeit Funkstille zwischen Franzi und Simon. Er schien die Begegnung mit ihr zu meiden.

»Ich verstehe die Welt nicht mehr!«, murmelte Simon. »Und mich schon gar nicht!«

Er fühlte sich zu dieser Frau hingezogen. Konnte jedoch nicht in Worte fassen, was ihn an ihr so faszinierte. Wenn er in der Küche auftauchte, zog sie sich sofort zurück und ließ sich auf kein Gespräch mit ihm ein. Er vermisste sie richtiggehend!

Als Simon mit seinem Auto auf das Hofgelände fuhr, sah er Franzi auf der Bank sitzen. Auf einem kleinen Tischchen vor ihr stand ein Krug, gefüllt mit heller Flüssigkeit.

»Guten Abend«, sagte er, als er an ihr vorbeiging. Sein Herz schlug schneller, er musste sich jetzt etwas einfallen lassen.

»Grüß Gott«, erwiderte sie.

Simon räusperte sich und raunte verlegen: »Was für ein wunderbarer Sommerabend. Darf ich Ihnen Gesellschaft leisten?«

Ihre Schultern strafften sich und sie antwortete: »Ja, aber nur, wenn sie nicht wieder von Jakob Stettner anfangen!«

»Nein«, versprach er schuldbewusst.

Franzi zeigte auf den Krug und sagte süffisant: »In Ihrer Küche angefertigt! Selbst gemachte Zitronenlimonade. Möchten Sie ein Glas probieren?«

»Mit Vergnügen«, lachte er.

»Wollen Sie auch eine kalte Gurkensuppe?«, bot Franzi an.

Er zögerte. »Ich will Sie nicht berauben, und unsere Vereinbarung lautete, dass jeder für seine Lebensmittel sorgt.«

Franzi unterdrückte ein Lächeln. Korrekt, wie Lenz, dachte sie und rief burschikos: »Ich würd's nicht anbieten, wenn ich es nicht gern täte.«

Hungrig löffelte Simon die Suppe und lobte deren exzellenten Geschmack.

»Eigenanbau«, sagte Franzi stolz und nahm eine Visitenkarte vom Tisch. »Hier, die hat der Immobilienmakler dagelassen. Er konnte Sie nicht erreichen. Aber Sie sollen sich bitte dringend bei ihm melden.«

Hastig steckte Simon die Karte ein und grummelte: »Danke.«

Sie stießen mit den Limonadegläsern an, und er bemerkte: »Ich kenne mich mit der Etikette nicht genau aus, aber ich glaube, der Mann muss sich gedulden, bis die Frau das »Du« anbietet. Jedenfalls würde ich mich freuen, wenn wir uns duzen könnten. Ich bin Simon.«

»Franzi«, erwiderte seine Mitbewohnerin, überrascht von diesem Angebot, aber dennoch froh darüber. In ihren Gedanken hatte sie ihn von Angang an Simon genannt. Sie stieß ihr Glas gegen seines. Jakob würde die Situation für einen Bruderschaftskuss ausnutzen, dachte sie und ärgerte sich gleichzeitig. Wieso geisterte ausgerechnet jetzt Jakob in ihren Gedanken herum?

Ein wenig verlegen blickten sie sich an, bis Franzi sagte: »Du schaust bedrückt aus? Ist was passiert?«

Er schüttelte den Kopf. »Nein, die alten Geschichten lassen mich nicht zur Ruhe kommen! Aber reden wir nicht mehr davon, es ist so ein herrlicher Abend.«

»An den früheren Zeiten trägt man am schwersten«, flüsterte sie. »Das ist oft so bedrückend, dass es einem die Gegenwart verpfuscht.«

Er lächelte melancholisch. »Hat dir denn eigentlich mein Vater etwas über mich und die Vergangenheit erzählt?«

»Geh, wo denkst du hin! Da gab es bloß Andeutungen, gerade so, wie du sie jetzt machst!«

Sie schwiegen, und als Franzi fröstelte, zog Simon seine Jacke aus und legte sie ihr sanft über die Schultern. Schweigend schauten sie in den Abendhimmel, jeder gefangen in seiner eigenen Gedankenwelt.

Franzi fing an zu kichern, bis sie plötzlich lauthals lachte. Simon blickte sie verwundert an, und sie schnaubte: »Wir zwei sitzen da wie die alten Austragsbauern auf dem Bankerl vorm Hof.«

Ihre Fröhlichkeit wirkte ansteckend auf ihn, und er feixte. »Das ist ein sehr erfreulicher Gedanke!«, und versenkte seinen Blick tief in Franzis Augen.

»Ach Simon«, seufzte sie und lehnte wie selbstverständlich den Kopf an seine Schulter. »Ich bin überrascht, dass ich so einen großen Gefallen daran finde, hier auf dem Land zu leben. Ich fühl' mich frei und glücklich hier, ich mag auf das Wohnrecht nicht verzichten.«

Abrupt stand er auf und sagte bitter: »Darum geht es also, ich hätte es wissen sollen. Jakob hat mich vor dir gewarnt.«

»Geh Simon«, tadelte Franzi. »Sei nicht kindisch. Bleib da und sag mir lieber, was Jakob an Gerüchten verbreitet. Dann kann ich mich wenigstens rechtfertigen.«

Simon antwortete nicht, sondern ging ins Haus. Franzi blieb sitzen und schimpfte: »Gibt es in dieser Gegend denn nur Männer, die sich idiotisch verhalten?«

»Das hab' ich gehört!«, kam es von drinnen, und Franzi schrie: »Hoffentlich!«

Simon kam nicht mehr heraus. Franzi blieb auf der Bank sitzen, bis das Bellen der Hunde sie aufschreckte. Sie lief zum Freigelände, um die Tiere zu beruhigen. Bestimmt wittern sie einen Hasen oder ein Reh, dachte Franzi und brachte die Hunde in ihre Unterkunft. Cäsar sauste den Hof entlang und gab keine Ruhe. Erst als Franzi streng mit ihm sprach, hörte er auf zu kläffen. Dass sich hinter einer Hecke Jakob verbarg, ahnte Franzi nicht.

Jakob hatte an diesem Abend geplant, sie mit einem Besuch zu überraschen. Mit einem Picknick wollte er sie von seinen Qualitäten überzeugen. Verbittert musste er mit ansehen, wie sie ihren Kopf an Simons Schulter lehnte.

Zornig machte er sich auf den Weg zum Gasthof. »So ist das«, murmelte er enttäuscht. »Na wartet, das letzte Wort ist noch nicht gesprochen!« Ein gewagter Plan begann in ihm zu reifen. Als er zu Hause ankam, wusste er, wie er weiter vorgehen wollte.

Fröhlich wurde Simon von der Stammtischrunde beim »Schwanen« begrüßt. Er folgte Jakobs Einladung eher unwillig, denn er hielt nicht viel von eingeschworenen Männerrunden. Außerdem hatte er keinen Nerv mehr, sich die anzüglichen Bemerkungen in Bezug auf Franzi anhören zu müssen. Für eine Absage fehlte ihm jedoch eine schlüssige Begründung. Er beschloss, wenigstens einmal daran teilzunehmen. Wie von Simon befürchtet, dauerte es nicht lange, bis das Gespräch auf sein Erbe kam.

»Bleibt das Mädel denn nun bei dir im Haus?«, fragte der Huberbauer hinterlistig.

Simon verzog das Gesicht. »Du weißt doch eh über ihr Wohnrecht Bescheid, was fragst denn so komisch?«, blaffte er.

Der Huber lachte jovial. »Na, ich kann mir was Schlimmeres denken, als mit so einer feschen Person unter einem Dach zu leben.«

»Franzi ist keine ›Person‹«, fuhr Simon auf.

»Hört! Hört«, wandten die anderen Männer feixend ein.

Nun wandte sich der Ruckertbauer an den Herrn Pfarrer: »Was sagt denn die heilige Mutter Kirche zu dem g'schlamperten Verhältnis?«

Unwillig schüttelte der Priester den Kopf: »Gar nichts, und ihr als Christenmenschen solltet eure Zungen auch im Zaum halten.«

Doch der Wallner-Rudl dachte gar nicht daran und verspottete Jakob: »Stettner, das Vertrauen in deine Qualitäten muss ja gewaltig sein, wenn du das zulässt!«

Simon fragte verdattert: »Wieso?«

Die Stammtischrunde lachte: »Du weißt nicht, dass Franzi Jakobs Freundin ist? Jeder im Gau weiß, dass die beiden was miteinander haben!«

Jakob schwieg, zog eine Grimasse und grinste vielsagend.

Fassungslos starrte Simon in die Runde. Er konnte nicht glauben, was er da hörte. Dann stimmte es doch? Franzi und Jakob? Aus welchem Grund hatte sie ihm das verschwiegen? Er riss sich zusammen und bestellte, um vom Thema abzulenken, eine Runde Obstler. Mattes gesellte sich zu ihnen, und Simon ließ den Tratsch, den die Gemeinde zu bieten hatte, über sich ergehen. Als er sich später verabschiedete, klopfte ihm Mattes freundschaftlich auf die Schulter und fragte: »Und, was sagst du zu meinem

Kaufangebot, Simon? Hast du schon darüber nachgedacht? Ich kann's nicht ewig aufrecht halten.«

Simon wehrte sich gegen die Berührung und raunte: »Vergiss es, Mattes, du kriegst das Sach' zu dem Gebot auf gar keinen Fall!«, und verließ aufgewühlt den Gastraum.

Am anderen Morgen ließ Simon Franzis Gruß unerwidert, als sie in die Küche trat. Die Zornesfalte auf ihrer Stirn entging ihm nicht. Doch er schwieg eisern und hatte auch keinen Kaffee für sie aufgebrüht. Franzi schmierte sich ein Marmeladenbrot, kochte sich ihren Kaffee und wollte vors Haus gehen, um ihr Frühstück einzunehmen.

Cäsar lag bei Simon, und erst ein scharfer Befehl von Franzi veranlasste das Tier, ihr zu folgen.

»Grobes Weib«, blaffte er. »Schrei doch den Hund nicht so an!«

»Wie nennst du mich bitte?«, gab sie wütend zurück. »Was ist denn mit dir los? Sag mir jetzt auf der Stelle, wieso du mich so angehst.«

»Lass mich in Ruh'«, schnauzte er.

»Nein, ich will wissen, was dich so grantig macht, bevor ich in die Kirche gehe!«

Zornig funkelten seine Augen, als er zischte: »Lass dich nicht aufhalten, dein Freund wird sicher schon sehnsuchtsvoll auf dich warten.«

»Ich versteh nicht, was du meinst«, antwortete Franzi.

Verächtlich sagte Simon: »Jakob Stettner!«

Franzi schaute ihn ratlos an. »Ja, geht das erneut los? Was ist denn jetzt schon wieder?«

»Ihr seid ein Paar, hab' ich gestern zufällig beim Stammtisch erfahren. Ist das der Plan? Du machst mir schöne Augen und hilfst dem Stettner, sich den Astaller-Hof billig unter den Nagel zu reißen?«

Franzi starrte ihn überrascht an: »Simon, was redest du denn?! Bist du von Sinnen? Wer sagt denn sowas? Seitdem ich hier bin, versucht der Jakob bei mir zu landen. Aber da war nichts und wird nie etwas sein, das musst du mir glauben.«

Er brüllte so laut, dass sie zusammenzuckte. »Nein, lass mich in Ruhe jetzt!« Er schlug mit der Faust auf den Tisch, dass das Geschirr klirrte.

Ein Haferl kippte um. Kaffee ergoss sich über den Tisch und tropfte auf den Boden. Er sah Franzis entsetzten, ungläubigen Blick und die Tränen, die in ihren Augen schimmerten.

»Ich mag nimmer«, schluchzte Franzi, und rannte aus dem Zimmer.

Erstarrt saß Simon da. »Ich mag nimmer.« Das waren die Worte seiner Mutter gewesen, als sie den Hof verlassen hatte. Er hörte Franzi in ihrer Wohnung herumwerken. Sein Stolz hinderte ihn, aufzustehen und ihr zu folgen. Bald darauf kam sie die Treppe heruntergepoltert. Simon sah durchs Fenster. Sie hievte einen Koffer ins Auto und rief nach Cäsar.

Er spürte eine unendliche Traurigkeit in sich aufsteigen. Mit Unbehagen stellte er fest, wie viel ihm Franzi bedeutete und wie der Stachel des Misstrauens und der Eifersucht in seinem Herzen saß.

»So fühlt sich das also an«, stöhnte er. »Was für eine entsetzliche Qual! Jetzt verstehe ich, welche Emotionen den Vater damals gequält haben.«

»Cäsar! Cäsar! Sofort hierher!«, hörte er Franzi schluchzend rufen.

Unendlich bedauerte er inzwischen seinen Ausraster und seine Anschuldigungen. Er ging zu ihr. Als sie ihn kommen sah, drehte sie sich weg und rief erneut nach Cäsar.

»Franzi«, sagte Simon sanft. »Franzi, es tut mir so leid, entschuldige. Bitte geh nicht weg, bleib bei mir.«

»Wieso glaubst du denn dem Jakob mehr als mir?«, klagte sie. »Ich möchte nur, dass du mein Wohnrecht nicht anfichst, was sollte ich denn nur mit dem Hof anfangen?«

»Ich bin ein Idiot«, sagte Simon zerknirscht. »Bitte bleib.«

»Ohne den ungezogenen Hund kann ich eh nicht weg«, schniefte sie unglücklich.

»Da bin ich aber froh«, flüsterte Simon. »Ich …«, er stockte und wischte mit einer zärtlichen Geste eine Träne von ihrer Wange. »… ich würd' dich vermissen«, gestand er und sein Herz tat einen Freudensprung, als sie leise antwortete: »Ich dich auch, Simon.«

Er tat einen Schritt auf sie zu und legte die Arme um sie. Sie ließ es geschehen, und er stellte kleinlaut fest: »Ich bin ein aufbrausender Depp!«

»Ein Astaller halt«, bemerkte Franzi trocken.

Er lachte leise auf und rief: »Schau, da kommt Cäsar.«

Ein tropfnasser Hund trottete auf sie zu.

»Oh nein«, schrie Franzi erschrocken, »da stimmt was nicht, wieso ist Cäsar denn so nass?«

Sie lösten sich voneinander und stürzten durch das Hundehaus zur Freifläche. Jemand hatte ein Loch in den Zaun geschnitten. Mit Schrecken sah Franzi, dass sich ihre Pensionshunde im Wasser tummelten.

»Mist«, schimpfte sie, als sie merkte, dass auch noch einige Vierbeiner fehlten.

Simon half ihr, die Hunde, die im Bach miteinander spielten, ins Häuschen zurückzubringen. Zusammen mit Cäsar rannten sie los und suchten eilig nach den Ausreißern. Der nahgelegene Wald bot viele Möglichkeiten, sich zu verstecken. Die größte Gefahr ging dabei von den Jägern aus, die unbekannte freilaufende Hunde nicht tolerierten, sondern sofort erschießen würden. Vor allem aber sorgte Franzi sich um Dackel Bazi und wunderte sich, wie der alte Hund mit seinen kurzen Beinchen es geschafft hatte, mit den anderen Hunden mitzulaufen.

»Bazi«, rief sie erleichtert, als sie ihn unter einem Baum liegend entdeckte. »Komm, du Ausreißer, ich bring dich heim.« Widerstandslos ließ er sich anleinen, und Franzi informierte Simon per Handy, dass sie Bazi gefunden hatte.

»Cäsar ist ein guter Fährtenhund«, erklärte Simon verblüfft. »Er hat die anderen Hunde aufgespürt. Im Tausch gegen einen Hundekeks ließen sie sich an die Leine nehmen. Wir kommen jetzt zum Hof zurück!«

»Nach der Kirche ist Großputztag in meiner Wohnung«, kündigte Franzi an, als sie mit den Hunden auf den Hof zurückgekehrt waren.

»Am heiligen Sonntag?«, fragte Simon amüsiert.

Er nahm ihre Hand und stellte überrascht fest: »Ganz rau!«

»Mich erstaunt auch, wie schnell das ging«, lachte Franzi. »Obwohl mir das bis vor zwei Jahren undenkbar erschien, macht mir die Arbeit hier echt Spaß.«

Simon lächelte und sagte: »Ich mochte einfach nie ein Bauer werden wie der Vater und alle Astallers vor ihm. Ich weiß, dass es ihm nicht gepasst hat, dass ich Arzt werden wollte. Dennoch hat er mir nie die finanzielle Unterstützung während der Studienzeit versagt«

»Klär mich auf, was stand all die Jahre zwischen dir und deinem Vater?«

»Franzi, dazu braucht es Ruhe. Irgendwann setzen wir uns zusammen und reden. Einverstanden?«

»Ja gut«, willigte sie ein.

So gingen die Tage dahin. Simon pendelte von Dirnbach nach München. Franzi kümmerte sich um die Tiere und arbeitete weiter für die Steuerkanzlei. Sie spürten beide, dass irgendetwas zwischen ihnen stand, obwohl sie gleichzeitig die gegenseitige Anziehung fühlten.

»Kannst du ein Schaf scheren?«, fragte Franzi eines Morgens.

Simon lachte: »Machst du Witze?«

Franzi grinste. »Mandi braucht eine Schur, da hilft alles nichts. Ich ruf bei Melli an, wer mir da helfen kann.«

»Gut, mach das. Ich fahre nachher nach Garmisch-Partenkirchen«, sagte Simon. »Was hältst du davon, wenn ich uns Antipasti vom Italiener mitbringe.«

»Das ist eine super Idee«, freute sich Franzi.

»Ich komm' gegen sieben Uhr heim«, kündigte Simon an.

Franzi nickte und ein feines Lächeln umspielte ihre Lippen. »Heim«, hatte er gesagt. Dann schien er sich doch nicht so unwohl zu fühlen, auf dem Astaller-Hof.

Am Abend öffnete Simon eine Flasche Weißwein. Appetitlich angerichtet, lagen auf einem Teller Schinken, Melone, gebratene Zucchini, Tomate mit Mozzarella, Bohnensalat, gebackene Auberginen, gedünstete Champignons und geröstete Paprikastreifen. Das knusprige Weißbrot hatte er in kleine Scheiben geschnitten.

»Greif zu! Lass es dir schmecken!«, forderte er Franzi auf.

»Das sieht ja verführerisch aus«, stellte sie fest.

»Nimm dir!«, befahl er.

Sie begannen, genüsslich zu essen. Mit der zweiten Flasche Wein brachte er als Nachtisch Tiramisu, und Franzi lobte ihn für diese hervorragende Idee.

Als die Dunkelheit hereinbrach, blies Simon die Kerzen aus, die auf dem Tisch brannten. »So ist es leichter, über mich und den Vater zu reden«, sagte er fast entschuldigend. »Aber in mir ist die Erkenntnis gereift, dass du erfahren solltest, was zwischen uns stand. Ich möchte gerne wissen, was der Vater dir bedeutet hat.«

»Das versteh' ich«, meinte Franzi, und Simon begann zu erzählen: »›Ich mag nimmer‹, hat damals meine Mutter gerufen, als sie den Vater und mich verlassen hat.«

Und Simon schilderte ihr, was er in dieser Schreckensnacht ertragen musste. Mitfühlend schob Franzi eine Hand in seine und wisperte: »Als Kind so etwas erleben zu müssen, das ist furchtbar.«

»Vom Vater habe ich nur kühle Distanz erfahren. Ich spürte keine Liebe, auch wenn er sich vielleicht bemüht hat, sie mir zu geben.«

Franzi unterbrach ihn und wisperte: »Aber seine letzten Gedanken und Worte galten dir, vergiss das nicht!«

Er nickte und fuhr mit seinen Gedanken fort: »Ich habe mich fortwährend gefragt, wieso er mich nicht mit der Mutter hat gehen lassen. Jetzt lebt er nicht mehr, und ich werde nie die Hintergründe erfahren.«

»Du weißt nicht, was aus deiner Mutter geworden ist?«, fragte Franzi entsetzt.

»Nein«, stieß er mit belegter Stimme hervor.

»Ich kann einfach nicht verstehen, dass eine Mutter ihr Kind zurücklässt, ohne sich je zu melden. Hast du nie nach ihr gesucht?«, sagte Franzi.

Er räusperte sich. »Nein!«

»Nicht einmal ihren Namen in eine Internetsuchmaschine eingegeben?«, forschte Franzi.

»Ich kann nicht!«, brach es aus ihm heraus. »Das ist furchtbar feige, das ist mir auch klar. Ich weiß einfach nicht, ob ich es aushalte, die Wahrheit zu erfahren.«

Verständnisvoll streichelte Franzi über seinen Arm.

»Franzi«, raunte er, und sein Gesicht kam ihrem sehr nah. »Meinst, du könntest mich ein bisserl lieb haben?«, fragte er zögerlich.

»Mehr als das, glaub' ich«, flüsterte sie.

»Mein Sternderl«, wisperte er und küsste sie zärtlich auf den Mund. Sie gab sich glücklich diesem Augenblick hin.

Selbst Cäsar schien die Feierlichkeit des Ereignisses zu begreifen. Er beobachtete die beiden und blieb still liegen.

Als sie sich voneinander lösten, sagte Simon: »Nie hätt' ich gedacht, dass ich zu so tiefen Gefühlen fähig bin. Verstehst du das?«

»Simon, das lässt sich nicht erklären. Die Liebe entwickelt sich, oder sie kommt ganz plötzlich. Das kann man nicht planen und nicht fordern.«

Sie zögerte einen Moment. »Jakob wollte es unbedingt erzwingen. Dein Vater hat mich vor ihm gewarnt. Aber Jakobs Freundlichkeit und Hilfsbereitschaft haben mir den Blick auf die Wirklichkeit verbaut.«

»Mir auch«, bestätigte Simon und erzählte Franzi von seinem Erlebnis am Stammtisch.

Traurig sagte sie: »Was kann ich nur machen, dass die Leute aufhören, so fies über mich zu reden?«

»Da bin ich überfragt«, bedauerte Simon.

»Meinst du, Jakob hat den Zaun zerschnitten?«, fragte Franzi besorgt.

»Nein, ich glaube nicht, dass er so weit gehen würde«, beschwichtigte Simon sie. »Jakob ist ein Aufschneider und Prahler. Kriminelle Energie trau' ich ihm aber nicht zu!«

»Stimmt«, sagte Franzi und seufzte. »Simon, sollten wir es besser geheim halten, dass wir beide ...«

Sie stockte, und er ergänzte: »... jetzt z'sammen sind?«

Sie nickte: »Mir graut es vor dem Tratsch, der in Dirnbach und Seehöfl entstehen wird.«

»Das kommt nicht infrage«, wehrte er entrüstet ab. »Sollen die sich doch die Mäuler zerreißen! Ich bin froh und glücklich, dein Liebster zu sein, das will ich auf keinen Fall für mich behalten.«

»Ach, du«, flüsterte Franzi zärtlich und sie küssten sich erneut.

»Jetzt erzähl, wie ist mein Vater mit dir umgegangen?«, wollte Simon später wissen.

»Das könnte dich verletzen«, gab Franzi zu bedenken. Er bestand darauf, zu erfahren, wie es kam, dass sie auf dem Hof eingezogen war, und wie sie seinen Vater erlebt hatte.

Als sie ihm alles geschildert hatte, meinte er: »Wie schade, dass ich ihn so nie gekannt habe. Es ist, als ob du von einem anderen Menschen sprichst.«

»Es gab scheinbar zwei Lorenz Astaller«, meinte Franzi nachdenklich.

»Und du kanntest die bessere Variante«, sagte Simon, in dessen Stimme Bitterkeit mitschwang.

»Ja, so scheint es«, bestätigte Franzi. »Ich wüsste gerne, was in dem verschwundenen Brief steht. Es deprimiert mich, dass ich den Inhalt nicht erfahren werde. Mein Verdacht richtet sich gegen Jakob.«

Simon strich ihr sanft tröstend über den Rücken. »Bei nächster Gelegenheit sprech' ich ihn darauf an.«

»Danke«, antwortete Franzi ehrlich und fragte zögerlich: »Sag mal, Simon, gab es denn keinen Dorfklatsch wegen deiner Mutter?«

»Oh doch – ausreichend! Verschiedenste Theorien wurden aufgestellt. Es hieß, sie sei mit einem Hippie durchgebrannt. Andere glaubten, mein Vater hat die Mutter in der Odelgrube versenkt. Die Kinder haben die Vorstellung gemocht, dass sich die Mutter Zirkusleuten angeschlossen hätte.«

»Und dein Vater hat zu allem geschwiegen?«

»Genau! Und das hat alles für mich noch viel schwerer gemacht.«

»Das kann ich gut nachvollziehen«, seufzte Franzi und gähnte.

»Es ist schon spät«, stellte Simon fest und stand auf. »Komm, lass uns ins Bett gehen!«

Zögerlich erhob sich Franzi. Im Hausflur gab er ihr einen Kuss. Sie umarmte ihn und sagte: »Gute Nacht, Simon, schlaf gut und träum schön!«

»Du auch, Franzi«, erwiderte er.

Hastig erklomm sie die Treppenstiegen, drehte sich am oberen Absatz um und warf ihm eine Kusshand zu.

Cäsar stand im Flur und schaute zwischen den beiden hin und her. Er trabte zu Simon und stupste ihn an. Der lachte und streichelte seinen Kopf. »Geh mit deinem Frauchen«, befahl er.

Cäsar sauste nach oben zu Franzi und gleich darauf erneut nach unten zu Simon. Franzi setzte Cäsars Spiel mit einem eindeutigen Befehl ein Ende. Mit einem bedauernden Blick auf Simon folgte er ihr schließlich.

Kapitel 13

Franzi erwachte und sprang fröhlich aus dem Bett. Ein glückliches Lächeln huschte über ihr Gesicht, als sie an den gestrigen Abend dachte. Ich hab' mich also nicht getäuscht, der Simon ist ein bisserl wie der Lenz, sinnierte sie, während sie duschte. Anschließend lauschte sie und hörte, dass auch Simon bereits aufgestanden war. Sie ging in die Küche hinunter und sah einen liebevoll gedeckten Frühstückstisch, an dem Simon saß, der genauso strahlte wie sie selbst.

»Guten Morgen, mein Sternderl«, rief er, stand auf und gab ihr einen Kuss auf den Mund. »Hab' dich schon g'hört und wollte dich gerade zum Morgenschmaus runterholen.«

»Guten Morgen, Simon«, begrüßte ihn Franzi freudig und gähnte. »Mei, hast du den Tisch aber hübsch gedeckt!«

»Setz dich hin«, bat er, »der Kaffee ist fertig!«

Er schenkte ihr ein und sie strich dick Butter auf ein Roggenbrot. »Selbstgemacht das Brot, nach einem alten Rezept«, erklärte sie und gab eine ordentliche Portion Erdbeermarmelade auf das Brot.

Blitzschnell griff er zu und schnappte sich die Scheibe. Er biss hinein und sagte mit einem Augenaufschlag: »Mmhm, wenn es mit Liebe zubereitet ist, schmeckt es ja gleich viel besser!«

Sie lachte und bestrich sich ein neues Brot.

»Im Ernst«, bemerkte Simon, »die Marmelade schmeckt fantastisch. Woher hast du das Rezept?«

Franzi stand auf und holte ein Buch, dessen roter Leineneinband bereits arge Gebrauchsspuren aufwies. Ein Teil der Buchseiten hatte sich schon gelöst und lag lose obenauf. Sie reichte es ihm, und er schlug es auf.

»Wahnsinn«, raunte er bewundernd. »Alle Rezepte mit der Hand geschrieben, wie alt das sein mag?«

»Ich weiß nicht, aber der Schrift nach hat es bestimmt einige Jahre auf dem Buckel«, sagte Franzi. »Ich habe es im Schrank gefunden. Und da ich keine Ahnung hatte, wie ich die reichliche Obst- und Gemüseernte verarbeiten sollte, hab' ich mich über die Anregungen aus diesem Buch sehr gefreut.«

Simon stutzte und erkundigte sich: »Hast du das gesehen?« Er zeigte mit seinem Finger auf einen Namen auf der letzten Buchseite. »Maria Stettner«, stand da mit kleiner Schrift. Verwundert schauten sie sich an.

»Das ist aber komisch«, stellte Franzi fest. »Wieso gibt es denn in eurem Haus ein Buch, das Maria Stettner gehört hat?«

»Ein erneutes Rätsel«, seufzte Simon und legte die Rezeptsammlung zur Seite. Er stand auf. »Ich fahre nach München. Soll ich etwas mitbringen?«

»Wenn du schauen könntest, wo ich einen Drahtzaun herbekomme. Der muss repariert werden, die Hunde sind ja derzeit immer an der Leine, wenn wir im Freigelände sind.«

»Mach' ich«, sagte Simon und drückte ihr einen Kuss auf die Lippen.

Leichter als sonst ging Franzi die Arbeit von der Hand. Sie war froh und glücklich und hatte das Gefühl ein bisschen über dem Boden zu schweben. Selbst die arbeitsintensive Gewerbesteuererklärung störte sie nicht. Sie klappte den Deckel ihres Notebooks zu, zog eine alte Jeans an und ging hinaus in den Hof. Im Stall wurde sie von Peterchen, dem Esel, mit begeisterten Ia-Rufen empfangen. So schnell er konnte, erhob er sich von seinem Wälzplatz und lief auf Franzi zu.

»Na mein Peterchen«, sagte sie und schaute auf seinen Futterplatz. »Wie ich sehe, hast du das Heu brav gefressen. Dann darfst du zu deinen Stallgenossen auf die Weide.« Ein weiterer Ia-Ruf erschallte, und Franzi hielt sich die Ohren zu. »Peterchen, nicht so laut, mir platzt ja das Trommelfell. Dass du in deinem Alter noch so eine kräftige Stimme hast! Erstaunlich!«

Dann begann sie, ihn zu kraulen, und wie immer genoss er das sichtlich. Franzi schaute auf die Uhr. Ja, jetzt konnte sie Peterchen auf die Weide bringen. Lenz hatte ihr gesagt, den Esel nicht zu lange draußen zu lassen, da er sich sonst überfressen würde.

»Armes Peterchen«, sagte Franzi. »Stirbt dir dein Eselsgefährte weg, bleibt dir nichts anderes übrig, als Anschluss an die Ziegen und das Schaf zu suchen, oder?«

Lenz hatte ihr erzählt, dass Peterchen nach dem Tod des anderen Esels vor Kummer fast eingegangen wäre. Schließlich hatte Lenz sogar einige Nächte bei ihm im Stall geschlafen, damit er sich nicht so einsam fühlte. Das passte alles nicht zu dem Bild, das Simon von seinem Vater gezeichnet hatte. »Wie unterschiedlich die Menschen sich gegenseitig sehen«, seufzte Franzi, während sie Peterchen kraulte.

»Komm, mein Grauer. Jetzt gehen wir nach draußen!«, sagte sie nach einiger Zeit. »Lenz«, murmelte sie auf dem Rückweg zum Hof. »Schade, dass du nicht siehst, dass ich mit Simon zusammen bin. Obwohl«, sie zögerte und schaute in den Himmel. Viele weiße Wolken zogen, angetrieben von einem leichten Wind, an ihr vorbei. »Bestimmt sitzt du da oben, schaust runter und freust dich mit mir!«

Der Muttergottes muss ich aber auch danken, kam ihr plötzlich in den Sinn. »Stimmt«, sagte sie halblaut, »das tue ich bei nächster Gelegenheit.«

»Was tust du?«, hörte sie eine männliche Stimme fragen und fuhr erschrocken herum.

»Sepp!«, rief Franzi erfreut.

Lenas Vater sagte: »Ich bringe mein Mädel mit, sie wollte heute unbedingt zu den Pferden!«

»Magst einen Kaffee?«, bot Franzi an.

»Das ist nett von dir, doch ich schere lieber gleich Mandi, ich muss im Anschluss sofort zu unserem Hof zurück. Der Viehhändler kommt und schaut sich einen Stier an.«

»Sepp, kann ich das lernen?«, fragte Franzi.

»Einen Stier zu verkaufen?«, foppte er sie.

»Nein, Schafe zu scheren!«, sagte sie ernst.

Sepp lachte. »Mit viel Übung schaffst du das irgendwann. Nächstes Mal, wenn es so weit ist, nehme ich mir mehr Zeit, dann zeige ich es dir.«

»Das ist nett, vielen Dank«, strahlte Franzi.
»An die Arbeit«, rief Sepp und ging zum Stall.
»Komm, Lena«, sagte Franzi, »Bergfee freut sich sicher, wenn du sie besuchst.«
Sobald die Stute Lena sah, galoppierte sie an den Rand des Gatters und fing an, laut zu wiehern.
»Sie begrüßt mich«, freute sich Lena. »Bitte Franzi«, bettelte sie, »ein Stückerl Zucker darf ich ihr doch geben, oder?«
»Freilich, Kind«, sagte Franzi und strich der Stute über den Hals. »Ich weiß, du magst Bergfee besonders gerne, aber Weibi muss auch was kriegen, sonst ist sie beleidigt.«
»Schaut, Bergfee und Weibi«, rief Lena und hielt den Tieren auf den ausgestreckten Händen den Zucker hin. Die Stuten nahmen vorsichtig die dargebotene Köstlichkeit, und Lena sprach eindringlich: »Mehr gibt es aber nicht, es ist ungesund, wisst ihr. Gerade ein älteres Pferd darf nicht so viel Süßes essen. Aber tröstet euch, ich darf das auch nicht.«
»Dann geh' ich an meine Arbeit zurück, ich kann dich ja beruhigt alleine lassen, gell?«
»Freilich, Franzi, wir sind doch dicke Freunde.«
Sepp verabschiedete sich und kündigte an, Lena später abzuholen.

Zur Mittagszeit rief Simon an. Als er hörte, dass sich Lena bei den Pferden aufhielt, bot er an Pizza mitzubringen.
Franzi und Lena warteten erwartungsvoll am Esstisch, als Simon durch die Türe trat und rief: »Der Pizzabote ist da!«

»Genial!«, nuschelte Lena mit vollem Mund. »Bei uns gibt es nicht oft Pizza, aber ich mag sie gern!«

Simon lachte: »Na dann, lass es dir schmecken!«

»Ich ess' heute so viel, bis ich platze«, verkündete Lena.

Franzi schüttelte den Kopf. »Geh' Kind, dass dir bloß nicht übel wird.«

»Ein Eis sollte noch reinpassen in den Bauch!«, neckte Simon, den vorwurfsvollen Blick Franzis geflissentlich übersehend.

»Sie sind wirklich nett«, stellte Lena ehrlich fest.

»Du kannst auch Simon zu mir sagen, wenn du magst.«

»Ja freilich, Simon, was gibt es denn für Eis?«

»Erdbeere und Schokolade«, lachte er.

»Ich mag beide Sorten«, sagte Lena vorsichtig.

»Das heißt, dass du jeweils eine Kugel probieren musst, oder ist dir das zu viel?«

»Niemals!«, strahlte Lena.

Einträchtig löffelten sie das Eis. Cäsar saß zu ihren Füßen. Abwechselnd glitt sein schmachtender Hundeblick zwischen den dreien hin und her.

»Mei Franzi, wie der Cäsar herlugt. Grad so, als möcht' er sagen: ›Bitte, gebt mir doch was.‹«

»Das stimmt, Lena, du deutest den begehrlichen Blick vollkommen richtig. Er kriegt aber nichts vom Tisch! Ich verspreche dir aber, dass ich ihm nachher ein bisserl was in seinen Napf gebe.«

Das Telefon klingelte, und Melli bat darum, ob Franzi Lena später nicht nach Hause bringen könne. Sie und Sepp kämen nicht vom Hof weg und Lena hatte noch ihre Hausaufgaben zu machen.

Lena verzog ob dieser Nachricht ihr hübsches Gesicht. »Ach schade«, jammerte sie. »Es ist so nett bei euch.«

»Kannst ja wiederkommen, das weißt du, oder?«

»Ja, schon«, maulte Lena und fügte sich in ihr Schicksal. Sie bestand darauf, dass ihr neuer Freund Simon mitkam. Er musste unbedingt ihr Plüschpferd bewundern. Gutmütig gab Simon nach, und sie stiegen in Franzis Auto.

»Was macht ihr denn mit Pepperl?«, rief Lena neugierig, als sie auf dem elterlichen Hof ankamen.

»War es schön bei den Pferden?«, versuchte Sepp sie abzulenken.

»Papa, bitte, du kannst doch den Pepperl nicht weggeben!«

»Lenerl, der junge Stier ist rasant gewachsen und zu kräftig geworden. Ich hab' ihn verkauft. Es kommen bald viele Ferienkinder auf den Hof, das ist einfach zu gefährlich.«

Er begrüßte Simon und Franzi und erklärte ihnen: »Nasenring will ich dem Stier keinen einziehen lassen, das gefällt mir nicht. Das ist eine sehr grobe Vorgehensweise, einen Stier zur Räson zubringen.«

An seine Tochter gewandt, meinte er: »Sei unbesorgt, Lenerln, der Pepperl bekommt einen geeigneten Platz.«

»Ich muss zurück zum Hof«, sagte Franzi. »Es kommt gleich eine Helferin, aber jetzt sind die Tiere allein, da fühle ich mich immer nicht so wohl.«

Cäsar rieb seinen Kopf an Lenas Bein, so als wollte er sie von ihrem Kummer ablenken.

Sie beugte sich zu ihm hinunter, streichelte ihn und sagte: »Mein liebes Cäsarlein.«

»Vorsicht!«, schrie Simon plötzlich entsetzt.

Der Stier hatte sich losgerissen und kam direkt mit voller Kraft auf sie zugelaufen. Mit lautem Gekläff versuchte Cäsar, das Tier aufzuhalten. Sepp zog Lena zur Seite, doch der Stier streifte mit seinem Horn ihren Oberschenkel. Leblos blieb das Kind liegen. Simon reagierte sofort, hob das Mädchen hoch und brachte es aus dem Gefahrenbereich. Sepp fing mit Mühe den Stier wieder ein.

»Lena, mein Gott!«, schrie Franzi entsetzt.

Das Kind hatte eine gewaltige Wunde, aus der viel Blut austrat. Simon trug sie auf seinen Armen eilig ins Haus, legte sie auf ein Sofa und verlangte nach einem Verbandskasten.

»Rufen Sie einen Krankenwagen!«, schrie er der entsetzten Melli zu, die in Schockstarre neben ihrer Tochter verharrte.

»Ich muss sofort die Blutung stoppen«, sagte Simon zu Franzi und legte fachgerecht einen Druckverband an.

Lena schlug die Augen auf und weinte.

»Gut, dass sie wach ist«, flüsterte Simon. »Sie sollte nicht mehr einschlafen.«

»Mir ist schwindlig«, wisperte Lena, während dicke Tränen über ihr Gesicht liefen.

»Das geht gleich vorbei«, tröstete Simon.

»Bleibst du da?«, flüsterte sie schwach.

»Ja, und ich fahr' mit dir im Krankenwagen. Bist schon einmal mit dem Krankenauto gefahren?«

»Nein«, raunte sie leise.

»Das wird dir gefallen, das ist richtig toll«, sagte Simon so fröhlich wie möglich.

»Ich bin müd'«, murmelte Lena.

»Es kann dauern, bis der Krankenwagen kommt«, flüsterte ihm Sepp zu!

»Ich bin Arzt«, versuchte Simon den aufgeregten Vater zu beruhigen. »Bringen Sie mir noch mehr Verbandszeug!«

Lena wimmerte vor Angst, und Simon begriff, dass er sie ablenken musste, wenn er den Verband in Ruhe wechseln wollte.

»Mein Kopf tut so weh«, jammerte Lena.

»Du kennst doch sicher den Gasthof ›Zum Schwanen‹, oder?«, fragte Simon.

»Ja«, wisperte Lena.

»Weißt du überhaupt, wie der Gasthof zu seinem Namen kam?«, fragte er, während sich seine Hand von dem blutigen Druckverband rot färbte.

»Nein«, hauchte sie.

»Dann erzähle ich es dir, aber du musst wach bleiben. Das ist eine geheime Begebenheit, die kann man nur guten Freunden anvertrauen. Sie darf der gleichen Person kein zweites Mal erzählt werden.«

»Ich lass' die Augen auf«, stöhne Lena und Simon bemerkte mit Freude ihre Neugier.

»Bevor das Wirtshaus ›Zum Schwanen‹ hieß, hatte es den Namen ›Zur Einkehr‹. In früherer Zeit, als die Leut' alle zu Fuß liefen, weil es keine Bergbahnen gab, kreuzten in Seehöfl wichtige Wege. Vor einem langen, beschwerlichen Bergaufstieg machte man hier gerne Rast, um Kräfte zu sammeln. Eines Tages kam ein Edler mit einigen Dienern vorbei. Sie hatten eine Sänfte dabei, damit sich der Herr ausruhen konnte, wenn er den Weg nicht mehr laufen wollte.«

»Was ist eine Sänfte?«, fragte Lena.

»Man sitzt auf einem weichen Sessel, rechts und links werden zwei dicke Stecken durchgezogen, und vorne und hinten tragen die Diener diese Stecken.«

»Ach, Simon, so was möchte ich auch mal machen!«, wisperte Lena.

»Sänften gibt's heutzutage nicht mehr! Die starben mit den Königen«, lachte Simon.

»Schade«, grummelte Lena und fragte interessiert: »Wie ging es weiter?«

»Der edle Herr, ein ansehnlicher, hochgewachsener Mann mit schwarzen Haaren und traurigen Augen, wollte, als er das Gasthaus sah, gleich eine Rast machen. Der Wirt wurde gerufen und der Herr befahl ihm: ›Bring er mir Tisch und Stuhl heraus, ich will nicht in der stickigen Stube sitzen, wenn uns der liebe Gott so einen herrlichen Tag mit Sonnenschein und einem weißblauen Himmel schenkt!‹«

Während Simon sprach, erneuerte er nebenbei den Druckverband. Lena schien es nicht zu merken. Ihre Gedanken galten der Geschichte, der sie interessiert lauschte. »Wie ging es weiter?«, fragte sie wissbegierig.

»Damals kam niemand auf den Gedanken, draußen zu sitzen und zu essen. Bevor sich der Wirt über diese sonderbare Idee wundern konnte, hielt der edle Herr ihm ein Goldstück hin. Sogleich brachte man Tisch und Stuhl ins Freie.

»Für ein Goldstück!«, sagte Lena andächtig.

Simon lächelte und fuhr fort: »Der Wirt reichte unverzüglich einen Becher Wasser, damit sich der Gast erfrischen konnte. Dafür wurde er getadelt. ›Ja, wir san doch in Bayern, wie kann er mir da Wasser anbieten! Gibt's koa Bier bei ihm?‹

›Freilich, freilich‹, sagte der Wirt diensteifrig und lief zurück ins Haus, um eine frische Maß einzuschenken. Währenddessen grübelte er, wer der fremde Gast sein könnte. Die vielen Diener, das Goldstück, die Sänfte! Dieser Vornehme war eine hochgestellte Persönlichkeit. Er raunte seiner Frau zu, sie möge dem Mann die Maß bringen, möglicherweise würde sie ihn erkennen. So geschah es. Der Herr nahm einen gewaltigen Schluck und seufzte wohlig: ›Mein schönes Bayern!‹ Er rückte seinen Stuhl zurecht, schaute stumm und fast ein bisserl ehrfürchtig auf den See und die Berge. ›Mei, ist das ein himmlisches Fleckerl Erde!‹, rief er den Dienern zu.

Eilig lief die Wirtsfrau in die Stube zurück. Und schimpfte: ›Ja sag mal, gehst du denn vollkommen blind durch die Welt?‹

Sie zog ihn vor ein gewaltiges Gemälde, das gleich neben dem Herrgottswinkel in der Wirtsstube hing. Da erkannte der Mann, dass er seinem König Tisch und Stuhl nach draußen gebracht hatte.

›Wahrhaftig!‹, rief er. ›Es ist König Ludwig.‹

›Das ist der, der so viele Schlösser baut!‹, sagte seine Frau. ›Hoffentlich will er nicht hier eines hinstellen.‹

Beeindruckt ging der Wirt hinaus. Er wusste nicht genau, was er tun sollte, da er noch nie einen König getroffen hatte.«

»Ich auch nicht«, hörten sie Lena mit schwacher Stimme sagen. Sie schloss die Augen, und Simon strich ihr sanft über die Stirn.

»Ich kann nur weitererzählen, wenn du mich anschaust«, erinnerte er sie.

Leise flüsterte er Franzi zu: »Wo bleibt denn der Krankenwagen?«

»Ich frag' nach«, raunte sie.

Lena schlug die Augen auf und wisperte: »Und dann?«

»Der Gastwirt beugte sein Knie, neigte den Kopf und sagte: ›Majestät, was für eine Ehre!‹

›Erhebe Er sich!‹, befahl der König. ›Hat Er Seinen König nicht gleich erkannt?‹

Der Wirt stammelte, peinlich berührt, Unverständliches und sagte: ›Jeden Tag schau' ich auf das Bild der ehrwürdigsten Majestät, das in der Stube hängt. Niemals hätt' ich mit so viel Ehre g'rechnet, dass Eure Majestät hier in meinem einfachen Gasthaus rasten würde.‹

›Ja, guter Mann, es heißt doch aber ›Zur Einkehr‹, oder?‹

›Ja‹, stammelte der Wirt verwirrt. ›Ja freilich, Eure Majestät.‹

Der König gab seinem Diener ein Handzeichen und befahl, dass man ihm die schweren Stiefel ausziehen sollte. ›Ich bleib noch ein wenig hier‹, sagte er. ›Es tut der Seele wohl.‹

Er wandte sich an den Wirt, der am Tisch stand. ›Welches Essen bietet Er Seinem König an?‹

›Ein Kalbsbeuscherl hätt' ich frisch, Majestät. Die Frau kann auch ein Kuheuter backen.‹

Der König verzog das Gesicht und fragte mit gedehnter Stimme: ›Vom Reh oder von der Gams hat Er nichts?‹

Dem Wirt wurde heiß und kalt. Ein frisch erlegtes Reh lag in seiner Küche. Doch das hatte nicht der königliche Förster geschossen. Als der Herrscher sein Zaudern bemerkte und sah, wie der Wirt peinlich berührt die Augen senkte, lachte er: ›Hat er gar selbst ein Wildbret erlegt? Keine Angst, ich sag's dem Förster nicht.‹

Immer noch zögerte der Wirt, und der König meinte, so ein Stückerl von der Rehseite, schnell rausgebraten, das würde ihm Freude bereiten. Der Wirt nickte stumm und ging in die Küche zu seiner Frau. Er berichtete, was die Hoheit begehrte, und mit zitternden Händen und ungutem Gefühl bereitete die Köchin die Speise.

Inzwischen saß der König am See, erfreute sich an der Landschaft und genoss wenig später das feine Rehstück. Seinen Dienern ließ er vom Kalbsbeuscherl kommen. Anschließend zog er sich in seine Sänfte zurück, die er in den Schatten stellen ließ. So überbrückte er die Mittagshitze, und am frühen Nachmittag machte er sich wieder auf den Weg.

Reichlich entlohnte er den Wirt und sagte: ›Ich lasse Ihm ein paar Schwäne bringen. Sie sollen künftig diesen feinen See verschönern. Wenn ich wiederkomme, werde ich mich noch mehr an der Schönheit der Landschaft erfreuen. Ein Maler wird Ihm ein Schild für Sein Gasthaus gestalten. Denn ab jetzt soll es ›Zum Schwanen‹ heißen.‹

Tief verneigte sich der Wirt und bedankte sich für die Güte des Königs. Auch wenn ihm der Name nicht gefiel und er zweifelte, ob die Schwäne den ersten harten Winter überleben würden, der Wille der Majestät stand über allem.«

»Wieso hat er denn nicht gesagt, dass er Angst hatte, dass es den Schwänen im Winter zu kalt wird?«, murmelte Lena schläfrig.

»Mei Lenerln«, mischte sich ihr Vater ein, um sie von einem erneuten Verbandswechsel abzulenken. »Einem König durfte niemand widersprechen.«

»Dann wär' ich auch gerne eine Majestät gewesen«, brachte Lena hervor.

Endlich standen zwei Sanitäter vor ihnen, die Lena auf eine Trage legten und zum Auto brachten. Angstvoll hielt sie Simons Hand umklammert und fing an zu weinen, als er ihr eine Infusionsnadel setzen wollte.

»Es ist nur ein ganz kleiner Pieks«, versprach er, und um sie erneut abzulenken erzählte er weiter.

»Der König kam tatsächlich noch einmal, um die Schwäne und das von ihm beauftragte Schild anzuschauen. Diesmal hatte er seinen Besuch ankündigen lassen und einen Gamsbraten bestellt.«

»Aua«, jammerte Lena, als sie den Einstich spürte. Tröstend strich ihr Simon übers Haar. »Tapferes Mädel, ist schon vorbei«, sagte er.

»Welcher Freund hat dir denn die Geschichte erzählt?«, forschte Lena nach.

Simon flüsterte ihr verschwörerisch ins Ohr. »Die Resi, die alte Huberbäuerin. Grad so alt wie du bin ich gewesen, als sie mir das anvertraut hat.«

Als Franzi und Melli im Krankenhaus eintrafen, erfuhren sie von Simon, dass Lena keine Gefahr mehr drohte. »Außer einer Narbe bleibt da nichts zurück!«, versicherte Simon.

Melli drückte dankbar seine Hand und sagte: »Ich schwöre, das werde ich Ihnen nie vergessen, was Sie für mein Kind getan haben. Gott vergelt's Ihnen!«

Simon winkte ab: »Das hätt' jeder andere auch getan, und außerdem ist es mein Beruf.«

Melli erwiderte: »Sie erinnern mich an unseren alten Doktor Braun, genauso freundlich, menschlich und mitfühlend.«

Lena wurde aus dem Schockraum geschoben, ihre Mutter eilte zu ihr.

»Komm, Franzi, lass uns jetzt zum Hof zurückfahren!«, sagte Simon.

Auf dem Weg nach Dirnbach wollte Franzi wissen, woher Simon die außergewöhnliche Geschichte vom »Schwanen« hatte. Als sie erfuhr, dass sie von der Huberbäuerin stammte, meinte sie: »Simon, die Huber-Resi ist der gleiche Jahrgang wie dein Vater. Red' mit ihr, es kann ja sein, dass sie etwas über deine Mutter weiß.«

»Gute Idee«, antwortete Simon einsilbig.

»Begeisterung schaut anders aus«, rief Franzi.

»Mal sehen«, murmelte Simon.

Kapitel 14

»Ich kann nicht mehr«, stöhnte Franzi und wischte mit der Hand über die Stirn.

Simon nickte: »Echt anstrengend, einen Zaun zu reparieren. Aber schau, für zwei Städter ist es wirklich gut geworden, oder?«

Skeptisch betrachte Franzi das Ergebnis ihrer stundenlangen Bemühungen.

»Ein bisserl schief«, sagte sie.

»Meinst, das stört die Hunde?«, fragte er schelmisch.

Franzi lachte: »Hast recht, mein Schatz, was plage ich mich ab, Hauptsache das Freigehege ist zum Bach hin gesichert.«

»Mei, klingt das schön, wenn du ›Schatz‹ zu mir sagst«, grinste er fröhlich. »Komm her, kriegst ein Busserl.«

Das ließ sich Franzi nicht zweimal sagen! Einem zärtlichen Kuss folgten viele mehr, bis Simon rief: »Jetzt hab' ich Hunger und Durst!«

Sie gab ihm einen liebevollen Klaps auf den Hinterkopf und sagte mit gespielter Empörung: »Das fällt dir ein, während du mich küsst?«

Er zog sie erneut zu sich und raunte ihr ins Ohr: »Weil ich Hunger nach dir habe, mein Sternderl!«

Franzi spürte, dass sie rot wurde. Sie sehnte sich danach, eine Nacht mit Simon zusammen zu sein.

Bisher hatten sie den richtigen Zeitpunkt noch nicht gefunden.

Franzi drohte ihm fröhlich tadelnd mit dem Zeigefinger. »Herr Doktor, Sie sind mir ja ein ganz Schlimmer!«

Er wirbelte sie im Kreis herum und bat: »Komm, lass uns Schluss machen für heute!«

»Ja, Simon, ich bin müde«, bestätigte Franzi.

»Dann gehen wir am besten gleich ins Bett«, erklärte Simon und grinste.

Franzis Herz schlug bis zum Hals. Sie schmolz dahin, wenn sie sein verschmitztes Lächeln sah. Bei dem Gedanken, diese Nacht mit ihm zu verbringen, bekam sie weiche Knie.

Simon ging es nicht anders, aber es gelang ihm, seine Unsicherheit zu verbergen. Er wollte keinen Fehler machen und nichts überstürzten. Er liebte diese bezaubernde Frau von ganzem Herzen. Jetzt verstand er, wie wohl sich sein Vater in der Gegenwart der unbeschwerten, fröhlichen Franzi, gefühlt hatte.

Heute Abend muss ich etwas unternehmen, dachte Simon. Die Sehnsucht, sie zu spüren war übermächtig stark. Er nahm ihre Hand in seine und sie schlenderten zum Haus zurück.

Jakob ließ sein Fernglas sinken und raunte mit verächtlicher Miene: »Da schau' her, das junge Glück! D'rum verteidigte er das Mädel! Erst der Vater und jetzt der Sohn! Pfui Deifi.«

Er spuckte auf den Boden, stieg in sein Auto und fuhr wieder zum Gasthof. Er kam gerade richtig, denn die Stammtischler saßen bereits gemütlich an ihrem angestammten Platz. Er spendierte eine Runde Himbeergeist und beteiligte sich an dem belanglosen Geschwätz. Nach einiger Zeit fragte er: »Ist es möglich, dass die Franzi jetzt mit Astaller-Simon zusammen ist?«

Alle Gespräche verstummten und die Männer sahen ihn erstaunt an. Der Huberbauer sagte: »Du hast doch g'sagt, sie ist deine Freundin. Verspricht sie sich vom Simon mehr? Dann wär' sie ein richtiges Luder!«

Jakob zuckte mit den Schultern und meinte vieldeutig: »Mei, die Weiber!«

Da stand Lenas Vater Sepp auf: »Simon Astaller hat meiner Lena das Leben gerettet und die Franzi ist schwer in Ordnung. Ihr verkennt die beiden!«

»Na, Hauptsache, du kennst sie«, rief der Ruckertbauer erbost. »Seit diese Franzi auf dem Astaller-Hof ist, gibt es nur Unfrieden.«

Sepp erwiderte: »Den Zustand schafft ihr mit euren Unterstellungen und Gerüchten selbst. Mir langt das jetzt, ich geh'. Es gefällt mir nicht, mit Waschweibern an einem Tisch zu sitzen.«

»Ho, ho, langsam!«, rief der Huberbauer. »Hast dich wohl auch in das Madl verschaut? Das werd' der Melli nicht gefallen.«

»Steigst mir doch am Hut!«, blaffte Sepp, ging zur Wirtshaustür und warf sie geräuschvoll hinter sich zu.

Wichtigtuerisch verkündete Jakob: »Der Simon kann ja nichts dafür, ist ohne Mutter aufgewachsen und trägt halt ihre Veranlagung in sich.«

»Was genau meinst denn damit?«, fragte der Huberbauer.

»Soviel ich gehört habe, hat sich seine Mutter immer am Sach' orientiert. Der Lenz hat ihr den meisten Nutzen gebracht. Und die Franzi hat zwar eine schöne Mitgift, aber der Simon besitzt noch mehr. Wenn sie heiraten, ist alles wieder beieinander, oder?«

Die Männer nickten nachdenklich und zustimmend. Obwohl Jakob merkte, dass er nicht alle Stammtischler restlos überzeugt hatte, die Saat des Misstrauens würde sicher aufgehen! Als sich der Tisch nach und nach leerte, nahm der Wallnerbauer Jakob zur Seite und sagte: »Weißt Jakob, ich meine, dass man irgendwann die alten Sachen vergeben und vergessen sollte. Es bringt kein Glück, immer zu kämpfen.«

Jakob schaute ihn verdattert an. »Was meinst du? Ich versteh' dich nicht.«

»Frag deinen Vater, es ist an der Zeit, dass er dir nach der Wirtschaft nun auch die Familiengeheimnisse anvertraut!«

Simon stand unter der Dusche und freute sich auf den Abend mit Franzi. Gleich würde es eine Brotzeit geben und ein kühles Bier. Anschließend lägen sie aneinandergekuschelt auf dem Sofa und … »Reiß dich zusammen, Astaller«, raunte er lächelnd. Als er in die Küche trat, stand die Brotzeit auf dem Tisch. Franzi lag auf dem Sofa und schlief. Sie sah hinreißend aus, sodass Simon den Blick nicht abwenden wollte. Die Lippen leicht geöffnet, gab sie kleine

Pustegeräusche von sich. Das klang so lustig, dass Simon mühsam ein Lachen unterdrückte. Er nahm einen Schluck Bier und beobachtete sie weiter. Ihre frisch gewaschenen Haare standen nach allen Seiten, das kurze Sommerkleidchen gab einen Blick auf ihre Oberschenkel frei. Cäsar lag vor dem Sofa und bewachte sie. Simon streichelte ihn und lockte ihn mit einem Leckerli in den Flur. Leise brachte er die Hundedecke dorthin und flüsterte: »Cäsar, da musst du jetzt durch, ich will dein Frauchen heute Nacht für mich alleine haben.« Der Hund legte den Kopf schief und sank mit einem Aufseufzer auf die Hundedecke.

»Schön brav sein, ja?«, befahl Simon und platzierte Cäsar ein Leckerli auf die Hundedecke. Er ging zurück in die Küche, schloss die Türe und trat zu Franzi.

»Sternderl«, flüsterte er liebevoll und legte sich neben sie.

»Ist schon Tag?«, wisperte Franzi.

»Nein, mein Schatz«, sagte Simon. »Grad erst fängt die Nacht an.« Er zog sie in seine Arme, küsste sie und streichelte zärtlich über ihren Körper. Sie hielt ihn nicht zurück, als er ihr Kleid langsam nach oben schob. Still lag sie da und genoss sichtlich seine forschenden Hände. »Bist du zu müde dazu?«, fragte er.

»Du redest zu viel«, raunte sie und verschloss seinen Mund mit einem Kuss.

»Ruhe«, brummelte Franzi, als der Hahn krähte. »Blödes Biest!«

»Aber Bäuerin, in einer solchen Art redet man nicht über das Federvieh!«, tadelte Simon belustigt und gab ihr einen Kuss.

Franzi gähnte: »So wenig Schlaf! Ich bin furchtbar müd'! Jetzt brauch' ich dringend einen Kaffee.«

»Später Sternderl, viel später!«, flüsterte ihr Simon ins Ohr und zog Franzi unter die Bettdecke.

Das Kratzen Cäsars an der Tür, ließ Franzi hochschrecken. »Jetzt sind wir tatsächlich noch mal eingeschlafen«, rief sie.

Simon sprang aus dem Bett und öffnete die Zimmertür. Cäsar stürmte auf Simon und Franzi zu und begrüßte sie mit überschwänglicher Freude.

»Ich habe gar nicht gemerkt, dass Cäsar im Flur übernachtet hat«, sagte Franzi schuldbewusst.

»Brav, Cäsar, guter Hund«, lobte Simon. »Komm, jetzt lass' ich dich raus, musst bestimmt das Beinchen heben!«

»Lass«, wiegelte Franzi ab, »ich schau eh nach den Tieren, bin spät dran heute.«

»Ich mache das Frühstück«, verkündete Simon.

»Du bist ein wahrer Schatz«, lobte Franzi und gab ihm einen Kuss.

»Das ist der Vorteil, wenn man sich mit einem Mann zusammentut, der jahrelang seinen Junggesellen-Haushalt erledigt hat«, feixte er.

»Das Wort hab' ich ja schon lange nicht mehr gehört«, grinste Franzi. Heißt es heutzutage nicht ›Single-Mann‹?«

»Kann sein«, sagte Simon. »Ganz früher hieß es jedenfalls Oaschichtiger.«

Franzi bekam einen Lachanfall. »Wie klingt das denn?«, japste sie. »Ich schmeiß mich weg! Den Ausdruck kannte ich auch noch nicht.«

Franzi und Simon erfreuten sich an ihrem Glück. Die Küche in Simons Wohnung wurde zu ihrem zentralen Treffpunkt erklärt. Mit sanfter Gewalt zwang Franzi ihren Schatz, ihr bei der gründlichen Reinigung des Raumes zu helfen.

»Das war die schönste Woche meines Lebens«, sagte Simon glücklich, als sie vom Frühstückstisch aufstanden.

»Übereinstimmung«, rief Franzi. »Meine auch! Und wie sauber es in der frisch geputzten Küche riecht«, feixte sie.

Er gab ihr einen liebvollen Schubs und sagte: »Auf geht's, Bäuerin, die Viecher warten auf dich, auch wenn heute Samstag ist!«

Franzi lief fröhlich pfeifend zum Hundehaus. Freudiges Gebell tönte ihr zur Begrüßung entgegen.

»Da bin ich, meine Hunde!«, sagte sie.« Sie verteilte die üblichen Streicheleinheiten, erneuerte das Wasser in den Näpfen und ließ die Tiere auf die Freifläche. Auf dem Weg ins Katzenhaus rief sie nach Cäsar. Als er nicht auftauchte, vermutete sie ihn im Haus bei Simon. Der Hund hatte einen Narren an Simon gefressen, worüber Franzi sich freute. Ihr Hund hatte sich von Anfang an zu ihm hingezogen gefühlt.

Zwei Pensionskatzen hatte sie derzeit auch zu betreuen. Franzi kam ihrem Wunsch nach Kraulen und Kuscheln gerne nach. »Ihr lieben Kätzchen«, seufzte sie, »ich komm' später noch mal zu euch. Jetzt muss ich in den Stall, zu Peterchen, Mandi, Eins, Zwei und Drei.«

Als sie in die Küche zurückkam, fragte sie Simon: »Wo ist Cäsar?«, und schaute sich suchend um. »Ist er beleidigt, weil er letzte Nacht wieder alleine verbringen musste?«

Simon lachte. »Wer weiß? Cäsar war nicht im Haus. Ich dachte, er ist bei dir?«

Beunruhigt sprang Franzi auf. »Ich habe ihn seit Stunden nicht gesehen!«

Simon folgte ihr. Sie rief nach ihrem Hund, er tauchte nicht auf. »Der Bach«, schrie Franzi entsetzt. Jedoch der Zaun stand unbeschädigt, kein Cäsar weit und breit.

»Das gibt es doch nicht«, rief Franzi. »Er läuft nicht weg, da bin ich mir sicher.«

Simon legte tröstend einen Arm um sie: »Komm, wir suchen auf dem Gelände.«

Hinter dem Stall hörten sie ein klägliches Winseln. Cäsar lag kraftlos auf der Seite unter einem Busch und hechelte unnatürlich. Als er Franzi und Simon bemerkte, versuchte er, mit dem Schwanz zu wedeln, was ihm nicht gelang. Neben ihm lag Erbrochenes.

»Los, zum Tierarzt!«, befahl Simon, hob Cäsar vorsichtig hoch und rannte mit ihm zum Auto. Sacht lud er ihn auf den Rücksitz. »Franzi, das eilt! Bleib du da und überprüf das Freigelände. Falls andere Hunde betroffen sind, ruf mich an.«

Er fuhr los. Panisch rannte Franzi ins Hundehaus. »Maria, hilf!«, flehte sie leise.

Zügig brachte sie die Tiere nach innen. Alle schienen gesund zu sein. Angstvoll überprüfte sie das Freigelände und fand ein kleines Stückchen Fleisch, das mit Sicherheit nicht aus dem Futter stammte, das sie den Hunden gegeben hatte. »Mist!«, schrie sie angsterfüllt und rannte zu den Tieren ins Haus.

Peggy, eine schwarze Dogge, fing an, sich im Kreis zu drehen.

»Oh nein, oh nein, oh nein!«, rief Franzi. »Womit ist denn das Fleisch präpariert? Was mach ich denn jetzt nur?«

Peggy fing an zu würgen und nach Luft zu schnappen. Sie übergab sich auf den Fußboden und brach zusammen. Nachdem sie einige Male gezuckt hatte, lag sie regungslos da.

»Um Himmels willen«, flüsterte Franzi voller Entsetzen. Sie kniete sich zu dem Hund und stellte mit Erleichterung fest, dass er noch atmete. Erschrocken drehte sie sich um, als sie erneut ein würgendes Geräusch vernahm. Bazi, der Dackel, den sein Frauchen wieder einmal zu Franzi gebracht hatte, kauerte am Boden und fiepte angstvoll. Auch er würgte Fleischreste hervor.

Franzi rief Simon an und schrie ins Telefon: »Ich habe Fleischstückchen gefunden, die sind bestimmt vergiftet! Peggy und Bazi hat es erwischt! Der Tierarzt soll bitte herkommen. Schnell!«

Es dauerte nicht lange, bis Simon mit dem Veterinär angefahren kam. Er hatte ihn beim Huberbauern aufgespürt, und nachdem der Arzt Cäsar eine Spritze gegeben hatte, waren sie sofort zum Astaller-Hof gefahren.

Vier von acht Hunden zeigten jetzt die gleichen Symptome. Der Tierarzt nahm ein Fleischstückchen mit, das Franzi im Freigelände gefunden hatte. Er bestätigte ihre Vermutung. »Vom Krankheitsbild her schaut es tatsächlich nach einer Vergiftung aus. Gott sei Dank leicht dosiert. So, wie ich das einschätze, wird kein Tier verenden.«

»Ich bleibe heut' Nacht im Hundehaus«, kündigte Franzi an, als die Dämmerung hereinbrach. »Ich nehme den Cäsar mit. Simon, du verstehst, dass ich sonst keine Ruhe habe, oder?«

Er nickte verständnisvoll. »Und ich halte mit dir Wache!«

»Danke«, sagte Franzi erleichtert und dankbar. »Meinst du, das war Jakob?«

Simon presste die Lippen zusammen. »Komisch, an ihn habe ich auch als erstes gedacht. Morgen werde ich ihn zur Rede stellen.«

Hämisch grinsend beobachtete Jakob mit seinem Fernglas die panisch hin- und herlaufende Franzi. Mit Absicht hatte er die Fleischköder heute ausgelegt. Am späten Nachmittag würde der Tierarzt in seinem Gasthof sein, dann könnte er wunderbar weitere Gerüchte in die Welt setzen. Jakob graute vor dem Augenblick, in dem er dem Vater gestehen musste, dass Franzi sich für Simon entschieden hatte.

Kurz bevor der Veterinär kam, gab Jakob auch seiner Hexi vom vergifteten Fleisch zu fressen. Das Herz blutete ihm dabei, und er hatte Angst, dass seine geliebte Hündin sterben könnte. Doch er hatte keine andere Wahl. Der Wagen des Arztes bog gerade auf das Gelände, als das Tier zusammenbrach. Die Panik, die Jakob überfiel, war nicht gespielt.

»Jetzt auch noch die Hexi«, klagte der Tierarzt, als er ihr eine Spritze gesetzt hatte. »Auf dem Astaller-Hof fand man auch Köder. Ich verstehe das nicht!«

Jakob schüttelte den Kopf: »Eigenartig, bevor Simon auf den Astaller-Hof kam, gab es nie so ein Vorkommnis. Vielleicht will er auf diese Art und Weise seine Miterbin vertreiben!«

Entsetzt schaute ihn der Arzt an. »Mit solch rabiaten Mitteln?«

»Weiß man es?«, tat Jakob harmlos und zuckte mit den Schultern. »Ich möcht' ja niemand etwas nachsagen, doch die Möglichkeit besteht ja, oder?«

»Man kann in keinen Menschen reinblicken«, sinnierte der Arzt.

Jakob verzog den Mund zu einem heimlichen Grinsen. Die Saat, die er ausgesät hatte, schien bereits aufzugehen.

Kapitel 15

Nach einer unbequemen Nacht im Hundehaus stärkten sich Franzi und Simon mit einem Frühstück. »Ich fahre jetzt zum Jakob«, sagte Simon und stand auf.

Franzi fragte skeptisch: »Meinst du denn wirklich, das bringt etwas?«

Er fuhr sie unwirsch an: »Willst du ihn etwa so weitermachen lassen?«

»Du brauchst nicht gleich so narrisch zu werden«, blaffte sie ihn an.

»Ist doch wahr«, entgegnete er ruhiger. »Ich muss ihn zur Rede stellen.«

Franzi seufzte. »Ihr seid beide recht impulsiv, ich komm' vielleicht besser mit, nicht dass ihr euch noch prügelt.«

»Nein«, rief Simon. »Bleib du hier, das ist Männersache.«

Franzi runzelte die Stirn und sagte sarkastisch: »Holla! Das klingt nach Auseinandersetzung und Kampf. Aug' um Aug', Zahn um Zahn? Altes Testament? Ob das so eine gute Idee ist?«

Simon stürmte in die Wirtsstube des Gasthofes und rief nach Jakob.

»Komm vors Haus«, befahl er und der junge Wirt folgte ihm.

»Hast du die Hunde vergiftet?«, brüllte Simon.

Jakob grinste und schnaubte: »Ich? Warst das nicht du? Wolltest dir wohl die Tiere vom Hals schaffen!«

Simon schäumte vor Wut: »Ja, spinnst du? Das ist eine Unverschämtheit sondergleichen, solche Lügen zu verbreiten!«

Jakob verzog das Gesicht und dämpfte seine Stimme: »So wie deine Mutter, die behauptet hat, dass der Lenz dein Vater ist?«

Vom Donner gerührt blieb Simon stehen und fragte verblüfft: »Von was redest du da?«

»Deine Mutter, das Lieserl, die fescheste Frau im ganzen Gau, hat sich durchaus auch für andere Männer interessiert und ihnen schöne Augen gemacht.« Er grinste: »Obwohl ich glaube, dabei ist es nicht geblieben!«

Simon verlor die Selbstbeherrschung und sprang Jakob an. Er riss ihn zu Boden und nahm ihn in den Schwitzkasten. »Nimm das zurück!«, donnerte er.

»Niemals!«, ächzte Jakob, der nach Luft schnappte und sich zu befreien versuchte. Das gelang ihm, indem er Simon einen Faustschlag versetzte. Benommen blieb Simon liegen. Bevor sich Jakob noch mal auf ihn stürzen konnte, kamen andere Gäste aus dem Wirtshaus gelaufen. Sie hielten die beiden getrennt, damit die Rauferei nicht weiterging.

Jemand reichte Simon eine Stoffserviette, die er sich ans Gesicht presste. Blut rann aus einem Riss an seiner Augenbraue. Wortlos wandte er sich ab, rannte zu seinem Auto und fuhr mit quietschenden Reifen davon.

Jakob sah ihm kopfschüttelnd nach und sagte zu den Umstehenden: »So ein Narr, erst legt er vergiftetes Futter aus, und dann will er das auch noch mir in die Schuhe schieben.«

Schnell machten diese Worte Jakobs die Runde in Dirnbach und Seehöfl.

Franzi hatte indessen unverzüglich die Besitzer der betroffenen vier Hunde informiert. Obwohl sie ihnen versicherte, dass keine Gefahr mehr drohte, holten sie ihre Lieblinge sofort ab oder schicken jemanden, der sie in Empfang nahm. Genauso reagierten zwei Tierhalter, die in der Gegend wohnten. Obwohl ihre Tiere gesund waren, wollten sie diese nicht länger auf dem Astaller-Hof lassen.

In einer überregionalen Zeitung erschien ein Artikel über die Vorkommnisse. Das ruinierte den Ruf der Tierpension sehr schnell, und bald stand Franzi in einem leeren Hundehaus.

»Was mache ich denn jetzt bloß?«, seufzte sie niedergeschlagen. »Das Geld, das ich im Steuerbüro verdiene, reicht nicht aus, um alles zu finanzieren. Wie soll das denn weitergehen?«

»Wahrscheinlich vorerst gar nicht«, hörte sie eine männliche Stimme sagen und fuhr überrascht herum. »Entschuldigung, ich wollte Sie nicht erschrecken. Mein Name ist Gerlach, ich komme vom Landratsamt. Wer Tiere in einem Tierheim oder ähnlicher Einrichtung hält, siehe Paragraph 11, Absatz 1, Nummer 2 Tierschutzgesetz, braucht eine Erlaubnis. Wir bezeichnen das als gewerbsmäßigen Umgang mit Tieren.«

Verblüfft schaute ihn Franzi an. »Das wusste ich nicht, ich habe die Pension nach dem Tod von Herrn Astaller einfach fortgeführt.«

»Tja«, Herr Gerlach seufzte leise. »Unwissenheit schützt vor Strafe nicht. Bevor die Berechtigung nicht eingeholt ist, dürfen Sie keine Tiere mehr gegen Bezahlung aufnehmen.«

Franzi stiegen Tränen in die Augen. »Aber wovon soll ich das Futter für die anderen Tiere denn kaufen?«

Herr Gerlach ging nicht darauf ein, sondern sagte: »Hier liegt eine Ordnungswidrigkeit vor! Ich kann das mit einer Geldstrafe von bis zu 25 000 Euro ahnden.«

Schockiert starrte ihn Franzi an und flüsterte: »Wo soll ich denn so viel Geld herbekommen?«

Herr Gerlach wiegelte ab: »Das ist die Höchstgrenze. Wie viele Tiere befinden sich derzeit in Ihrer Obhut?«

»Drei Katzen«, wisperte Franzi, die mit den Tränen kämpfte, aber auf keinen Fall vor Herrn Gerlach weinen wollte.

»Wo sind sie untergebracht?«, fragte er. Sie ging mit ihm ins Katzenhaus. »Die Besitzer sollen die Tiere sofort abholen, dann drücke ich wegen der Strafe ein Auge zu.«

»Sie kommen erst in zwei Wochen aus Amerika zurück«, stöhnte Franzi verzweifelt.

»Dann müssen Sie die Tiere eben mit in Ihr Wohnhaus nehmen. Ein Entgegenkommen meinerseits ist nur möglich, wenn Sie beide Räumlichkeiten sofort schließen und dort keine Hunde oder Katzen mehr gewerbsmäßig beherbergt werden. Sonst kann ich selbst in Schwierigkeiten kommen.«

Während Franzi die Katzen einfing und in ihre Körbe verfrachtete, sagte sie zu Herrn Gerlach: »Beim Finanzamt und Gewerbeamt habe ich alles auf mich umgemeldet. Doch keiner hat mir dort gesagt, dass ich eine Genehmigung brauche.«

»Sie müssen auch eine Sachkundeprüfung ablegen. Das geht aber mündlich beim Veterinäramt. In einem Tierheim wird anschließend eine Praxisprüfung durchgeführt.«

»Das dauert ja sicher ewig!«, rief Franzi.

»Anders geht's nicht«, verkündete Herr Gerlach und drückte ihr diverse Formulare und Informationsschriften in die Hand.

Er zeigte auf Cäsar und fragte: »Was ist mit diesem Hund?«

»Der gehört mir persönlich«, bestätigte Franzi und kraulte Cäsar am Kopf, um ihre Aussage zu untermauern.

»Es ist alles außerordentlich sauber«, lobte Herr Gerlach. »Für die Sachkundeprüfung müssen Sie halt ein bisschen lernen, aber ich bin mir vollkommen sicher, dass es für Sie keine Schwierigkeit ist, sie zu bestehen«, versuchte er, sie zu trösten.

Herr Gerlach half Franzi die Katzenboxen ins Haus zu tragen. »Das Protokoll meiner Inspektion«, sagte er und gab Franzi ein Blatt Papier. »Dort finden Sie eine Telefonnummer, unter der Sie mich erreichen können.«

Franzi nahm es entgegen und stellte ihm noch eine Frage zum Ausfüllen eines Formulars. Sie saßen zusammen auf der Eckbank, als Simon ins Haus stürzte. Entsetzt schrie Franzi seinen Namen. Der angeschwollene Bereich um sein Auge sah furchtbar aus.

»Das wird ein mächtiges Veilchen geben«, stellte Herr Gerlach sachlich fest und stand auf. »Ich lasse Sie jetzt besser allein.«

Er wollte gehen, doch Simon packte ihn an der Schulter. »Haben Sie was mit meiner Freundin?«, brüllte er.

Franzi forderte: »Simon, lass sofort den Herrn Gerlach los! Bist du von Sinnen? Er ist vom Landratsamt!«

Herr Gerlach befreite sich aus Simons Griff, nickte Franzi zu und verließ das Haus.

»Spinnst du jetzt komplett?«, blaffte Franzi wütend. »Das geht nicht, dass du bei jedem Mann, mit dem ich rede, einen Liebhaber vermutest. Auf so einer Basis bleib' ich nicht mit dir zusammen. Wie schaust du überhaupt aus?«

»Ja wie denn?«, äffte er sie nach. »Das wird mir der Stettner büßen, das sag' ich dir. Das zahl' ich ihm heim.«

Franzi ging auf ihn zu und streichelte beschwichtigend über seinen Oberarm. »Komm, setz dich hin, ich hol' dir Eiswürfel, damit du die Schwellung kühlen kannst.«

Das alles zersetzende Gefühl der Eifersucht tobte in Simon, und er raunte Franzi zu: »Ich brauch' keine Hilfe, lass mich in Ruhe.«

»Wie du willst«, zischte sie, rief Cäsar zu sich und ging mit ihm nach oben in ihre Wohnung.

»Gut, dass ich für das Steuerbüro Fäustl arbeite«, sagte Franzi zu Cäsar. »Dann habe ich wenigstens dort ein festes Einkommen.«

Cäsar wedelte mit dem Schwanz. Sie streichelte ihn. Wie die anderen Hunde auch, hatte er sich schnell von der Vergiftung erholt. Er schlief mehr als sonst, hatte aber dem Anschein nach keine bleibenden Schäden davongetragen.

»Ach, Cäsar«, klagte sie. »Ich hätte heute Abend gern mit Simon über die Schließung der Tierpension gesprochen. Doch lass' ich mir nicht gefallen, wenn er sich so blöd verhält. Oder, was meinst du?«

»Wuff«, bestätigte Cäsar und ein leichtes Lächeln huschte, trotz all des Kummers, über ihr Gesicht.

Als Cäsar sich später zu seinem Frauchen vorsichtig ins Bett robbte, ließ sie es zu und dachte mit einem Aufseufzer an Lenz.

»Ein Hund gehört nicht ins Bett«, hatte er ihr eingeschärft. Überhaupt fand er die Vermenschlichung der Hunde schrecklich. Die armen Viecher täten ihm leid, hatte er Franzi erklärt. Er hatte ihr auch versucht, verständlich zu machen, warum ein Hund sich nur wohlfühlte, wenn er klare Befehle, Strukturen und einen Rudelführer hatte. Sonst gerate das Tier unnötig unter Stress. Wenn es so weit käme, dass ein Hund meinte, seinen Besitzer beschützen zu müssen, bedeutete das nicht nur für ihn eine furchtbare Belastung.

»Gute Nacht, Lenz«, flüsterte Franzi. »Theoretisch hast du recht, aber praktisch kann ich heute ohne Cäsar nicht schlafen.«

Simon ließ sich aufs Sofa sinken und presste einen kalten Lappen auf sein verletztes Auge. Wieso stehen die Katzen hier in der Küche, dachte er. Dann sah er die Formulare und das Protokoll auf dem Tisch liegen.

»Ich Hornochse mit meiner verdammten Eifersucht«, stöhnte er. »Vater, was hast du mir da vererbt? Das muss ich in den Griff bekommen, sonst verlier' ich die Franzi.«

Ihm schwindelte leicht, dennoch stand er auf und schleppte sich in die obere Wohnung. Er klopfte, drückte die Türklinke hinunter, doch Franzi hatte abgesperrt. »Franzi, bitte mach auf!«, rief er. »Es tut mir leid. Ich bin so blöd, bitte verzeih mir!«

Er lauschte und hörte sie mit einem unterdrückten Schluchzen rufen. »Lass mich in Ruh', verschwinde!«

»Hast recht, wenn du sauer bist«, sagte er. »Bitte, red' doch mit mir!«

»Heute nimmer«, rief sie, obwohl es ihr schwerfiel. »Geh jetzt!«

Bedrückt stapfte Simon die Treppen nach unten. Da er nicht wusste, ob die Katzen noch Futter brauchten, füllte er die Näpfe und holte die Tiere aus ihren Körben. Gierig fraßen sie und hüpften dann zu ihm auf das Sofa. Abwechselnd streichelte er die Tiere und erfreute sich trotz seiner Niedergeschlagenheit an ihrem wohligen Schnurren.

Sehnsüchtig dachte er an Franzi und an die Behauptung, die Jakob über seine Mutter aufgestellt hatte. Er sah das Bild seines eifersüchtigen Vaters vor sich, der die Mutter anbrüllte. Es quälte ihn, dass er sich auf einem ähnlichen, falschen Weg befand. »Das geht so nicht weiter!«, murmelte er. »Ich muss mich der Vergangenheit endlich stellen und herausfinden, was damals passiert ist. Sonst finde ich nie meinen Frieden!«

Bevor Simon am anderen Morgen den Astaller-Hof verließ, schnitt er rote Rosen von dem üppigen Strauch, der sich neben der Haustür die Wand hochrankte. Er legte die Blumen vor Franziskas Tür und einen Zettel dazu, auf dem das Wort »Entschuldigung« stand.

Eine bläulich-violette Farbe hatte sich rund um sein Auge gebildet. Den pochenden Schmerz ignorierend, den die Verletzung verursachte, fuhr er zum Huberhof. Resi, die Austragsbäuerin öffnete ihm die Tür und bat ihn ins Haus. »Dein Aug' schaut aber grauslich aus!«, stellte sie fest.

»Kann ich mit Ihnen reden? Haben Sie Zeit?«, fragte Simon.

»Setz dich«, befahl sie, »und sag' Resi zu mir.« Sie schob ihm eine Tasse Kaffee hin und machte sich am Spülbecken zu schaffen. Sie reichte ihm einen mit dunkler Flüssigkeit durchtränkten Lappen. Resolut befahl sie: »Fest aufs Auge drücken!«

Er zögerte.

»Das ist unser Hauskräutersud, selbst angesetzt, hilf für alles!«

Er zuckte unter dem brennenden Schmerz zusammen, als er den Lappen auf die verletzte Stelle drückte.

»Aua! Das brennt ja wie Feuer!«, schrie Simon.

»Alles, was hilft, tut erst einmal weh«, sagte Reis trocken und fuhr fort: »Hättest halt nachdenken sollen, bevor du mit dem Stettner eine Rauferei anfängst!«

Simon stöhnte auf. »Hat sich das schon rumgesprochen?«

»Freilich, so was macht in Windeseile die Runde«, lachte Resi und fragte: »Was willst denn von mir?«

Simon schluckte. »Du kanntest meinen Vater und meine Mutter und es gibt viele Unklarheiten.«

»Welche?«, forschte Resi vorsichtig.

»Wo ist meine Mutter denn damals hingegangen? Der Stettner-Jakob hat komische Andeutungen gemacht. Und ist der Lorenz Astaller überhaupt mein Vater?«

»Oh mei, Bua«, seufzte Resi. »Ich sag' dir gerne, was ich weiß und auch, was als Gerücht umgegangen ist. Deine Schlüsse musst aber scho selber ziehen.«

»Ja«, bestätigte Simon schlicht, und Resi begann zu erzählen: »Deine Mutter Lieserl ist eine Zuag'roaste, wie wir so schön sagen. Sie zog aus Niederbayern hierher und arbeitete als Bedienung beim ›Schwanen‹. Das bildschöne und lebenslustige Mädel hatte damals in kürzester Zeit viele Verehrer. Den anderen Frauen war sie ein Dorn im Auge, denn die Männer gingen oft in die Wirtschaft. Auf diese Weise kam sie deinem Vater näher, der mich sitzen ließ und sich für das Lieserl entschied.«

»Oh«, sagte Simon betreten.

Doch Resi legte beruhigend eine Hand auf seinen Arm und machte mit der anderen eine ausladende Geste: »Schau dich um, hab's auch nicht schlecht getroffen. Mit meinem Wiggerl, Gott hab' ihn selig, hatte ich ein schönes Leben.«

»Ich kann mich an meine Mutter erinnern«, sagte Simon. »Oft seh' ich ihr Bild vor meinen Augen, doch als attraktiv habe ich sie nicht empfunden.«

Resi lächelte. »Sie hatte das gewisse Etwas. Eine außerordentliche Ausstrahlung auf Männer, von der sie selbst vielleicht nichts ahnte. Die anderen Frauen nannten sie ein raffiniertes Luder. Obwohl sie mir den Freund ausspannte, wollte ich mich dieser Meinung nicht anschließen. Es gehören immer zwei dazu. Eines Tages kam der Lenz zu mir, beendete unsere Beziehung und heiratete kurz darauf das Lieserl. Selbstverständlich arbeitete sie nicht mehr als Bedienung, sondern wurde Bäuerin auf dem Hof. Jahr um Jahr verging, nur kein Nachwuchs wollte sich einstellen. Die anderen Bauern foppten Lenz deswegen. Eines Tages verschwand das Lieserl spurlos. Überall fragte Lenz nach ihr, niemand hatte sie gesehen. Am nächsten Sonntag stand sie in der Kirche, so als ob nichts gewesen wäre. Fragen nach ihrem Verbleib während dieser Woche beantwortete sie ausweichend oder lenkte das Gespräch in eine andere Richtung. Kannst du dir das Getratsche vorstellen, als du neun Monate später geboren wurdest? Du hast den zweiten Vornamen deines Vaters bekommen, Simon, und nicht wie üblich den ersten Namen. Was meinst du, wie getuschelt wurde?«

»Ich will mir das gar nicht ausmalen! Es muss furchtbar gewesen sein!«

Resi nickte: »Oh ja! Schlimme Gerüchte machten die Runde.«

Simon zögerte, dann fragte er: »Welche Vermutungen haben die Dörfler denn angestellt?«

Resi seufzte. »Dass der Lorenz nicht dein Vater ist, und dass sie sich von einem anderen Mann ein Kind hat machen lassen.«

»Hat sie?«, raunte Simon.

»Ich weiß es nicht«, erwiderte Resi. »Nach deiner Geburt haben Lieserl und Lenz sich vom Gemeinschaftsleben zurückgezogen.«

»Meine Eltern hatten ein sehr angespanntes Verhältnis. Als Kind habe ich mich vor den Eifersuchtsausbrüchen des Vaters gefürchtet. Dann ging Mutter weg, und mein Vater hinderte sie daran, mich mitzunehmen. Ich hab' sie nie wieder gesehen!«

»Mei, da ging es rund, als das Lieserl erneut verschwand. Ich weiß nur, was so allgemein getuschelt wurde. Sie würde in München in einem Bordell arbeiten, vermuteten einige. Wagemutige verstiegen sich in die Theorie, dass Lenz sie ermordet hätte.«

»Von meinen Klassenkameraden musste ich mir als Kind auch vieles in diese Richtung anhören. Aber diese Varianten kannte ich noch nicht.«

Resi nickte verständnisvoll und fuhr fort: »Den Höhepunkt bildete die Aussage, dass es ein Racheakt vom Stettner-Mattes sei.«

Simon schaute verwundert auf: »Was hatte denn der Stettner damit zu tun?«

»Der Mattes machte Lieserl einen Heiratsantrag, den sie annahm. Er verzieh ihr niemals, dass sie dann die Verlobung löste und mit Lenz den Bund fürs Leben schloss. Eine weitere Schmach im Scharmützel mit den Astallers.«

Simon schüttelte verwirrt den Kopf. »Was? Davon weiß ich ja gar nichts!«

»Dem Großvater vom Mattes gehörte der jetzige Astaller-Hof. Beim Kartenspielen hat er das Anwesen verloren, und der Besitz ging auf den Großvater vom Lenz über.«

»Das gibt's nicht!«, rief Simon. »Ist denn so etwas möglich?«

»Zur damaligen Zeit anscheinend schon«, bestätigte Resi. »Da galt ein Handschlag als Vertrag. Seitdem ist die Stimmung zwischen den Stettners und Astallers nicht sehr fröhlich.«

»Das verstehe ich«, sagte Simon betroffen.

»Aber jetzt pass auf, Simon. Aufgrunddessen kam die Idee auf, dass der Mattes dem Lieserl Gewalt angetan und sie geschwängert hat. Nachdem sie jedoch beim Lenz blieb, hätte er sie eines Tages ermordet.«

»Wahnsinn«, hauchte Simon. »Das hieße ja, dass der Stettner-Mattes mein Vater sein könnte.«

»Genau«, sagte Resi.

»Ich fasse es nicht«, rief Simon. »Sind dem Stettner die Gerüchte bekannt?«

»Natürlich«, bestätigte Resi. »Doch er hat sich nie dazu geäußert.«

»Meinst' der Mattes weiß, was aus meiner Mutter geworden ist?«

»Das ist nicht auszuschließen«, sinnierte Resi. »Aber ob er's dir sagt, nachdem die Franzi lieber dich nimmt, als den Jakob, das ist die Frage.«

Simon stöhnte auf. »Die Franzi hat mir erzählt, dass zwischen ihr und dem Jakob nichts gelaufen ist. Sie hat ihm von Anfang an klar gesagt, dass von ihrer Seite aus kein Interesse besteht.«

»Trotzdem wird es der Mattes als erneute Kränkung empfinden.«

»Resi, diese alten Familiengeschichten sind eine furchtbare Last für mich! In der Küche des Astaller-Hofes haben wir ein Kochbuch von Maria Stettner gefunden. Es sieht es so aus, als ob sie damals alles zurücklassen mussten. Das ist doch grausam. Dass diese Bitterkeit von Generation zu Generation weitergegeben wird, kann ich verstehen.«

Resi nickte bedächtig. »Die Gedanken, Gefühle und Wünsche unserer Vorfahren leben zum Teil in uns weiter. Wir wissen es nicht und begreifen viele Dinge erst, wenn wir erkennen, dass es Glaubenssätze und Einstellungen sind, die nicht zu uns gehören. Das gilt auch für Verhaltensweisen.«

Simon sage kleinlaut: »Das stimmt, Resi. Ich bin wahrscheinlich genauso eifersüchtig wie mein Vater, obwohl ich diese Charaktereigenschaft bei ihm verabscheut habe.«

Resi lächelte und riet: »Es wär' wirklich langsam an der Zeit, die alten Geschichten zu begraben und Frieden zu schließen!«

»Das wird schwer, doch einen Versuch ist es allemal wert«, sagte Simon. Er bedankte sich für Resis Offenheit und verabschiedete sich von ihr.

Simon fühlte eine gewaltige Bürde von sich genommen, seit er begonnen hatte, sich seiner Vergangenheit zu stellen. Er würde nicht ruhen, bevor er die Wahrheit über seine Mutter kannte. Am Wegrand pflückte er einen kleinen Wiesenblumenstrauß für Franzi. Sein Herz klopfte wie wild, als er auf den Hof zurückkam. Würde sie ihm die Chance geben, alles wiedergutzumachen? Er rief ihren Namen, und als er keine Antwort bekam, suchte er nach ihr. Cäsar hetzte kläffend auf ihn zu, umkreiste ihn freudig und rannte zum Stall. Franzi mühte sich gerade, eine Ziege zu melken. Es sah so komisch aus, dass Simon ein Lachen nicht unterdrücken konnte.

»Geh, Sternderl, wie hängst du denn an der Ziege dran?«, gluckste er.

»Erstens bin ich nimmer dein Sternderl, und zweitens, wenn du's besser kannst, melk du doch die Widerspenstige!«, sie funkelte ihn an.

Er hielt ihr die Wiesenblumen hin. Die Ziege verstand das als Aufforderung zum Fressen und machte einen Satz nach vorne. Franzi landete unsanft auf dem Boden und schimpfte: »Ja, was soll das? Pass doch auf!«

Er half ihr beim Aufstehen und wollte sie in seine Arme ziehen. Sie wehrte in ab: »Simon, du hast mich gekränkt. Mit deinen Ausbrüchen komme ich nicht zurecht. Das ist schrecklich für mich.«

Er machte ein schulbewusstes Gesicht. »Bitte entschuldige und verzeih mir! Gerade komme ich von der Huber-Resi, die hat mir viel von früher erzählt. Manches kann ich kaum glauben. Ich werde wohl einige Nachforschungen anstellen. Interessiert dich, was sie zu erzählen hatte?«

»Ja, klar«, grummelte Franzi. »Denk nur bloß nicht, dass ich dir schon wieder gut bin. Ich melke die Ziege, dann treffen wir uns in der Küche.«

»Danke«, sagte Simon und schaute auf seine Wiesenblumen, die das Tier schon fast vertilgt hatte.

Als Franzi die Küche betrat, wollte Simon wissen, aus welchem Grund es zur Schließung der Tierpension gekommen war. Sein Trost und sein Zuspruch taten Franzi gut. Interessiert hörte sie, was er von Resi erfahren hatte.

»Wahnsinn«, stellte sie fest, als er geendet hatte. »Wie willst du weiterforschen?«

Simon stand auf. »Zuerst öffne ich jetzt sofort den Brief vom Vater.«

»Aber wir sollten sechs Monate abwarten«, gab Franzi zu bedenken.

»Die sind eh' bald rum«, sagte Simon. »Und erst wenn ich mit der Vergangenheit Frieden geschlossen habe, kann ich beruhigt in die Zukunft schauen.« Er nahm Franzis Hand. »Ich tu es für uns. Ich will dich durch meine Ausraster nicht verlieren.«

Sie lächelte gerührt, und Simon holte den Briefumschlag. Er öffnete ihn mit einem Ruck und überflog leise die ersten Zeilen. »Das lese ich besser laut«, sagte er. »Es betrifft uns beide!«

»Ja, mach es doch nicht so spannend«, bettelte Franzi und Simon trug vor:

Lieber Simon,

ich bin mir sicher, dass du dich gewaltig über mich ärgerst. Aber ich sah keine andere Möglichkeit, um zu verhindern, dass du den Astaller-Hof verkaufst. Ich bin der Meinung, dass du hier in Dirnbach dein Glück finden wirst oder mit Franzi gar schon gefunden hast. Ich bin mir sicher, dass ihr gut zusammenpasst.

In dem kleinen Plastiktüterl sind ein paar Haare von mir, falls du einen Test machen lassen willst, ob ich dein biologischer Vater bin. Ich habe mich nicht getraut, es feststellen zu lassen. Jetzt bereue ich es, mein Leben wäre friedlicher verlaufen, und vielleicht hätte ich dir die Mutter nicht genommen.

Sie ist nach München gegangen und hat eine Anstellung als Bedienung gefunden. Die Briefe, die sie dir geschrieben hat, habe ich vernichtet. Ein halbes Jahr, nachdem sie mich verlassen hatte, ist sie an einem Bilddarmdurchbruch gestorben. Du warst ein Kind, und ich habe es nicht übers Herz gebracht, dir das zu sagen. Als Erwachsener hattest du dich so weit von mir entfernt, dass ich Angst hatte, dich vollkommen zu verlieren. Ihr Sterbebild lege ich diesem Schreiben bei. Das Grab existiert noch. Es ist auf dem Münchner Waldfriedhof.

Bitte geh zu Doktor Braun und sprich mit ihm, du wirst es nicht bereuen.

Mein lieber Simon, am Ende meines Lebens stelle ich traurig fest, dass ich viel falsch gemacht habe. Sieh es mir bitte nach, und vielleicht kannst du mir, um deines eigenen Seelenfriedens willen, irgendwann verzeihen.

Ich wünsche dir von Herzen, dass du in deinem Elternhaus Glück und Frieden findest und deinen Kindern ein besserer Vater sein wirst, als ich es dir sein konnte.

Sei gegrüßt von deinem Vater Lenz.

Lange Zeit hörte man bloß das Ticken der Küchenuhr. Schweigend saßen sich Franzi und Simon gegenüber. Cäsar schaute irritiert zu Franzi und stupste sie mit seiner Schnauze an. Gedankenverloren streichelte sie ihren Hund. Simon schüttelte den Kopf, räusperte sich und stieß bitter hervor: »Niemals verzeihe ich ihm! Das ist zu viel verlangt. Er hat mich mein ganzes Leben lang angelogen.«

Franzi ging zu ihm und gab ihm einen Kuss. Sie setzte sich und legte den Arm um seine Schulter. »Das ist ein Schock für dich, das verstehe ich, aber jetzt weißt du endlich, was damals geschehen ist.«

Simon flüsterte: »Ich werde auf jeden Fall untersuchen lassen, ob er mein Vater war. Obwohl mir der Gedanke an das Ergebnis Angst macht.«

Franzi streichelte ihn sanft und wandte ein: »Du siehst ihm ähnlich und hast einige seiner Charaktereigenschaften. Ehrlich, Simon, ich kann mir einfach nicht vorstellen, dass er nicht dein Erzeuger war.«

Simon senkte den Kopf und raunte: »Falls er mein leiblicher Vater war, ist das genauso schwierig für mich, wie wenn er es nicht gewesen ist.«

»Möchtest du lieber allein sein?«, fragte Franzi.

»Ja«, erwiderte er. »Du darfst aber erst gehen, wenn du mir wieder gut bist.«

Franzi seufzte. »Ach, Simon, ich kann dir nicht länger böse sein. Dennoch bitte ich dich, künftig etwas mehr Selbstbeherrschung walten zu lassen!«

»Ich gebe mir ehrlich Mühe«, sagte er zärtlich. »Du sollst doch glücklich mit mir sein!«

Sie gab ihn einen zarten Kuss und verließ mit Cäsar die Küche.

Franzi spazierte mit ihrem Hund zur Kapelle und hielt Zwiesprache mit der Muttergottes. »Ich bin in Simon verliebt, doch er ist manchmal schrecklich schwierig. Heilige Maria, bitte für uns, damit sich alles zum Guten wendet und ich mit ihm unbeschwert leben kann. Amen.«

Gedankenverloren ging Franzi mit Cäsar an der Leine weiter. Tat sie das Richtige? Simon trug viel Schmerz in sich, der ihn aggressiv machte. Seine Ausbrüche verletzen sie tief. Konnte ihre Liebe das auf Dauer aushalten?

»Ach, Cäsar«, seufzte sie, »wieso muss das Leben so kompliziert sein?«

Sie kam an den Feldern des Huberbauern vorbei. Der Bauer saß auf seinem Traktor und pflügte den Acker um. Franzi winkte ihm zu. Er ignorierte ihren Gruß und erwiderte ihn nicht. Franzi seufzte: »Was ist denn mit dem los? Bestimmt sind wieder neue Gerüchte über mich im Umlauf!«

Simon und Franzi saßen am Frühstückstisch. Cäsar fixierte mit bettelnden Augen den Schinken, der auf dem Tisch stand. Sein flehender Hundeblick ging zwischen den beiden hin und her.

Franzi registrierte, dass das Bild von Lenz umgedreht auf der Kommode lag. Dafür hatte Simon das Sterbebild der Mutter aufgestellt.

»Ich gebe heute Vaters Haare und meine Speichelprobe ab«, verkündete Simon. »Es macht keinen Sinn, den Test vor sich herzuschieben.«

Nachdenklich lenkte Simon kurz darauf seinen Wagen in Richtung München. Es überraschte ihn, wie wohl er sich inzwischen auf dem Hof fühlte.

»Das hängt bestimmt mit Franzi zusammen«, murmelte er vor sich hin. Trotz allem, was er als Kind auf dem Astaller-Hof erlebt hatte, wollte er inzwischen sein Elternhaus behalten. Fast kam ihm der Brand im Wohnhaus seines Münchner Domizils wie ein Wink des Schicksals vor. Ohne diese gewaltsame Vertreibung wäre er niemals auf die Idee gekommen, im Astaller-Hof einzuziehen. Zwischenzeitlich hatte er in München seine Wohnung betreten dürfen. Ruß und Löschwasser hatten ganze Arbeit geleistet. Bis auf wenige Kleinigkeiten konnte Simon nichts Brauchbares mehr finden. Er bog auf den Parkplatz des Krankenhauses ein, wischte alle Gedanken, welche Franzi und den Astaller-Hof betrafen zur Seite. Trotz seines schmerzenden und angeschwollenen Augenbereiches konzentrierte sich auf seine Patienten.

Franzi beschloss, zuerst die Arbeit für die Steuerkanzlei zu erledigen und dann zu Jakob zu fahren. Sie musste unbedingt wissen, welche Nachricht ihr Lenz hinterlassen hatte. Immer mehr reifte in ihr die Überzeugung, dass nur Jakob den Brief entwendet haben konnte. Sie wandte sich einer Einkommensteuererklärung zu, gab ihr Vorhaben aber bald auf.

»Sinnlos!«, sagte sie zu Cäsar. »Meine Gedanken schweifen ab. Da mache ich nur Fehler. Komm, wir fahren zuerst zu Jakob.«

Jakob berichtete seinem Vater von den aktuellen Entwicklungen. Er entging seinem wütenden Tadel, als Franzi die Wirtsstube betrat.

»Ja, da schau her«, rief Mattes.

Sie ignorierte ihn und sagte zu Jakob: »Bitte, wenn du den Brief hast, der bei mir auf der Kommode lag, gib ihn mir zurück.«

»Keine Ahnung, wovon du sprichst«, meinte Jakob mit einem leichten Schulterzucken.

»Jakob, ich bitte dich, unserer Freundschaft zuliebe.«

»Freundschaft?«, schnauzte er sie an. »Du bist mit dem Simon z'amm, hab' ich g'hört. Hätt' mir schon gewünscht, das von dir selbst zu erfahren.«

»Was?«, donnerte Mattes dazwischen. »Mit dem Simon? Schau an, krallt sich das Weibstück gleich den Hoferben. Wie praktisch!«

Jakob starrte schuldbewusst zu Boden, und Franzi sagte, den Blick fest auf Mattes gerichtet: »Sparen Sie sich Ihre Unverschämtheiten.«

Mattes sprang auf und packte Franzi mit beiden Händen an den Schultern, dass sie erschrocken aufschrie. »Nimm dich in Acht, Madel«, drohte er. »Ich bin schon mit ganz anderen fertig geworden, und jetzt schleich dich. Lass dich bloß nicht mehr hier blicken.«

Er ließ sie los, und Jakob protestierte: »Vater, das geht jetzt zu weit!«

»Ach ja«, brüllte der. »Dann geh gleich mit, verschwind', du Nichtsnutz!«

»Komm, Franzi«, sagte Jakob ruhig, erhob sich und verließ mit ihr die Wirtsstube.

»Das wollte ich nicht!«, klagte Franzi, als sie vor der Tür standen.

»Schon gut«, beschwichtigte Jakob. »Der beruhigt sich wieder. Ich kenn' ihn ja.«

Kenn ich ihn wirklich?, überlegte er. Macht er mich nicht eigentlich zum Spielball seiner Interessen? Wollte ich Franzi denn ernsthaft für mich gewinnen, weil ich sie mag, oder wollte ich nur den Wünschen des Vaters entsprechen? Es bestürzte ihn, wie der Vater Franzi angegangen war. Sprang er nicht ähnlich mit ihm so um, wenn etwas nicht nach seinem Willen lief?

»Jakob, ich hab' erfahren, dass einer deiner Vorfahren den jetzigen Astaller-Hof beim Kartenspielen verloren hat. Auch daher rührte die Feindseligkeit zwischen deinem Vater und dem Lenz.«

Jakob schaute sie erstaunt an. »Franzi, das wusste ich nicht. Aber bevor ich dir das glaube, muss ich erst mit meinem Vater sprechen.«

»Dann tu' das bald«, riet sie ihm, »und denk bitte noch mal darüber nach, ob du nicht doch einen Umschlag im Besitz hast, auf dem mein Name steht.«

Jetzt verstehe ich, was der Lenz in seinem Brief an die Franzi über den Astaller-Hof geschrieben hat, dachte Jakob und seufzte. Daher hat der Vater gesagt, dass uns der Astaller-Hof wieder gehören würde. Kopfschüttelnd ging er in die Wirtsstube zurück, und nahm sich vor, wirklich einmal genauer bei seinem Vater nachzufragen.

Kapitel 16

»Lena«, rief Franzi erfreut, als das Mädchen aus Mellis Auto stieg. »Geht es dir schon wieder so gut, dass du mich besuchen kommst!«

Lena strahlte Franzi an und humpelte mit deren Erlaubnis zu den Pferden.

Melli seufzte: »Woher dieses Kind so narrisch nach Pferden ist, möchte ich gerne wissen!«

Lena lachte.

»Ich bin so froh, dass sie alles so glimpflich überstanden hat. Und das haben wir dem Simon zu verdanken«, sagte Melli und nahm Franzis Einladung auf eine Tasse Kaffee gern an.

Melli wunderte sich über die Ruhe auf dem Hof, und Franzi erzählte von dem Vorfall mit Herrn Gerlach.

»Furchtbar, gell. Dauernd wirft einem das Schicksal einen Knüppel hin! Das wird schon wieder«, versuchte Melli zu trösten.

Als sie aufbrechen wollte, kam Simon nach Hause. Er küsste Franzi zur Begrüßung auf den Mund und Melli strahlte. »Mei, freu' ich mich für euch, dass ihr ein Paar seid!«

»Und das Beste ist«, lachte Simon, »du darfst es überall erzählen.«

Er fühlte sich allerdings bei Weitem nicht so fröhlich und gelöst, wie er vorgab. »Die DNA-Analyse dauert bis zu vier Wochen«, hatte ihm ein Kollege verkündet. »Weil du es bist, mache ich es in sieben Tagen.«

Simon schlief jetzt schon schlecht und tagsüber belasteten ihn eine ungewöhnliche Anspannung und Nervosität. Ihm graute vor der nächsten Woche.

Melli sah mit Sorge in sein erschöpftes Antlitz und fragte ihn nach seiner Wohnung in München und ob er in der Stadt bereits eine andere Bleibe gefunden hätte.

Simon lächelte, legte den Arm um Franzi und sagte: »Ich habe mich entschieden, hier zu bleiben. Meine Hoffnung ist, dass Franzi diesen Hof als ihre neue Heimat annehmen mag.«

Franzi nickte zustimmend: »Simon, mir geht es wie dir. Niemals habe ich gedacht, dass mir das Leben auf einem abgelegenen Bauernhof so viel Freude schenken könnte. Ich bin mir sicher, dass ich hierbleiben will.«

Melli stand auf, streckte eine Hand hin und sagte feierlich: »Ich freue mich über euren Entschluss! Auf gute Nachbarschaft!«

Manchmal gelang es Franzi in dieser Woche, Simon von seinen Grübeleien abzulenken. Sie brachte ihn dazu, mit ihr Brombeeren zu ernten – zu zweit machte es mehr Spaß. Sie trösteten sich gegenseitig, wenn der stachelige Busch einen Kratzer auf dem Arm hinterließ. Simon fütterte Franzi zärtlich mit den besten Früchten und nutzte die Gelegenheit für einen intensiven Kuss. Sie füllten zwei Eimer, aber der Strauch hing immer noch voller Beeren.

Simon seufzte: »Was willst du denn mit dem Zeug anfangen? Die Verarbeitung dauert doch Tage.«

Franzi lachte hell auf, wischte den Schweiß vom Gesicht, das inzwischen eine bronzene Sonnenbräune angenommen hatte. »In Maria Stettners Kochbuch gibt es ein Rezept für ein Brombeergelee. Ist mit etwas Aufwand verbunden, aber sicher genial im Geschmack.«

»Ja, dann«, seufzte Simon und pflückte weiter.

Am Spätnachmittag flohen sie vor der sommerlichen Schwüle ins Haus.

»Wieso sind denn die Pferde so aufgeregt?«, fragte Franzi besorgt. »Dein Vater hätte den Grund gekannt.«

»Sicher fühlen die Tiere, dass ein Wetterumschwung kommt. Bei dieser unerträglichen Schwüle würde mich das nicht wundern. Jetzt ruhe ich mich ein wenig aus, in zwei Stunden muss ich zur Nachtschicht ins Krankenhaus.«

Das unruhige Bellen Cäsars hatte Franzi aufgeweckt. Aufgeregt rannte der Hund durch die Wohnung. Sie rief ihn zu sich und brachte ihn dazu, auf seiner Decke liegen zu bleiben. Besorgt sah sie nach draußen. Der Regen prasselte gegen die Scheiben. Dicke, schwere Tropfen, die ein stürmischer Wind antrieb.

Die Pferde sind im Stall, dachte sie, die drei Katzen bereits von ihren Besitzern abgeholt. Jetzt bin ich direkt froh, dass sich nicht rausmuss, um nach den »Pensionsgästen« zu schauen. Sie legte sich hin, doch das trommelnde Geräusch des Regens hielt sie wach. Der Morgen dämmerte heran, als sie aufstand und sich einen Kaffee aufbrühte. Mit Schrecken bemerkte sie, dass sich vor dem Eingang des Bauernhofes eine unglaublich große Wasserfläche gebildet hatte. »Cäsar«, rief sie. »Das ist aber eine überdimensionale Pfütze! Komm, du musst eh' dein Beinchen heben, wir gehen in den Stall.«

Sie zog Regenjacke und Gummistiefel an und watete vorsichtig durch die Riesenpfütze in Richtung Stall. Alles schien in Ordnung zu sein, doch die Pferde schnaubten gereizt. Als sie den Tieren Wasser und Futter gab, rührten sie es kaum an. Das Melken der Ziege gestaltete sich noch schwieriger als sonst.

»Cäsar, wenn ich nur wüsste, was los ist?«, murmelte Franzi.

Als alles erledigt war, ging sie zum Haus. Cäsar sauste zum Bach, und obwohl Franzi ihn rief, kam er nicht zurück. Seufzend lief sie ihm schließlich nach. Entsetzt blickte sie auf das sonst idyllische Rinnsaal, das beträchtliche Wassermassen mit sich führte. Der Bach schien enorm anzuschwellen, und während Franzi noch überlegte, ob sie die Tiere in Sicherheit bringen sollte und wie sie das anstellen könnte, hörte sie ein Traktorengeräusch. Sepp und Melli kamen mit zwei Autos, an denen jeweils ein Anhänger hing, um sie zu warnen und zu helfen.

»Franzi, Gott sei Dank«, rief Melli.

»Ich habe versucht dich anzurufen und mir Sorgen gemacht, weil du nicht abgenommen hast. Wir wollen die Tiere wegzubringen, der Bach kann gefährlich werden und hier alles überschwemmen.«

»Nein«, schrie Franzi entsetzt und hilflos.

»Unser Hof liegt auf einer Anhöhe, dem passiert nicht so schnell was«, stellte Sepp fest. »Ebenso wie beim Wallner, beim Ruckert und dem Huberbauern. Sie bieten dir an, dass du den Esel, die Schafe und die Ziegen bei ihnen unterstellen kannst. Pferde und Hühner können zu uns. Es wird überall eng werden, weil wir die Tiere von anderen Höfen auch unterbringen müssen. Aber irgendwie wird es gehen!«

»Ich bin euch so dankbar«, rief Franzi. »Was würde ich ohne eure Hilfe machen?«

»Komm, es eilt«, drängte Sepp.

Es dauerte lange, bis sie die Pferde dazu gebracht hatten, sich in die Hänger führen zu lassen.

»Bitte lasst mich eine Decke für Peterchen holen«, bat Franzi. »Es tut einem Esel nicht gut, wenn sein Fell nass wird.«

Aufgeregt blökte das Schaf und meckerten die Ziegen, als Sepp sie an einem Strick zum Wagen führte. Hahn und Hühner protestierten mit empörtem Gegacker, als sie eingefangen wurden.

»Wie Noah das mit seiner Arche geschafft hat, ist mir ein Rätsel«, scherzte Melli und versuchte damit, die aufgeregte Franzi ein wenig zu beruhigen.

»Das Wasser kommt!«, brüllte Sepp plötzlich.

»Fahrt los!«, rief Franzi. »Ich komme mit meinem Wagen nach.«

»Lass dir nicht zu viel Zeit«, riet Melli besorgt. »Unterschätz die Kraft des Gewässers nicht! Wenn der Boden weiter aufweicht, kannst du dein Auto nicht mehr fortbewegen.«

Franzi packte den widerstrebenden Cäsar und verfrachtete ihn in den Wagen. Sie rannte in den ersten Stock, raffte einige Kleidungsstücke an sich und stopfte sie in eine Tasche. Handy, Laptop, persönliche Papiere und Cäsars Decke unter dem Arm, lief sie zum Auto und warf alles in den Kofferraum. Das Wasser hatte jetzt den Stall und die Hundepension erreicht.

»Oh nein!«, jammerte Franzi und sauste erneut ins Haus. Sie griff sich einige der wenigen Kleidungsstücke, die Simon besaß. Schnell sah sie sich in der Küche um. Sie schnappte sich das Bild von Lenz, das Totenbild von Lieserl und das Kochbuch von Maria Stettner. Eilig verließ sie das Haus und legte die Sachen auf die Beifahrerseite des Wagens. Zügig fuhr sie los.

»Wie in einem Hollywood-Film«, murmelte Franzi. Im Rückspiegel konnte sie beobachten, wie der Bachüberlauf das Grundstück flutete.

Sie fuhr zum Wallnerbauer. »Was würde ich ohne eure Unterstützung tun?«, sagte sie dort. »Ich weiß, dass viele böse Gerüchte über mich im Umlauf sind, und trotzdem helft ihr mir. Ich möchte mich bedanken, dass ihr einige Tiere aufgenommen habt.«

»Ja, ja schon recht«, raunte der Bauer. Als er sah, dass Franzi Tränen in die Augen stiegen, legte er eine Hand auf ihren Arm und tröstete sie: »Na, na, so schlimm wird es nicht werden mit dem Wasser. Mach dir keine Sorgen um die Viecher. Die können bleiben, solange es nötig ist.«

»Danke«, sagte Franzi.

Der Bauer lächelte unbeholfen und fuhr fort: »Gerüchte und Tratschereien gab es immer, und das wird auch nie aufhören. Hier kennen sich alle untereinander, und mal mögen sie sich mehr, mal weniger. Aber du solltest wissen: In Notzeiten stehen wir fest zusammen.«

»Das ist beruhigend«, schniefte Franzi.

»Du machst ja keinen unrechten Eindruck auf mich«, sagte der Wallner. »Manchmal lässt man sich leider von den Stammtischparolen beeinflussen.«

»Danke für die Offenheit«, erwiderte Franzi.

Sie lenkte ihr Auto Richtung Huberhof.

Resi zwang ihr einen Kaffee auf. »Der Bach ist lange nicht mehr über das Ufer getreten«, verkündete sie. »Das letzte Mal ging das Wasser bald zurück. Höher als fünf Zentimeter ist es nicht angestiegen.«

Franzi hauchte traurig: »Fünf Zentimeter ist auch eine Menge, wenn es ins Haus läuft. Lenz hätte die Anzeichen sicher erkannt und Schutzmaßnahmen getroffen. Mich hat das Hochwasser vollkommen überrascht.«

Resi stand auf und ging zum Küchenbuffet. Sie kam mit einem Teller zurück, den sie vor Franzi auf den Tisch stellte. »Hab' frische Schmalznudeln gemacht«, verkündete sie. »Lass es dir schmecken. Wirst sehen, die geben dir Kraft!«

»Sie schauen appetitlich aus«, sagte Franzi. »Aber ich habe im Moment keinen Hunger!«

»Beiß rein und probier«, lockte Resi.

Um die Altbäuerin nicht zu kränken, nahm Franzi ein kleines Stück und steckte es sich in den Mund.

»Mmmh«, rief sie genießerisch. »Die schmecken ja wunderbar!«

»Dann nimm«, befahl Resi und schob ihr den Teller näher hin.

Franzi aß zwei Schmalznudeln, lehnte sich zufrieden zurück und bestätigte: »Es stimmt! Ich fühle mich schon viel besser.«

Resi lachte. »Essen und Trinken hält Leib und Seele zusammen. Der Spruch stimmt, oder?«

Franzi nickte und rief plötzlich: »Simon! Ich muss ihm Bescheid geben.«

Sie suchte seine Handynummer und stellte eine Verbindung her. Sie schilderte ihm die Vorkommnisse der letzten Stunden.

»Ich kann nicht weg vom Krankenhaus«, bedauerte Simon. »Ein Kollege ist krank, ich bin für die Station der allein verantwortliche Diensthabende. Kommst du zurecht?«

Gerührt registrierte Franzi die Besorgnis in seiner Stimme. Tapfer sagte sie: »Mach dir keine Sorgen. Ich habe Helfer. Wir können heute Nacht bei Melli und Sepp auf dem Gniglhof schlafen.«

Cäsar lag ein wenig verstört in Mellis Küche und wurde von Lena gestreichelt. Sie freute sich scheinbar als Einzige über das scheußliche Wetter, das ihr Gelegenheit gab, längere Zeit mit dem Hund zu verbringen.

»Bitte«, bettelte sie. »Darf Cäsar heute Nacht bei mir schlafen?«

»Wir werden sehen«, sagte Melli. Als Lena eine enttäuschte Schnute zog, wandte Franzi ein: »Lena,

Cäsar ist es doch gewohnt, vor meinem Bett zu liegen, ich glaube nicht, dass er bei dir bleibt.«

»Dann schlafe ich bei dir«, beschloss Lena, und Melli rollte lächelnd mit den Augen.

»Der Regen hört nicht auf«, flüsterte Franzi.

»Das ist echt blöd«, pflichtete ihr Sepp bei.

Als Simon am Abend auf dem Gniglhof eintraf, bekam er eine warme Suppe.

Franzi und Melli bezogen die Betten im Schlafzimmer der Wohnung, die sonst Urlaubern als Feriendomizil vermietet wurde. Simon und Franzi störte es nicht, dass Lena im Nebenzimmer auf dem Sofa übernachtete. Die Zimmertüren blieben offen, und Cäsar ließ sich dazu überreden, neben Lenas Bett zu schlafen.

Simon und Franzi lauschten besorgt den Regengeräuschen. Simon hatte ihr nicht gesagt, dass ihm die Feuerwehr die Zufahrt zum Astaller-Hof verwehrt hatte. Zu tief standen dort Wege und Felder schon unter Wasser. Die Gefahr, mit dem Auto steckenzubleiben, durfte man nicht unterschätzen.

Aneinandergekuschelt schliefen sie erschöpft ein, bis Franzi meinte, Kirchenglocken zu hören.

Sie richtete sich auf und lauschte. In das Geläute mischte sich Sirenengeheul. Franzi weckte Simon, der sich sofort anzog.

»Da droht Gefahr«, rief er. »Sicher wird jede Hand gebraucht.«

»Ich komme mit«, entschied Franzi.

Als sie vor die Tür traten, stand Sepp zur Abfahrt bereit.

»Was ist los?«, wollte Simon wissen.

»Hab's grad über Handy reinbekommen«, sagte er. »Der See steigt immer weiter an, der Schwanenwirt kommt in ernste Bedrängnis.«

Eilig kletterten sie auf Sepps Traktor, der angesichts der unsicheren Lage als sicherstes Fahrgefährt erschien. Regen peitschte über die Landschaft und sie kamen langsam voran. Ihre Fahrt endete vor einer Sperre der Feuerwehr.

»Was können wir tun?«, schrie Simon.

Der Kommandant bat sie, zu Fuß weiterzugehen.

Viele Bewohner von Dirnbach und Seehöfl hatten sich versammelt. Sie stapelten Sandsäcke um das Haus des Gasthof »Schwanen«, um es vor dem stetig ansteigenden Wasser des Sees zu schützen.

Franzi sah Jakob aus dem Haus kommen. Er lud einige Reisetaschen in sein Auto.

»Kann ich dir helfen?«, schrie sie gegen den Sturm und den Regen an.

»Der Astaller-Hof ist doch bestimmt auch betroffen«, rief er zurück. »Was machst du denn hier?«

»Bei uns ist alles in Sicherheit«, versicherte sie.

»Ich wäre dir dankbar, wenn du den Angestellten hilfst, möglichst viele Sachen aus dem Büro zu tragen. Wir versuchen gerade, die wichtigsten Unterlagen in Sicherheit zu bringen.«

Eilig rannte Franzi ins Haus. Sie hielt einige Aktenordner umklammert, als sie Mattes begegnete.

»Gib das sofort her«, blaffte er sie giftig an.

»Die Abrechnungen gehen dich nichts an.« Er griff nach den Ordnern und riss derart stark daran, dass sie zu Boden fielen.

Jakob eilte herbei und ging dazwischen. »Vater«, donnerte er. »Jetzt ist Schluss, hör auf! Sie will uns helfen!«

Mattes warf sich über die Ordner und brüllte: »Mein eigen Fleisch und Blut stellt sich gegen mich! Die Papiere bleiben hier!«

Franzi erschien es sinnlos, in diesem Durcheinander auch noch einen Streit mit dem verstockten Mattes anzufangen. Sie ließ Vater und Sohn stehen und eilte in den Gastraum. Der Oberkellner reichte ihr einige wertvolle Bierkrüge, die sie ins obere Stockwerk brachte. Mattes, immer noch damit beschäftigt, die Ordner aufzuheben, fluchte fürchterlich, als er Franzi auf sich zukommen sah. Sie ging einfach an ihm vorbei. Jakob konnte sie nirgends entdecken. Sie blickte aus dem Fenster und sah Simon und Sepp, die mit vielen anderen Helfern Sandsäcke stapelten. Die beiden Männer trieften vor Nässe.

Es ertönte eine Sirene, und sie hörten den durchdringenden Ruf des Feuerwehrhauptmanns: »Alle sofort raus aus dem Haus und runter vom Gelände, es wird zu gefährlich!«

Zügig lief Franzi mit den anderen Helfern nach draußen. Das Wasser schwappte fast über die Sandsackbarriere. Jakob sorgte dafür, dass alle eine Mitfahrgelegenheit bekamen und nach und nach verließen die Autos den Vorplatz des Schwanenwirts.

»Komm, Franzi!«, riefen Simon und Sepp. »Wir müssen zum Traktor zurück! Es hat keinen Sinn mehr. Die Feuerwehr kann nicht abschätzen, was passieren wird.«

Sepp bot Jakob an: »Der Mattes und du, ihr könnt in unserem Wohnzimmer schlafen, wenn ihr wollt. Wir haben noch ein bequemes, aufblasbares Bett.«

Dankbar schaute ihn Jakob an. »Danke, ich nehm' dein Angebot gerne an.«

»Du sollest aber wissen, dass Franzi und Simon in der Ferienwohnung untergekommen sind, nicht dass es dadurch Probleme gibt.«

Jakob schüttelte den Kopf. »Im Angesicht dieser Katastrophe steht mir mein Sinn nicht nach irgendwelchen Scharmützeln.«

»Auf geht's«, sagte Sepp, »lass uns fahren.«

»Wo ist denn mein Vater?«, schrie Jakob. Er stürmte ins Haus und brüllte: »Vater, wo bist du? Komm raus, wir müssen sofort wegfahren!«

Eine dominante Stimme antwortete laut: »Niemals verlasse ich das Wirtshaus. Lauf ruhig weg, du Feigling. Ich bleib' hier!«

»Vater, jetzt ist endgültig Schluss mit deiner Halsstarrigkeit. Entweder du kommst sofort raus oder ich fahre allein.«

»Hau ab!«, donnerte Mattes.

Ratlos blickte Jakob auf das Gebäude. Franzi sah, wie er mit sich rang. Schließlich wandte er sich ab, stieg wortlos in sein Auto und fuhr davon.

Der Feuerwehrhauptmann schüttelte den Kopf und seufzte: »Der Mattes, unverbesserlich stur. Der Jakob kann einem leidtun! Aber jetzt schaut, dass ihr euch in Sicherheit bringt. Wir schaffen den Dickschädel schon raus, wenn es hart auf hart kommt.«

Kapitel 17

Drei Tage und drei Nächte lang regnete es ununterbrochen. Simon versuchte mehrmals, bis zum Astaller-Hof durchzukommen. Aber die Absperrungen wurden streng bewacht, um die verzweifelten Anwohner davon abzuhalten, sich vielleicht noch in Lebensgefahr zu bringen. Schließlich sahen sie in den Fernsehnachrichten Luftaufnahmen von Dirnbach und Seehöfl. Von einem Hubschrauber aus hatte man Filmaufnahmen der Gegend gemacht. In Dirnbach reichte bei zwei Anwesen das Wasser fast bis zum Dach. Der Astaller-Hof war von Wasser umgeben, doch wie es schien, stand es nicht sehr hoch. In Seehöfl erreichten die Fluten bei einigen Häuser bereits den ersten Stock, darunter auch beim Gasthof.

Viel Hab und Gut konnten die Hochwasseropfer nicht in Sicherheit bringen. Das Vieh zu retten, wog für die Bauern mehr als persönliche Dinge einzupacken. Alle Dörfler fanden bei ihren Verwandten oder Nachbarn Unterkunft und Verpflegung. Beim Gniglhof trafen Wäsche- und Kleiderspenden für Simon und Franzi ein. Die Hilfsbereitschaft rührte sie.

»Der Wallnerbauer hatte recht«, sagte Franzi. »Trotz all dem Tratsch, den es vorher gab, in der Not stehen die Bewohner der Dörfer zusammen.«

Melli nickte. »Das stimmt, und damit zeigen sie auch, dass du und Simon in ihre Gemeinschaft aufgenommen wurdet.«

Franzis Arbeitgeber zeigte Verständnis für ihre Lage und gewährte ihr den gewünschten Urlaub.

»Jetzt ist der Hof auch noch futsch«, seufzte Simon eines Morgens. »Nun hab' ich wirklich nichts mehr!«

»Und was ist mit mir?«, rief Franzi mit gespielter Empörung, obwohl sie genau verstand, was er ausdrücken wollte. »Du hast mich!«, sagte sie zärtlich.

»Erst verliere ich meine Münchner Wohnung und mein Auto, und jetzt steht der Hof unter Wasser«, seufzte er. »Ich bin dir so dankbar, dass du das Totenbild meiner Mutter gerettet hast!«

»Simon, ich habe das nicht bewusst getan, es kam einfach so über mich. Ich weiß, du glaubst nicht an übersinnliche Dinge. Aber ich meine, dein Vater hatte da die Hände im Spiel. Du wirst sehen, er achtet auf den Astaller-Hof. Wir werden den Bauernhof renovieren und alles noch behaglicher machen als vorher.«

Simon lächelte und umarmte Franzi. »Ach du, wenn ich gar nichts mehr hätte, Hauptsache, du bleibst bei mir. Du bist das Wertvollste, das ich habe, mein größter Schatz.«

Franzi küsste ihn zärtlich und sagte: »Ich lieb' dich, Simon. Du wirst sehen, bald werden wir ein glückliches Leben auf dem Astaller-Hof führen.«

Eine Woche später, als das Wasser endlich zurückging, standen Franzi und Simon im Erdgeschoss des

Bauernhofes. Simon hatte Mühe, Franzi zu beruhigen, als sie das erste Mal das Haus betraten. Er selbst tat sich schwer, seine Beherrschung zu bewahren. Obwohl sie von allen am glimpflichsten davongekommen waren, hatte das Wasser zehn Zentimeter hoch gestanden.

Soeben schrubbten sie die bräunliche, entsetzlich stinkende Brühe nach draußen. »Gut, dass ich nicht weiß, was da alles drinschwimmt«, keuchte Franzi, als sie einen gefüllten Eimer nach draußen schleppte. Sie mussten sich beeilen, die Sonne brannte vom Himmel, und die Masse durfte auf keinen Fall eintrocknen. Die Beseitigung würde sich dann noch schwieriger gestalten.

Cäsar rannte interessiert zwischen den vielen Menschen umher, die den Hof bevölkerten. Er schaffte es, im Weg herumzustehen und wurde von Franzi schließlich angebunden. Anfangs quittierte er dies mit wütendem Gebell. Als er merkte, dass ihn niemand beachtete, legte er sich auf den Boden und beobachtete, was um ihn geschah.

Franzi tat es in der Seele weh, die zerstörten und unbrauchbar gewordenen Möbel hinaus in den Innenhof zu bringen. Ein Container stand dort, in dem sie viele Dinge entsorgten. Die Böden mussten komplett entfernt und erneuert werden. Die Trocknungsgeräte liefen auf Hochtouren.

Simon versuchte, Franzi zu trösten: »Schau, Sternderl, jetzt kaufen wir uns ein eigenes Schlafzimmer und brauchen nicht mehr zusammengequetscht auf dem Küchensofa oder in dem Einzelbett in deiner Wohnung zu schlafen.«

Franzi und Simon konnten die Einsatzbereitschaft ihrer Nachbarn anfangs nicht fassen. Jeder nur halbwegs handwerklich Begabte kam auf den Hof, um Reparaturen vorzunehmen.

Das junge Paar nahm das großzügige Angebot von Melli und Sepp an und wohnte weiter in der Ferienwohnung. Der modrige Gestank, den das Wasser im Astaller-Hof hinterließ, zog sich bis in den ersten Stock des Hauses. Simon hatte Urlaub genommen, und sie hatten beschlossen, zuerst die Koppel und den Stall herzurichten, damit sie die Tiere schnellstmöglich zurückholen konnten.

Franzi werkelte im Haus, und Simon erneuerte den Unterstand für die Pferde. Ein Schreiner hatte ihm erklärt, was zu tun sei, und Simon wunderte sich, wie leicht ihm die Arbeit fiel. Es überraschte ihn, dass er handwerklich begabt schien und ihm das Sägen und Hämmern auch noch Spaß machte.

Während ihres gemeinsamen Lebens auf dem Gniglhof gingen sich Jakob, Simon und Franzi aus dem Weg. Mattes hatte die ganze Zeit starrköpfig im Gasthof ausgeharrt und die Feuerwehr hatte ihn mit Essen und Getränken versorgt.

Jakob konnte inzwischen in das Wirtshaus zurückkehren. Er lebte ohne Wasser und Strom mit seinem Vater im zweiten Stock des Hauses. Die Helfer, die von dort kamen, berichteten, dass Mattes kaum mehr ansprechbar war und in eine tiefe Depression verfallen sei. Er redete wirres Zeug und behinderte die Aufräumarbeiten massiv. Jedes Stück, das zum Container getragen wurde, begutachtete er sehr genau und jammerte um den schweren Verlust.

Simon beschloss, zum Gasthof zu fahren, um zu sehen, ob er etwas bewirken konnte. Als er vor dem Haus parkte, bot sich ihm ein erschütternder Anblick. Der einst so vor Kraft strotzende Mattes bot ein Bild des Jammers: Er saß auf einem Stuhl vor dem Haus. Vor ihm stand eine mit Wasser gefüllte Plastikwanne. Rundherum verteilt lagen Scherben und schwer beschädigte Gebrauchsgegenstände aus der Wirtsstube. Simon blieb im Auto sitzen und beobachtete ihn. Liebevoll nahm Mattes einen Maßkrug in die Hand, dessen Henkel fehlte. Er schaute ihn an, tauchte ihn ins Wasser und hob das Gefäß heraus. Er stellte den Krug auf den Boden und griff nach einem angeschlagenen Teller und legte ihn in die Wanne. Simon stieg aus und ging auf ihn zu.

»Grüß Gott«, sagte er freundlich.

Mattes hob den Kopf und hielt ihm einen Steinkrug mit einer abgesplitterten, oberen Öffnung hin. »Der ist von meinen Eltern«, stellte er fest. »Ich erinnere mich genau daran, wie der Vater ihn vom Markt mit nach Hause gebracht hat. Kann man noch gebrauchen, muss man halt ein bisserl reparieren. Die jungen Leut' schmeißen gleich alles weg. Das geht doch nicht!«

Simon sah sein fahles Gesicht und seine starren Augen. Der Mann schien um Jahre gealtert.

»Freilich«, antworte Simon.

Mattes stand auf und packte ihn am Ärmel. »Der Geist vom Großvater hat uns das Wasser geschickt! Da bin ich sicher! Nachts hör' ich seine Stimme.«

»Aus welchem Grund sollte er das tun?«, fragte Simon mit leiser Stimme.

Mattes' Augen flackerten nun unruhig. »Niemand ist es gelungen, den Astaller-Hof zurückzubekommen, daher findet seine Seele keine Ruhe! Er geht schon lange im Haus um, aber mir glaubt man es nicht. Kannst du da was machen?«

Sanft nahm Simon die Hände von Mattes und fragte: »Ist Jakob da?«

Fassungslos bemerkte er, wie Mattes Tränen in die Augen stiegen. Er spürte die zitternden Hände in seinen und dachte: Ich weiß nicht, ob Lenz mein Vater ist, oder Mattes. Ich möchte ihm gerne viele Fragen zu meiner Mutter stellen, doch dazu ist jetzt definitiv nicht der richtige Zeitpunkt.

»Ich bin so müd', dass ich sterb'n möcht'!«, wisperte Mattes. »Mir ist das alles zu viel.«

Jakob trat aus dem Haus und sah, wie Simon vor Mattes stand und seine Hände hielt. Er stutzte und ging auf die beiden zu. »Grüß Gott«, rief er.

Simon löste sich von Mattes, trat zurück und sagte zu ihm: »Ich geh' kurz mit dem Jakob nach drinnen, ich komme gleich zurück zu dir.«

»Ist recht«, murmelte Mattes und nahm seine Tätigkeit wieder auf.

Drinnen bat Jakob Simon: »Du bist Doktor, kannst du bitte dem Vater was zur Beruhigung geben? Er ist so komisch geworden. Ich weiß nicht mehr, was ich noch tun soll!«

»Für mich sieht das wie eine klassische Depression aus«, sagte Simon. »Mit Tabletten allein kommt man da nicht weiter. Dein Vater muss dringend in eine Klinik. Wenn du willst, telefoniere ich mit meinem Kollegen und leite alles in die Wege.«

»Das würdest du tun? Das werde ich dir nie vergessen«, sagte Jakob dankbar. »Ich fühle mich so hilflos!«

Am Nachmittag fuhr ein Krankenwagen vor, und Simon brachte Mattes dazu, einzusteigen und mitzufahren.

Als Simon seinen Dienst im Krankenhaus wieder aufnahm, fand er in seinem Posteingangskorb das Testergebnis der DNA-Analyse. Er beschloss, das Kuvert am Abend zusammen mit Franzi zu öffnen und fieberte dem Feierabend entgegen.

»Mach du auf, Sternderl«, bat er, als sie im Wohnzimmer saßen.

Sie riss entschlossen den Umschlag auf und reichte ihm das darin befindliche Schreiben.

»Nein, schau du«, bat er.

Sie überflog die Zeilen, lächelte und sagte: »Der Lenz ist zu 99,8 Prozent dein Vater.« Sie hielt ihm das Blatt hin, damit er es selbst lesen konnte.

Simon fuhr sich mit der Hand durch die Haare und seufzte: »Ich bin froh, dass es geklärt ist, dennoch bleibt ein letztes Geheimnis. Wohin wandte sich meine Mutter in der Woche, als sie verschwand? Ich möchte mit dem Vater so gerne Frieden schließen, aber ich kann es einfach nicht!«

Abrupt erhob er sich und sagte: »Ich gehe jetzt ins Bett!«

Franzi folgte ihm, kuschelte sich in seinen Arm und forderte: »Simon, komm, rede mit mir. So spurlos geht das nicht an dir vorüber!«

Er seufzte: »Stimmt, mein Sternderl, es macht mich furchtbar wehmütig. Hätte der Vater frühzeitig Klarheit geschaffen, ob er mein Erzeuger ist, wäre unser beider Leben leichter verlaufen. Ich versuche, mir vorstellen, wie er sich gefühlt und welche Last er getragen hat. So eine Ungewissheit auszuhalten muss doch scheußlich gewesen sein.«

»Ja, ganz bestimmt«, flüsterte Franzi und küsste ihn.

»Wir machen es bei unseren Kindern anders, wir werden sie immer lieb haben, gell?«, raunte er.

»Du willst Kinder?«, fragte Franzi glücklich.

»Unbedingt!«, rief er. »Es ist viel Platz hier im Haus, oder? Am besten, wir planen gleich Kinderzimmer mit ein. Es muss doch sowieso alles neu gemacht werden!«

»Durchaus!«, strahlte Franzi.

Er lachte heiser auf und wisperte zwischen zwei Küssen: »Lass uns doch gleich mit der Produktion beginnen!«

Kurz vor dem Wintereinbruch konnten die meisten Anwesen wieder bezogen werden. Erleichtert kehrten die Bewohner in ihre Häuser zurück, die man umfangreichen Renovierungsarbeiten unterzogen hatte. Auch das Erdgeschoss des Astaller-Hofes bekam eine Grunderneuerung. Für die Küche und das Wohn- und das Schlafzimmer wählten Simon und Franzi einen Parkettboden aus alten Hölzern. Im Flur ließen sie Fließen verlegen. Der Raum, den Lenz als Schafzimmer genutzt hatte, sollte künftig als Gästezimmer dienen.

»Simon«, argumentierte Franzi, »sobald wir Kinder haben, ist es doch besser, im gleichen Stockwerk wie sie zu schlafen. Wenn sie klein sind, hätte ich hier unten eh keine Ruhe.«

»Wie klug du bist, Sternderl, und so vorausschauend«, lobte Simon. »Genauso machen wir das!«

»Hoffentlich wird die Küche bald geliefert«, seufzte Franzi. »Die Behelfsküche im ersten Stock ist eine echte Herausforderung.«

Simon lachte. »Na, untertreib nicht! Einen Mini-Kühlschrank, eine Herdplatte und eine Kaffeemaschine würde ich nicht als Küche bezeichnen!«

»Egal«, schnaubte Franzi. »Ich will jetzt endlich wieder eine ordentliche Küche!«

»Also, ich freue mich mehr auf das niegelnagelneue Schlafzimmer«, grinste Simon frech.

Sie drohte ihm mit dem Finger und dann saßen sie in ihrem fast leeren Wohnzimmer, bis Simon seufzte: »Es ist kalt und ungemütlich hier, wollen wir nicht lieber ins Bett gehen?«

Franzi stimmte ihm zu, und bald lagen sie eng aneinandergekuschelt in Franzis Bett.

Kurz bevor sie einschliefen, murmelte Simon: »So liegt es sich doch auch recht nett!«

Der Gasthof »Zum Schwanen« hatte immer noch geschlossen. Die Stammtischler murrten, dass die Arbeiten dort viel zu langsam vorangingen.

»Es ist nicht zu ändern«, erklärte Jakob. »Die Wände sind endlich trocken, jetzt kann ich mit der Instandsetzung beginnen. Schneller geht's nicht.«

»Sag mir, welche Handwerker zu brauchst, ich sorge dafür, dass sie kurzfristig kommen«, bot der Huberbauer an.

Jakob lachte. »Deine Beziehungen reichen überall hin, oder?«

Der Huberbauer grinste. »Das ist wohl so. Solange dein Vater in der Reha ist, hast du freie Hand. Ich würde die Zeit ausnutzen, in der mir keiner in meine Entscheidungen reinredet.«

»Da sprichst du ein wahres Wort«, bestätigte Jakob. »Ich möchte in der Wirtsstube einiges vom alten Stil übernehmen, aber trotzdem alles heller und moderner gestalten. Ich zweifle daran, dass das dem Vater gefällt. Dennoch möchte ich endlich meine eigenen Entschlüsse fassen. Die Seeterrasse hat das Wasser ja komplett weggerissen. Die wird sowieso erst im nächsten Frühjahr neu aufgebaut.«

»Solange wir unseren Stammtisch behalten, mit dem alten Schild, ist mir herzlich egal, wie die Wirtsstube ausschaut«, raunte der Huberbauer.

Drei Tage später rückten die Handwerker und einige freiwillige Helfer an. Der gesamte Putz wurde von den Wänden geschlagen, Böden verlegt, wo nötig, Leitungen und Rohre eingezogen. Die Lieferung der Küche rief Begeisterung hervor. Der Einbau sorgte zwar für einigen Ärger, aber dann stand Jakob stolz mit seinen Köchen an deren fabrikneuen Arbeitsplätzen. Tag für Tag und unermüdlich werkelten die Männer. Der Schreiner übergab die Möbel für den Gastraum, die tadellos passten und für eine gemütliche und freundliche Atmosphäre sorgten. Die Ausschanktheke wurde bestückt, und am Wochenende lud Jakob alle Handwerker, Lieferanten und die freiwilligen Helfer zum Essen und Trinken ein.

Zu dieser fröhlichen Feier brachte Franzi als Einstandsgeschenk zur Neueröffnung ein Buch mit. Sie überreichte es Jakob mit den Worten: »Ich glaube, dieses Kochbuch gehörte deiner Urgroßmutter. Jedenfalls steht ihr Name drin. Es enthält famose Rezepte, vor allem für Marmeladen und Süßspeisen. Ich wollte, dass du es bekommst.«

Gerührt bemerkte Jakob: »Das hast du vor dem Hochwasser gerettet?«

Franzi nickte. »Ja, ganz spontan. Ich weiß nicht weshalb. Aber es ist unversehrt und soll seinen Platz dort finden, wo es hingehört.«

»Komm mit«, bat Jakob, und als Franzi zögerte, sagte er lächelnd: »Ich will dir etwas geben.«

Sie stiegen in den ersten Stock hinauf, und Jakob führte Franzi ins Wohnzimmer. Er zeigte auf ein Porträt an der Wand und sagte: »Das ist Maria Stettner, so sah sie aus!«

Ein wenig ehrfürchtig betrachtete Franzi das Bild einer Frau mit weichen, freundlichen Gesichtszügen. Auf den Haaren, die sie streng nach hinten gekämmt trug, steckte eine aufwändig bestickte Haube. Ihre üppige Halskette zeugte von Wohlstand.

»Hier«, sagte Jakob, »das gehört dir!«

Er reichte ihr den Umschlag, in dem sich die letzte Nachricht von Lenz befand.

»Entschuldige bitte«, flehte er zerknirscht. »Ich habe das Kuvert genommen und den Brief gelesen. Was Lenz schrieb, hat mich wütend und zornig gemacht. Ich habe es dennoch nicht fertiggebracht, die Nachricht zu vernichten, als ich begriffen habe, wie viel dir Lenz bedeutet hat. Ich wollte dir seine letzten Zeilen irgendwann zurückgeben, und jetzt ist der passende Zeitpunkt gekommen.«

»Wann hast du das Kuvert genommen?«, fragte Franzi.

Jakob schaute verlegen zu Boden. »Simon lag betrunken in einem unserer Gästezimmer. Ich habe seinen Hausschlüssel genommen und bin in den Astaller-Hof eingedrungen. Ehrlich Franzi, heute kann ich es mir nicht erklären, was da über mich gekommen ist. Mein Verhalten ist unverzeihlich.«

»Du liebe Güte, Jakob!«, rief Franzi entsetzt.

»Auch wenn du nie wieder ein Wort mit mir redest, ich will dir die Wahrheit sagen.« Er stockte für einen Moment und flüsterte leise: »Ich habe auch den Zaun beschädigt und die vergifteten Hundeköder ausgelegt.«

Einen Moment lang herrschte Stille. Jakob fuhr fort: »Ich weiß, es ist keine Entschuldigung, ich bin ein erwachsener Mann, doch ich habe mich von meinem Vater aufhetzen lassen. Seine Sache hab' ich zu meiner gemacht und mich so reingesteigert, dass mein Verstand auf der Strecke geblieben ist.«

»Du hast deinem eigenen Hund einen vergifteten Köder gegeben?« Franzi war fassungslos.

Jakob nickte.

Franzi ließ sich rückwärts in einen Wohnzimmersessel fallen und seufzte: »Das muss ich erst einmal verdauen.«

»Das verstehe ich«, sagte Jakob zerknirscht. »Erst durch eure Hilfsbereitschaft beim Hochwasser wurde mir richtig bewusst, dass ich mich unmöglich verhalten habe. Ich war wie von Sinnen damals.«

Franzi schüttelte unwillig den Kopf.

»Eins noch«, fuhr Jakob fort.

Franzi stöhnte auf. »Du liebe Zeit!«

Leise gestand Jakob: »Richtig verliebt habe ich mich nicht in dich, sondern nur in die Vorstellung, meinem Vater zu beweisen, dass ich dich für mich gewinnen kann und den Astaller-Hof dazu. Das solltest du wissen.«

»Jakob, deine Ehrlichkeit rührt mich auf der einen Seite, andererseits bin ich wütend, denn du warst es doch auch, der die üblen Gerüchte über mich in die Welt gesetzt hat, stimmt's?«

»Ja«, gestand er kleinlaut. »Wenn ich das alles nur wieder gutmachen könnte! Bitte verzeih mir!«

»Ich weiß nicht, ob so schnell vergeben und vergessen werden kann«, warf Franzi ein.

»Dann hoffe und warte ich darauf«, sagte Jakob.

Sie hörten, wie Simon nach Franzi rief.

Sie schaute Jakob erschrocken an und antwortete: »Ich bin hier oben bei Jakob.«

Mit bangem Gefühl wartete Franzi auf Simon. Wie würde er reagieren, wenn er sie mit Jakob zusammen sah?

Als er ins Zimmer trat, schaute er misstrauisch. Jakob streckte ihm die Hand entgegen und sagte: »Lass uns Frieden schließen und vergessen, was in der Vergangenheit zwischen uns passiert ist. Mein Vater wird bald zurückkommen, den kann ich nicht mehr ändern. Aber wir können es besser machen. Oder nicht?«

Simon nickte und ergriff die ausgestreckte Hand.

»Auf gute Nachbarschaft«, sagte er.

Franzi zögerte einem Augenblick, dann stand sie auf, legte ihre Hand über die der beiden und erklärte: »Lasst es uns versuchen!«

Mit zittrigen Fingern griff Franzi am Abend in den Umschlag, auf dessen Vorderseite ihr Name geschrieben stand.

Simon hatte den Arm um sie gelegt und lächelte: »Jetzt bin ich aber doch sehr gespannt, was der Vater dir geschrieben hat. Also nur, wenn du möchtest, dass ich dabei bin.«

»Ja, ich bin auch sehr gespannt«, seufzte Franzi und schmiegte sich enger an Simon. »Und außerdem habe ich keine Geheimnisse vor dir.« Dann fing sie an zu vorzulesen.

Liebe Franzi,

sicher hast du dich über das Vermächtnis gewundert, durch das ich dich gezwungen habe, deinen Wohnsitz auf den Astaller-Hof zu verlegen. Bestimmt achtest du meinen letzten Willen und kümmerst dich vorbildlich um alle Tiere.

Ich wollte, dass der Astaller-Hof nicht verkauft wird und dass du Simon kennengelernst. Ich denke, dass ihr gut zusammenpasst. Ich hoffe, du weißt das inzwischen.

Bitte sorge dafür, dass Simon auf jeden Fall mit Doktor Braun spricht.

Und nimm dich vor den Stettners in Acht, sie werden alles versuchen, den Astaller-Hof zu bekommen. Das darfst du nicht zulassen! Also, sei wachsam. Im

Übrigen wurde die Übertragung des Hofes damals nicht per Handschlag geregelt. Es ist amtlich festgehalten. Nur, damit du das weißt, an den Besitzverhältnissen gibt es nichts zu rütteln.

Bitte zünde doch ab und zu ein Kerzerl für mich in der Marienkapelle an. Ich danke dir für alles! Du hast die letzten Monate meines Lebens bereichert. Falls ich ins Paradies komme, versuche ich, bestens auf dich aufzupassen.

Mach dir ein schönes Leben und bleib immer fröhlich. Denn egal, was kommt, ob wir es heiter oder ernst nehmen, wir können das Schicksal nicht ändern.

Es umarmt dich dein Lenz

»Der Vater«, seufzte Simon kopfschüttelnd.

»Der Lenz«, schluchzte Franzi. »Woher wusste er denn, dass wir zusammengehören?«

»Keine Ahnung«, versicherte Simon verblüfft.

Franzi trocknete ihre Tränen, kuschelte sich in seinen Arm und fragte: »Wann gehst du zu Doktor Braun?«

Simon tat so, als ob er aufstöhnte, und lachte: »Sternderl! Genauso hartnäckig wie der Vater, wenn er was erreichen wollte, oder?«

»Sowieso«, grinste Franzi, »aber Doktor Braun hatte er auch in deinem Brief erwähnt, also scheint es doch wichtig zu sein.«

»Ich kündige den Mietvertrag für meine Münchner Wohnung«, sagte Franzi zu Simon einige Zeit später. Es macht keinen Sinn, sie länger zu behalten. Ich weiß jetzt, wo meine Heimat ist.«

Simon lachte: »Heimat? Das klingt furchtbar altmodisch!«

Franzi meinte ernst: »Du solltest keine Witze darüber machen. An einem Ort, an dem liebe Menschen leben, die mir viel bedeuten, da ist für mich meine Heimat. Was kann es denn Schöneres geben?«

Simon küsste sie. »Meine kluge Franzi, deshalb hab' ich dich so lieb!«

»Ich habe eine dreimonatige Kündigungsfrist und fahre für eine Woche nach München. Was wir nicht für den Hof gebrauchen können, verkaufe oder verschenke ich. Kannst du die Tiere versorgen?«

»Aber selbstverständlich«, versicherte Simon.

»Die kleine Tierpension ist ja leider geschlossen«, sagte Franzi verbittert.

Simon lachte. »Geh, lass dich doch nicht unterkriegen! Bis zum Frühjahr hast du diese komische Sachkundeprüfung längst bestanden. Bis dahin machen wir alles noch schöner, und dann kannst du das Tierhotel erneut eröffnen.«

Bevor Franzi nach München fuhr, ging sie zur Marienkapelle und betete für Simon. »Bitte mach doch, dass er seinem Vater verzeihen kann und seinen Seelenfrieden findet«, wisperte sie. Sie zündete ein Kerzerl für Lenz an: »Lenz, einen lieben Gruß von der Erde zur Glückseligkeit«, flüsterte sie und machte sich auf den Weg nach München.

Cäsar weigerte sich ins Auto zu steigen. Er blieb bei Simon stehen, drängte sich dicht an ihn und schaute Franzi nicht an. »Böser Hund«, schimpfte Franzi halbherzig. »Los, rein mit dir!«

Cäsar blickte zwischen Simon und Franzi hin und her. Franzi dachte an die Handzeichen, die ihr Lenz einst gezeigt hatte. Sie rief Cäsars Namen, und als er sie anschaute, bewegte sie ihre Hand. Langsam setzte sich der Hund in Bewegung und sprang in das Auto.

»Da muss ich wachsam sein«, lachte Simon. »Nicht, dass ich auch einmal auf Handzeichen reagiere.« Er gab Franzi einen zärtlichen Abschiedskuss. »Pass gut auf dich auf Sternderl, fahr' bloß vorsichtig!«

»Wie fremdartig mir alles erscheint«, murmelte Franzi, als sie in ihrer Münchner Wohnung stand. »Ich bin froh, dass ich mich dazu entschlossen habe, hier meine Zelte abzubrechen!«

Beim italienischen Lokal, das gegenüber ihrer Wohnung lag, holte sie sich eine Salami-Pizza.

»Komm Cäsar, wir gehen Gassi«, rief sie ihrem Hund zu. Unterwegs erreichte sie ein Anruf von ihrem Chef, Herrn Fäustl.

»Ich bin in München«, sagte Franzi. »Soeben spaziere ich mit Cäsar die Isar entlang.«

»Das trifft sich gut«, meinte er. »Bleiben Sie länger?«

»Die ganze Woche«, antwortete Franzi.

»Prima, dann sollten wir uns unbedingt treffen«, meinte ihr Chef. »Passt es Ihnen am Donnerstagabend? Sie leisten hervorragende Arbeit und es würde mich freuen, wenn Sie meine Einladung zu einem Abendessen annehmen könnten.«

»Sehr gerne! Donnerstag wäre passend«, willigte Franzi ein. »Ich löse meine Wohnung auf, da bin ich am Abend sicher hungrig.«

»Sie ziehen ganz nach Dirnbach?«, wollte Herr Fäustl wissen. »Haben Sie die Wohnung schon gekündigt? Meine Nichte aus Flensburg hat einen Studienplatz in München ergattert und sucht eine Unterkunft. Sie wohnt bei meiner Frau und mir. Auf Dauer ist das jedoch keine Lösung. Meinen Sie, dass bereits ein Nachmieter gefunden ist?«

»Ich gebe Ihnen gern die Telefonnummer von meinem Vermieter«, bot Franzi an. »Kommen Sie am Donnerstag doch mit Ihrer Nichte vorbei, dann kann sie entscheiden, ob ihr die Wohnung überhaupt gefällt.«

»Das würde ich gern machen!«, sagte Herr Fäustl. »Gibt es denn ein Lokal in der Nähe, in das wir gehen könnten?«

»Ja, gleich gegenüber«, bestätigte Franzi.

»Schön! Ist es Ihnen recht, wenn ich mit meiner Nichte gegen 19.00 Uhr zu Ihnen komme?«

»Perfekt!«, bestätigte Franzi.

Als Herr Fäustl dann am Donnerstagabend pünktlich mit seiner Nichte bei ihr eintraf, hatte Franzi bereits viel erledigt. Gepackte Umzugskartons standen im Wohnzimmer, und sie entschuldigte sich für das Durcheinander.

»Frau Obermair, Sie sehen heute Abend bezaubernd aus!«, sagte Herr Fäustl zur Begrüßung.

»Danke«, murmelte Franzi verlegen, erfreut über sein Kompliment.

Sie hatte lange überlegt, was sie anziehen sollte und sich für einen braunen Rock und einen hellen Pullover entschieden.

»Was für eine wunderschöne Wohnung«, rief Sabine, die Nichte von Franzis Chefs.

Herr Fäustl sagte zu Franzi: »Ich habe mit Ihrem Vermieter gesprochen, und er sagt, meine Nichte kann dieses Refugium übernehmen.«

»Also ich habe mich hier immer sehr wohl gefühlt«, sagte Franzi. »Es ist ein angenehmes Stadtviertel.«

Sabine begutachtete die Räume und fragte dann: »Nicht böse sein, lieber Onkel. Aber sagen Sie, Franzi, wäre es möglich, dass ich bereits im nächsten Monat einziehe?«

»Selbstverständlich. Sehr gern sogar!«, rief Franzi. »Dann spare ich mir zwei Monatsmieten.«

»Dann wäre ja tatsächlich uns beiden geholfen«, strahlte Sabine.

»Uns dreien! Lieblingsnichte, du hast eine Wohnung in München! Das müssen wir begießen!«, freute sich Herr Fäustl.

»Wenn Sie aus dem Küchenfenster schauen, gegenüber ist das italienische Lokal«, sagte Franzi.

»Auf geht's«, rief Herr Fäustl.

Als sie vor die Haustür traten, scherzte der Chef. »Was habe ich für ein Glück, dass mich heute Abend gleich zwei hübsche junge Damen begleiten. Darf ich Ihnen, als Gentlemen alter Schule, meinen Arm anbieten?«

Lachend hängten sich Sabine und Franzi rechts und links bei Herrn Fäustl ein. Sie überquerten die

Straße und bekamen einen gemütlichen Fenstertisch zugewiesen.

»Champagner?«, fragte Herr Fäustl.

»Ich glaube, hier gibt es nur Prosecco«, meinte Franzi entschuldigend.

»Auch gut«, rief Herr Fäustl.

Als sie die Speisekarten in den Händen hielten, bat Herr Fäustl sie, auf keinen Fall nur Pizza oder Nudeln zu bestellen, sondern zur Feier des Tages ein Fleisch- oder Fischgericht zu wählen.

Sie unterhielten sich alle prächtig und lachten viel. Gegen 22.00 Uhr verabschiedete sich Sabine, die noch eine Verabredung mit Freunden in der Stadt hatte. Eine halbe Stunde später beglich Herr Fäustl die Rechnung und brachte Franzi bis vor ihre Haustür.

Als er sich verabschieden wollte, stürmte ein Mann auf sie zu und schrie: »Wie kannst du es wagen, mich so zu hintergehen? Ist das dein Liebhaber? Treibst du die ganze Zeit nur ein böses Spiel mit mir?«

»Simon!«, rief Franzi fassungslos.

Herr Fäustl schaute den Angreifer verwirrt an und sagte: »Was reden Sie für einen Schwachsinn? Ich bin verheiratet! Was wollen Sie? Wer sind Sie denn überhaupt?«

»Simon, hör doch!«, schrie Franzi. »Das ist Herr Fäustl, mein …«

Simon, rasend vor Wut, packte Herrn Fäustl am Arm. »Vorsicht«, zischte dieser gefährlich leise. »Ich bin Judo-Meister und möchte Ihnen nicht wehtun. Lassen Sie mich auf der Stelle los.«

»Das ist ja lächerlich«, schrie Simon, griff fester zu und fand sich kurz darauf auf dem Boden liegend. Er rang nach Luft.

»Gehen Sie«, raunte Franzi Herrn Fäustl zu. »Das ist mein eifersüchtiger Freund. Mit dem werde ich fertig!«

»Sind Sie sicher?«, fragte der skeptisch.

»Ja«, erwiderte Franzi bestimmt. »Ich danke Ihnen für die Einladung. Schade, dass dieser herrliche Abend auf diese Weise endet.«

»Es wird etwas dauern, bis der hitzköpfige junge Mann wieder richtig atmen kann«, erklärte Herr Fäustl.

»Das geschieht ihm recht!«, meinte Franzi und ging ins Haus.

Ihre gespielte Selbstsicherheit, die sie Herrn Fäustl gegenüber gezeigt hatte, hielt nicht lange an. Weinend schloss sie die Wohnungstür auf und spähte auf die Straße. Sie sah, wie Simon langsam auf die Beine kam.

»Verrückter Kerl!«, murmelte sie vor sich hin. »Mit seiner verflixten Eifersucht macht er alles kaputt!«

Es klingelte an der Tür, aber Franzi beschloss, nicht zu öffnen. Sie brauchte Zeit, um in Ruhe über die Situation nachzudenken. Sollte sie ihm das eben verzeihen? Trotz seiner Beteuerungen gelang es ihm nicht, seine Eifersucht in den Griff zu bekommen. Sein Argwohn quälte und verletzte sie.

Winselnd rieb Cäsar den Kopf an ihrem Knie. Deutlich spürte er die Trauer seines Frauchens und wollte sie trösten. Franzi strich ihm übers Fell, konnte ihre Tränen aber nicht zurückhalten.

»Meine Wohnung ist vergeben, Cäsar«, schniefte sie. »Wir müssen bald zum Astaller-Hof zurückkehren. Was soll nur werden?«

Simon schickte Franzi eine Kurzmitteilung auf ihr Handy. »Es tut mir leid, entschuldige bitte, verzeih mir!« Er bekam keine Antwort. Auch den Brief, den er ihr schrieb, schickte sie ungeöffnet zurück. Simons Anrufe nahm sie nicht entgegen, oder legte wortlos auf, wenn er mit unterdrückter Nummer bei ihr anrief.

Die Sehnsucht nach Simon zerriss Franzi das Herz, doch sie musste stark bleiben. Wie sollte ihm sonst bewusst werden, wie tief er sie erneut verletzt hatte? Sie rätselte, wieso Simon an diesem Abend in München vor ihrer Wohnung gewartet hatte. Aus welchem Grund hatte er überraschend zu ihr gewollt?

»Peterchen, jetzt musst du mit mir vorlieb nehmen«, flüsterte Simon, während er den Esel sanft streichelte. »Ich Idiot habe unsere Franzi vergrault!«

Mit der rechten Hand griff er in seine Hosentasche und umklammerte das Kästchen, in dem sich ein Verlobungsring befand. »Diese Überraschung ging komplett nach hinten los«, grummelte er. Wie oft hatte er in den letzten Tagen das Schmuckstück betrachtet? Franzi, die erste Frau, die seinen eisernen Gefühlspanzer geöffnet hatte, die ihm bewiesen hatte, wie schön Liebe und Vertrauen sein konnten, zeigte ihm jetzt die kalte Schulter. Diese ihm bisher unbekannte, starke Seite an ihr verblüffte ihn, versetzte ihn aber auch in Unruhe. Er verstand Franzi, doch dass sie nicht auf seine Anrufe reagierte und den Brief ungelesen zurückschickte, ließ ihn verzweifeln.

Das Leben ohne sie kam ihm grau und trostlos vor. Einsam saß er im Astaller-Hof. Außerhalb seiner Arbeitszeit kreisten seine Gedanken nur darum, wie er Franzi dazu bewegen konnte, nach Dirnbach zurückzukehren. Klaglos betreute Simon die Tiere. Selbst die Ziegen zu melken hatte er gelernt. Die Arbeit lenkte ihn zwar ab, aber nicht genug, um das Gefühl der Verlassenheit vollkommen abschütteln zu können.

Um einem weiteren einsamen Abend zu entkommen, fuhr er zum Stammtisch beim »Schwanen«. Zu seiner Überraschung saß Mattes mit am Tisch. Als dieser Simon bemerkte, sprang er auf und streckte ihm beide Hände entgegen.

»Grüß Gott, Herr Doktor«, rief er vergnügt.

»Mattes«, sagte Simon. »Blendend schaust aus!«

»Ich bin dir so unendlich dankbar, du hast mir ein zweites, neues Leben geschenkt! Fast wäre ich g'storben, durch meine Verbitterung und meinen Hass. Jetzt geht es mir hervorragend. Ich hab' im Krankenhaus und in der Reha mit einem Seelendoktor gesprochen. Das hat mir Herz und Augen geöffnet.«

»Das freut mich ernsthaft«, lächelte Simon. »Du strahlst ja wahrhaftig vor Glück.«

»Ein bisserl getrübt ist es wieder«, raunte Mattes. »Die Gaststube schaut doch furchtbar aus. Viel zu modern! Dennoch scheinen sich die Gäste wohlzufühlen!«

»Mir gefällt es«, meinte Simon. »Die traditionelle Wandvertäfelung und die alte umlaufende Bank hat der Jakob doch äußerst geschmackvoll mit den neuen Möbeln kombiniert.«

Verschwörerisch legte Mattes seine Hand auf Simons Arm und raunte: »Komm mit, ich zeig' dir was!« Laut sagte er zu den anderen Gästen: »Der Herr Doktor und ich haben etwas zu besprechen, wir sind gleich zurück!«

Sie gingen in Mattes' Privaträume und er zog ein Bild aus seinem Geldbeutel. »Schau«, verkündete er beschwingt. »Das ist die Maria, die hab' ich in der Reha kennengelernt.«

Simon begutachtete das Foto. Eine gepflegte, freundlich lächelnde Dame, etwa im Alter von Mattes, blickte ihm entgegen.

»Eine heitere Person, bin völlig vernarrt in sie«, erklärte Mattes.

»Auf Freiersfüßen bewegst dich also?«, neckte ihn Simon. »Jetzt verstehe ich dein Strahlen erst.«

Mattes nickte. »Weiß sonst nur der Jakob, ich mag mich nicht von den anderen foppen lassen.«

Simon drohte ihm mit dem Zeigefinger. »Und deine junge Freundin in der Stadt, von der mir dein Sohn immer erzählt hat?«

Mattes prustete los: »Gab es nie! Den Bären habe ich Jakob nur aufgebunden, damit er sich mal anstrengt und endlich auch eine Frau heimbringt!«

Simon grinste und schüttelte den Kopf. »Du hast es faustdick hinter den Ohren!«

»Jetzt werde ich richtig solide!«, versprach Mattes. »Ich bin mit Maria übereingekommen, dass ich probeweise zur ihr nach Franken zieh'. Wenn es klappt mit uns beiden, geh' ich von Seehöfl weg. Bin dem Bub'n eh nur im Weg. Alt und Jung gehört nicht z'amm. Der will endlich sein eigener Herr sein und nicht jede Entscheidung vor mir rechtfertigen müssen. Bei der Wiederherstellung der Gaststube hätte es zwischen uns garantiert Streit gegeben. Solange ich hier bin, kann ich das Alte halt nicht loslassen.«

»Ich komme aus dem Staunen nicht mehr raus.« Simon seufzte. »Du bist ein vollkommen anderer Mensch.« Er zögerte einen Moment und fuhr fort: »Mattes, ich weiß, du hast die Vergangenheit hinter dir gelassen, aber ...«

Der alte Mann unterbrach ihn und fragte ernst: »Möchtet du etwas über deine Mutter wissen?«

Simon nickte. »Weißt du, wo sich aufgehalten hat, in der Woche, als sie verschwunden war?«

»Setz dich«, befahl Mattes. Er ging zum Schrank und holte ein Foto aus der Schublade, das er Simon hinhielt. »Dieses Bild ließen deine Mutter und ich anlässlich unserer Verlobung anfertigen. Aus tiefem Herzen hab' ich das Lieserl geliebt, deshalb hat es mich so unsagbar verletzt, als sie sich für deinen Vater entschieden hat.«

Simon fuhr mit einem Finger über das Gesicht der Mutter. »Wie schön sie auf dieser Fotografie ist«, murmelte er.

Mattes nickte. »Nicht nur äußerlich. Ihr freundliches und hilfsbereites Wesen machte es mir unmöglich, sie zu hassen, als sie mich verließ. Daher richtete ich meinen Zorn auf den Lenz. Jeden Sonntag in der

Kirch' sah ich das Lieserl. Wie sollte da mein Liebeskummer vergehen? Ich blieb lange alleine, weil ich gehofft habe, sie würde mit Lenz nicht glücklich werden und käme zu mir zurück. Nie werde ich vergessen, wie sie verzweifelt vor meiner Tür stand und mich um Hilfe bat.«

Simon presste die Lippen aufeinander und stöhnte auf: »Dann stimmt das Gerücht, dass du und meine Mutter …«

Mattes unterbrach ihn mit einer Handbewegung und fuhr fort: »›Mattes‹, sagte sie, ›ich weiß, es ist viel verlangt, aber ich habe sonst keinen Menschen auf dieser Welt, der mir helfen kann. Ich will unbedingt nach München ins Krankenhaus, begleitest du mich bitte?‹

›Lieserl‹, fragte ich, ›was fehlt dir denn?‹ Sie weinte, als sie mir erklärte: ›Ich möchte eine Hormonbehandlung machen, um endlich schwanger zu werden. An einem Tag ist alles erledigt. Heute Abend kann ich wieder daheim sein. Bitte, Mattes, mit dem Zug schaffe ich es nicht.‹

Ich liebte sie halt immer noch. Sie tat mir leid, und ich war wütend auf Lenz, der sie anscheinend massiv mit seinem Kinderwunsch unter Druck setzte. Im Krankenhaus gab es Komplikationen, und sie musste fast eine Woche bleiben.«

Simon schluckte: »Entstand daher das Gerücht, dass du mein Erzeuger sein könntest?«

Mattes nickte traurig. »Als ich das geschwächte Lieserl aus der Klinik abholte, bestand sie darauf, in Seehöfl am Marktplatz auszusteigen und mit dem Bus nach Dirnbach zu fahren. Da muss uns jemand zusammen gesehen haben. Bis heute weiß ich nicht, wer das Gerücht in die Welt gesetzt hat.«

»Wusste mein Vater von der Behandlung?«

Mattes schüttelte den Kopf. »Nein, sie erzählte mir einmal, dass sie lieber seine Anschuldigungen aushält, als ihm zu sagen, dass er ohne Hormonbehandlung keinen Sohn bekommen hätte.«

»Aber als es mit den beiden wegen der Eifersucht des Vaters auseinanderging – wieso hat sie da nichts gesagt?«

»Hat sie, Simon. Doch er hat ihr nicht geglaubt. Als sie ihn dann endgültig verlassen hatte, besuchte ich sie in München. Lieserl wollte alles, was mit Dirnbach zusammenhing, hinter sich lassen. Sie plante, mit dir nach Österreich zu ziehen und noch mal von vorne anzufangen. Als tüchtige Bedienung hatte sie bereits eine Anstellung in Aussicht.«

Simon stutzte. »Sie hat sich bemüht, das Sorgerecht für mich zu bekommen?«

»Wie eine Löwin hat sie darum gekämpft, dich zu sich zu holen.«

Simon stiegen Tränen in die Augen. »Ich dachte immer, sie ist einfach weggegangen, und es hat sie nicht interessierte, was aus mir geworden ist.«

Mattes drückte Simons Hand und sagte: »Ich schwöre dir, sie hat dich mehr geliebt als alles andere auf der Welt! Wenn Sie nicht gestorben wäre, hätte sie alles versucht, um dich nachzuholen.«

»Wie hast du von ihrem Tod erfahren?«, wollte Simon wissen.

»Wir telefonierten manchmal, und als ich sie länger nicht mehr erreicht hatte, fuhr ich zu ihrer Wohnung. Der Hausmeister hat mir erzählt, dass sie gestorben wäre.«

»Nicht mein Vater?«, fragte Simon erschüttert.

»Nein, Lenz schwieg, und als ich ihn zur Rede stellte, wurde er wütend. Er verlangte von mir, nicht über Lieserls Dahinscheiden zu sprechen. ›Das verkraftet mein Bub nicht. Erst geht die Mutter weg, dann ist sie tot. So eine Nachricht kann man einem Kind nicht zumuten‹, hat er damals zu mir gesagt.«

Simon schwieg. Rührung übermannte ihn, und Mattes ließ ihm Zeit, diese ganzen Informationen sacken zu lassen.

Mit heiserer, gebrochener Stimme brachte Simon hervor: »Mattes, du weißt ja gar nicht, was mir deine Schilderungen bedeuten. Jetzt kann ich wirklich ernsthaft versuchen, mit der Vergangenheit Frieden zu schließen.«

»Der Seelenfrieden ist sehr kostbar, wenn ein Mensch ihn besitzt«, stellte Mattes fest. »Ich weiß, wo sich das Grab deiner Mutter befindet. Wenn du magst, fahren wir zusammen hin.«

»Ja, gerne!«, willigte Simon ein.

»Lenz bezahlte offensichtlich die Grabpflege. Sooft ich ihre letzte Ruhestätte besucht habe, hat mich der ordentliche Zustand erstaunt und erfreut.«

Simon seufzte. »Vater! Es ist unglaublich! In seinem letztem Brief appellierte er an mich, mit Doktor Braun zu reden! Hast du eine Idee, wieso?«

Mattes schüttelte erstaunt den Kopf. »Ganz ehrlich, Simon, keine Ahnung.«

Kapitel 18

»Astaller Junior, na endlich!«, rief Doktor Braun begeistert, als Simon bei ihm anrief, um einen Termin für ein Gespräch zu vereinbaren. »Von mir aus können Sie sofort herkommen. Sie wissen ja, wo ich zu finden bin!«

Simon konnte ein amüsiertes Lächeln nicht unterdrücken, als er das Schild neben dem Eingang der Arztpraxis betrachtete. Der ehemals goldfarbene Farbton ließ sich nur noch erahnen. Ein Leukoplastband klebte waagerecht über den ursprünglichen Öffnungszeiten. Mit schwungvoller Schrift hatte man die jetzt gültigen Praxiszeiten darauf vermerkt. Er trat ein und fühlte sich sofort in seine Kindheit zurückversetzt. Die Räume schienen unverändert.

»Der gleiche Geruch«, murmelte er. Da ihn keine Sprechstundenhilfe empfing, ging er ins Wartezimmer. Wie oft hatte er als Bub angstvoll mit seinem Vater in diesem Raum gewartet? Durch die praktische, aber komplett dunkle Holztäfelung wirkte das Zimmer klein und düster. Abgegriffene Holzstühle aus stabiler Eiche und ein wackeliger Tisch verstärkten den Eindruck. Die beigefarbenen Gardinen aus grobem Material ließen kaum Tageslicht in den Raum. Er konnte sich auch an die vergilbte Schautafel erinnern, die an der Wand hing.

»Der menschliche Körper« stand über der farbigen Abbildung eines Skeletts. Ein bisschen schaurig hatte er als Junge diese Zeichnung gefunden, doch gleichzeitig war sie faszinierend gewesen. Daneben entdeckte er eine Nachricht, mit der man die Patienten aufforderte, ihre Krankenscheine am Anfang des Quartals abzugeben.

»Krankenscheine?«, gluckste Simon. »Die gibt es doch schon lange nicht mehr!«

An der gegenüberliegenden Wand hing ein Kreuz.

»Ja, schauen Sie sich in Ruhe um, Kollege Astaller!«, hörte er eine Stimme.

Simon reichte dem Mann die Hand. »Grüß Gott, Herr Doktor.« Trotz der eisgrauen Haare machte er einen vitalen Eindruck.

»Alles etwas in die Jahre gekommen, so wie ich!«, seufzte Doktor Braun und bat Simon ihm ins Sprechzimmer zu folgen.

Hier bot sich ein ähnlicher Anblick, was die Möbel betraf. Und – wie Simon mit kurzem Blick feststellte – auch im Hinblick auf die medizinischen Geräte.

»Meine Frau gängelt mich schon lange, dass ich endlich aufhören soll. Doch einen Nachfolger zu finden, ist im Moment nicht leicht. Einfach so im Stich lassen will ich meine Patienten aber auch nicht. Daher habe ich die Sprechzeiten an meine Arbeitskraft angepasst.«

»Ja, ich habe es gelesen«, schmunzelte Simon.

»Vor fast 40 Jahren habe ich die Praxis übernommen und genauso lange kenne ich Sie und Ihren Vater. Immer kürzer wurden die Zeiträume, in denen er zu mir gekommen ist. Allerlei Zippperlein haben ihn geplagt. Als ich ihm mein Leid klagte, dass ich nicht aufhören kann zu arbeiten, sagte er zu mir: »Doktor, mein Sohn ist auch Doktor, frag ihn doch!«

Simon lachte. »Doktor Braun, bitte duzen Sie mich. Von Ihnen habe ich meine erste Spritze bekommen, und meine panischen Schreie haben Sie sicher noch im Ohr.«

Doktor Braun schmunzelte und sagte: »Und ob ich mich erinnere, du hast mich in den Finger gebissen, dass er blutete. Also, Schluss mit dem Sie. Das gilt aber auch für dich, von Kollege zu Kollege!«

Simon ließ den Blick erneut durch das Sprechzimmer schweifen und bemerkte: »Ich finde es erstaunlich, dass sich in diesem Raum so wenig verändert hat.«

»Die Jahre sind nur so dahin gerannt«, sinnierte Doktor Braun nachdenklich. »Irgendwie fehlte immer die Zeit für eine grundlegende Modernisierung. Und später die Kraft. Daher habe ich deinen Vater ausgelacht, als er mir den Vorschlag gemacht hat, dich wegen der Praxisübernahme zu fragen.«

»Mein Vater ist auf diese Idee gekommen?«, wunderte sich Simon. »An was der alles gedacht hat!«

Der Doktor nickte. »Ich habe ihm erklärt, dass ich mir nicht vorstellen könnte, dass ein junger Arzt eine Landarztpraxis übernehmen wollte. Lenz ließ sich von dieser Überzeugung nicht abbringen und etwa einen Monat vor seinem Tod kam er in die Sprechstunde und legte mir dieses Kuvert auf den Tisch.«

Doktor Braun holte aus seinem Schreibtisch einen Umschlag.

»Mach auf!«, bat er.

Simon öffnete den Briefumschlag und fand einen Kontoauszug, der ein Guthaben von 50 000 Euro auswies.

»›Ich dachte so an 20 000 Euro als Ablöse für Ihre wohlgeführte Praxis, verehrter Doktor‹, sagte Lenz zu mir. ›Reden Sie mit Simon. Wenn er übernimmt, kann er mit den restlichen 30 000 Euro alles renovieren. Falls nicht, müssen Sie halt ohne Nachfolger zusperren, dann geht die gesamte Summe an den Tierschutzbund.‹«

Simon starrte den Doktor an und murmelte: »Der Vater! Das ist doch vollkommen verrückt!«

Doktor Braun lächelte. »Überleg es dir in aller Ruhe, lieber Kollege. Bis Jahresende mach ich weiter. Dann ist Schluss.«

Simon stand auf und verabschiedete sich. »Ich muss erst darüber nachdenken! Mit so etwas hätte ich ja niemals gerechnet. Ende der Woche rufe ich dich an.«

»Stopp!«, hielt ihn Doktor Braun zurück und griff in eine Schublade. Er reichte Simon einen grünen Lutscher. »Soweit ich mich erinnere, deine bevorzugte Farbe?!«

»Genau«, freute sich Simon. »Der Lutscher für manierliches Betragen! Toll, dass du das beibehalten hast!«

Mit zitternden Fingern tippte Simon eine Kurzmitteilung und schickte sie an Franzis Handy. Er schrieb: »Kannst du dir vorstellen, in meiner Hausarztpraxis als Sprechstundenhilfe zu arbeiten?«

Sie antwortete nicht. Zwei Stunden wartete er, dann stieg er ins Auto und fuhr nach München.

Er klingelte Sturm, doch Franzi öffnete nicht. Hilflos schaute er zu dem Fenster hoch. Es brannte kein Licht. Hoffnungsvoll ging er in das italienische Lokal. In der Tat sah er Franzi an einem Tisch sitzen. Sie unterhielt sich angeregt mit einem Mann. Simon spürte einen schmerzlichen Stich in seinem Herzen. Hatte sie sich bereits einem anderen zugewandt? Er beschloss, sich in sein Auto zu setzen, das er vor dem Restaurant geparkt hatte.

Wer ist der Bursche?, sinnierte Simon. Überrascht registrierte er, dass ihn keine Eifersucht quälte. Ein viel schmerzvolleres Gefühl stieg ihn ihm auf – die Angst, Franzis Liebe für immer verloren zu haben. Der bloße Gedanke daran schmerzte. Er ballte die Hände zu Fäusten.

»Reiß dich zusammen, Simon«, ermahnte er sich. Er stieg aus dem Wagen, als Franzi und ihr Begleiter aus dem Lokal traten.

»Simon«, flüsterte Franzi erschrocken.

»Guten Abend«, entgegnete er sanft.

Unsicher schaute sie ihn an. Als er schweigend stehen blieb, sagte sie: »Simon, darf ich dir meinen Vermieter, Herrn Probst, vorstellen?«

Franzis Herz klopfte bis zum Hals. Würde Simon ihr eine Szene machen? Sie starrte zu Boden. Mit Erstaunen nahm sie seine Antwort zur Kenntnis: »Astaller, es freut mich, Sie kennenzulernen.«

»Ich konnte mich heute Abend davon überzeugen, dass Ihre Freundin meine Wohnung äußerst pfleglich behandelt hat. Daher habe ich sie spontan zum Essen eingeladen«, erklärte Herr Probst. »Es ist spät geworden, Frau Obermair. Ich möchte mich jetzt verabschieden!«

»Danke für diesen angenehmen Abend, Herr Probst«, sagte Franzi und reichte ihm die Hand.

»Wir sehen uns zur Wohnungsübergabe«, meinte der Vermieter und winkte ein Taxi heran, das in diesem Augenblick die Straße entlangfuhr.

Schweigend standen sich Franzi und Simon gegenüber.

»Willst du jetzt gelobt werden, weil du mir dieses Mal keine Vorhaltungen gemacht hast?«, blaffte Franzi.

»Sternderl«, flüsterte Simon. »Ich vermisse dich, bitte verzeih mir und komm mit mir nach Hause! Ich habe mit Mattes gesprochen und versuche, mit der Vergangenheit meinen Frieden zu machen. Das Gefühl, ohne dich leben zu müssen, ist quälender als meine Eifersucht.«

Franzi bedachte ihn mit einem skeptischen Blick: »Ach, Simon, du hast mich so oft enttäuscht. Das tat mir jedes Mal unendlich weh.«

»Ich weiß Franzi, und es tut mir so unendlich von Herzen leid.«

Unschlüssig stand sie vor ihm und dachte an Lenz. Was soll ich tun? Wird er diesmal handeln, wie er es verspricht?, hielt sie innere Zwiesprache mit ihm. Du hockst in der ewigen Glückseligkeit und hast versprochen, auf mich aufzupassen!

Skeptisch blickte sie ins Simons zerknirschtes Gesicht, als sie ihn sagen hörte: »Schau! Es fängt an zu schneien!«

»Ich fasse es nicht!«, rief Franzi verblüfft und schaute zum Himmel, von dem dicke weiße Flocken zur Erde fielen.

»Lenz«, seufzte sie.

»Was?«, fragte Simon.

»Ach, schon gut«, antwortete Franzi lächelnd. »Komm mit in meine Wohnung, wir sollten uns aussprechen.«

Als der Morgen graute, hatten die beiden über alles gesprochen. Detailliert führte Simon aus, was Mattes ihm erzählt hatte, und Franzi erfuhr von dem Handel, den Lenz mit Doktor Braun einfädeln wollte.

Schließlich sagte sie: »Du brauchst wahrhaftig eine Sprechstundenhilfe. Als ich das gelesen habe, dachte ich, du machst einen Witz. Kommt es denn für dich überhaupt infrage, als Allgemeinmediziner zu arbeiten?«

Simon runzelte nachdenklich die Stirn. »Von dem Verkaufserlös des Astaller-Hofes wollte ich eigentlich in München eine Facharztpraxis eröffnen. Jetzt bietet sich mir die Chance, mich als praktischer Arzt niederzulassen.« Er seufzte. »Na ja, letztlich zwingt mich der Vater dazu.«

Franzi erwiderte nachdenklich: »In einem romantischen Kinofilm müsste ich jetzt zu dir sagen, dass ich auf mein ererbtes Wohnrecht verzichte und du so den Hof verkaufen kannst, nur um dir deinen lang ersehnten Lebenstraum erfüllen zu können.«

Simon grinste. »Und was sagst du nun im echten Leben?«

Franzi gab ihm einen Kuss. »Werde perfekter Landarzt und lass uns mit unseren angedachten Kindern auf dem Hof bleiben.«

Simon rief: »Und deswegen liebe ich dich, Sternderl, wegen deiner herrlich pragmatischen Art!«

»Deine Entscheidung!«, meinte Franzi. »Die Dirnbacher und Seehöfler wären sicher froh, dich als Nachfolger von Doktor Braun zu bekommen.«

»Das muss ich mir genau überlegen. Dazu brauche ich ein bisschen Zeit«, sagte Simon und zog Franzi in seine Arme. »Du würdest die Ordination übernehmen, oder?«

Sie lachte. »Ja. Doch das steht nicht zur Debatte. Du musst eine Entscheidung treffen. Wie sie auch ausfallen mag, ich stehe zu dir, das weißt du!«

»Heißt das, du vergibst mir und kommst mit nach Dirnbach zurück?«, fragte Simon hoffnungsvoll.

»Genau das wollte ich damit sagen!«

Franzi und Simon stapften durch die winterlich verschneite Landschaft. Cäsar schnüffelte begeistert im Schnee, und Franzi erzählte, wie Lenz sie damals mit einem Weihnachtsbaum überrascht hatte.

»Gut, dass du davon sprichst«, rief Simon. »Selbstverständlich brauchen wir für die Christnacht einen Tannenbaum! Gleich morgen ziehe ich ins Holz und schau, was ich für uns finde.«

»Ich bin so glücklich!« freute sich Franzi.

»Ich noch mehr!«, neckte Simon.

»Wenn ich mir jetzt endlich alle Fragen merken könnte, die ich für die Sachkundeprüfung brauche, wäre es perfekt!«, seufzte sie.

»Die liegt dir ja ganz schön schwer im Magen, was?«, fragte er.

»Ich wollte doch im Frühjahr die Tierpension neu eröffnen. Dazu muss ich jedoch diese Prüfung bestehen«, stöhnte sie. »Den praktischen Teil in einem Tierheim gilt es auch noch zu absolvieren.«

»Das wird schon«, tröstete sie Simon.

»Wann genau im Frühjahr willst du denn zur Prüfung gehen?«

»Keine Ahnung«, sagte Franzi. »Ich muss mich erst nach den Terminen erkundigen.

Franzi und Simon feierten ein ruhiges Weihnachtsfest mit einem festlich geschmückten Baum. Einer alten Tradition des Astaller-Hofes entsprechend, gab es geräucherte Weihnachtswürste. Vor der Christmette stellten sie eine Kerze an das Grab von Lenz. Ein heimeliges Gefühl umfing sie, als sie die Andacht in der heiligen Christnacht mit ihren Nachbarn feierten, die in der Stunde der Not so eng zusammengestanden hatten. Das erwähnte auch der Pfarrer in seiner Predigt und wünschte seiner Gemeinde ein friedvolles Weihnachtsfest.
Nach der heiligen Messe fuhren Franzi und Simon zu Melli und Sepp auf den Gniglhof. Dort reichte man die traditionelle Mettensuppe. Diese kräftige Rindfleischsuppe mit Nudeln, Gemüse und Würstchen brachte die nötige Wärme nach dem langen Aufenthalt in der ungeheizten Kirche.

Wie immer wurde Simon während der Feiertage im Krankenhaus zum Dienst eingeteilt.

»Das Los der ledigen Ärzte«, seufzte er. »Seit Jahren hatte ich an Weihnachten nicht mehr frei. Allein das ist ein Grund zum Heiraten!«

»Fällt dir vielleicht noch ein weiterer Beweggrund ein?«, scherzte Franzi.

Als er so tat, als müsste er überlegen, fing er sich einen Rippenstoß ein. »Aua. Aber die Steuerersparnis darf man nicht außer Acht lassen!«, lachte er.

»Simon!«, warnte Franzi grinsend.

»Wir könnten auch heiraten, weil ich dich liebe und mit dir alt werden möchte«, verkündete er.

»Ist das jetzt ein Antrag?«, wollte Franzi wissen.

Er küsste sie zärtlich und hauchte: »Exakt!«

»Auch wenn ich mir das in meinen frühen Mädchenträumen viel romantischer vorgestellt habe, sage ich mit Freuden ja«, erklärte Franzi.

Schnell holte er den Ring, den er schon so lange mit sich herumtragen hatte, und steckte ihn Franzi an den Finger. »Jetzt sind wir verlobt«, stellte er feierlich fest.

»Du liebe Güte«, bemerkte Franzi, »was für ein riesiger Stein!«

»Das ist ein Brillant«, erklärte Simon. »Ich dachte mir: große Liebe – großer Stein!«

Franzi lachte. »Das klingt wie die Werbung aus einem Schmuckgeschäft.«

Simon wirbelte sie im Kreis herum und rief: »Richtig erkannt, der Juwelier wirbt mit diesem simplen Spruch! Ich muss leider los jetzt! Wir köpfen eine Flasche Sekt, wenn ich vom Dienst zurück bin! Sternderl, du machst mich zum glücklichsten Mann unter der Sonne!«

Kapitel 19

»Fertig!«, rief Simon. »Sternderl, komm und schau's dir an.«

Franzi lief aus dem Haus und freute sich: »Doktor Astaller, wir haben es geschafft!«

Arm in Arm standen sie vor dem nagelneuen Schild, das Simon soeben angeschraubt hatte. Dort war zu lesen: *Doktor med. Simon Astaller, Arzt für Allgemeinmedizin, Sprechzeiten: Montag–Freitag von 8–12 Uhr und 15–18 Uhr.*

»Ich bin stolz auf dich«, sagte Franzi und gab ihm einen Kuss.

»Und ich auf dich!«, rief Simon. »Ohne deine Hilfe hätte ich die aufwendige Renovierung der Räume niemals geschafft! Manchmal kann ich es selber nicht glauben, wie reibungslos alles funktioniert hat.«

Franzi nickte: »Fühlt sich dein Entschluss, Doktor Braun abzulösen, noch richtig an?«

»Auf jeden Fall«, bestätigte Simon. »Ich freue mich darauf, wenn es dann endlich losgeht.«

»Wir sind schneller fertig geworden als gedacht«, sagte Franzi. »Du könntest die Praxis bereits früher aufmachen.«

Simon schüttelte den Kopf. »Nein, mein Sternderl, das tue ich nicht. Von Februar bis April haben wir die Räume renoviert, und ich arbeitete ja noch im Krankenhaus. Und der ganze Aufwand mit den neuen Möbeln für den Astaller-Hof, und an den Ärger mit der Einbauküche will ich mich gar nicht mehr erinnern! Jetzt sollte ich das tun, was ich meinen Patienten immer gerne rate: ein bisschen Luft holen und entspannen, bevor ich mich dann in die neue Aufgabe stürze. Die Einladungen zur Einweihungsfeier am 1. Juni sind verschickt, und an diesem Tag werde ich die Ordination auch in Betrieb nehmen.«

»Ordination!«, feixte Franzi. »Doktor Astaller, das klingt unheimlich vornehm. Aber du hast recht«, bestätigte Franzi. »Ein bisschen Urlaub wäre fabelhaft.«

Er lachte glücklich. »Siehst du, das dachte ich auch. Was hältst du davon, wenn wir nach Büsum fahren?«

Franzi schaute ihn ratlos an. »Büsum?« Sie überlegte. »Gehört habe ich das schon mal, wo ist das?«

Simon wirbelte sie herum und rief: »An der Nordsee, Sternderl!«

»Wie kommst du denn ausgerechnet auf diesen Ort?«, wollte Franzi wissen. »Ich habe überhaupt keine Vorstellung von der Gegend da.«

»Eine Fortbildungsveranstaltung für Ärzte hat dort mal stattgefunden. Das ist ein reizender Ort mit allerbestem Klima und einem einzigartigen Wattenmeer!«, lockte er.

»Und die Tiere?«, erkundigte sich Franzi.

»Ich habe schon bei Melli und Sepp angefragt. Sie haben sich bereit erklärt, Cäsar und die anderen Tiere zu versorgen.«

»Na, dann fahren wir«, rief Franzi. »So schnell wird sich keine Gelegenheit mehr zu einer Reise ergeben.«

Simon bückte sich und hob das alte Praxisschild auf. »Lass uns zu Doktor Braun gehen, vielleicht will er das Schild ja zur Erinnerung behalten.«

»Aber kann ich denn ohne meinen Personalausweis überhaupt verreisen?«, fragte Franzi nervös. »Ich verstehe nicht, wo der hingekommen ist. Ich habe die Wohnung schon zweimal auf den Kopf gestellt. Er ist nicht da! Möglicherweise habe ich ihn doch verloren.«

»Sicher nur verlegt, der taucht bestimmt bald wieder auf«, beschwichtigte Simon. »Und innerhalb Deutschlands kannst du dich unbesorgt ohne Ausweis bewegen.«

Franzi ging noch mal durchs Haus und verabschiedete sich dann von Melli. Sie knuddelte ihren Cäsar, der mehrfach erfolglos versucht hatte, ins Auto einzusteigen, und die Fahrt ging los.

»Tausend Kilometer«, rief Franzi. »Echt weit!«

»Aber es lohnt sich«, beschwichtigte sie Simon. »Außerdem habe ich eine Zwischenübernachtung eingeplant, damit es nicht zu anstrengend wird.«

Kapitel 20

»Wir sind da!«, freute sich Franzi und sprang schnell aus dem Auto.

»Die Luft schmeckt nach Salz«, stellte sie erstaunt fest, als Simon die Koffer in die Ferienwohnung schleppte.

»Willst du dich etwas ausruhen oder gleich den Ort anschauen?«, fragte Simon.

»Ich habe einen Bärenhunger«, rief Franzi. »Lass uns sofort losgehen!«

Sie fanden ein gemütliches Lokal und bestellten das Krabbengericht, für das die Gemeinde berühmt war. Im Anschluss bummelten sie durch die Fußgängerzone.

»Ich habe mir den Ort gar nicht so groß vorgestellt!«, bemerkte Franzi verwundert. »Schau mal, die Reetdach-Häuser – und die kleine Kirche dort ist wunderschön!«

»Lass uns zum Strand gehen«, schlug Simon vor.

»Wow!«, rief Franzi. »Also in Griechenland und in Italien ist das Meer vollkommen anders als hier. Erstaunlich!«

Sie zog die Schuhe aus und steckte eine Zehenspitze in die Nordsee, um gleich darauf erschrocken zu kreischen: »Brrr, eiskalt!«

Simon lachte, nahm ihre Hand und fragte: »Na, noch genug Kraft für einen Strandspaziergang?«

Franzi nickte, sie gingen den breiten Küstenstreifen entlang und genossen die herrlich frische Meeresbrise.

»Ich habe tief und fest geschlafen«, erklärte Franzi am nächsten Morgen. »Die Erholung hat bereits begonnen!«

Simon lachte. »Das freut mich! Ich gehe los und hole uns Semmeln zum Frühstück. Soll ich sonst noch etwas besorgen?«

»Frische Milch«, bat Franzi. »Marmelade hab' ich von zu Hause mitgenommen!«

Franzi saß bereits am hübsch gedeckten Frühstückstisch, als Simon zurückkam. Der Duft von frisch gebrühtem Kaffee erfüllte die Wohnung.

»Die Semmeln heißen hier Brötchen«, berichtete er. »Aber die Verkäuferin hat trotzdem verstanden, was ich kaufen wollte. Neben dem Bäcker ist ein Modegeschäft, da habe ich ein traumhaftes Kleid für dich entdeckt. Ich bin mir sicher, dass es dir fabelhaft steht, da gehen wir nachher hin!«

»Du interessierst du dich für Mode?«, gluckste Franzi verblüfft.

»Du musst dieses sensationelle Kleid probieren«, schwärmte Simon und ging nicht auf ihre Frage ein. »Wenn es dir gefällt, schenke ich es dir.«

Kurz darauf drehte sich Franzi vor dem Spiegel in der Umkleidekabine der Boutique hin und her. »Fabelhaft!«, rief Simon.

»Sie haben recht«, bestätigte die Verkäuferin. »Der hellblaue Stoff harmoniert perfekt mit der

Augenfarbe Ihrer Frau. Das Kleid sitzt hervorragend.«

»Stimmt«, bejahte Franzi. »Ich finde es auch ganz großartig!«

»Gekauft!«, freute sich Simon. »Ich bestehe darauf, es dir zu schenken. Bitte nimm es als Zeichen meiner Dankbarkeit. Ohne deine außerordentliche Hilfe hätte ich das alles nicht geschafft.«

Franzi gab ihm einen Kuss. »Wenn du es unbedingt willst, sage ich, dankeschön, mein Schatz!«

Am nächsten Morgen erwartete sie ein strahlend blauer Himmel, es war schon angenehm warm, und Simon schlug vor, am Nachmittag zum Konzert des Kurorchesters zu gehen.

»Wir machen uns richtig schick«, schlug er vor. »Du kannst dein Kleid einweihen, und für mich wird sich sicher auch etwas finden lassen. Ich will schließlich gut aussehen neben dir!«

Franzi antwortete skeptisch: »Wie? Zu einem Kurkonzert? Wir zwei? Denkst du, das passt zu uns?«

»Das wissen wir erst, wenn wir dort waren«, entgegnete er. »Sag mal, mein Sternderl, magst du nicht heute Mittag zum Friseur gehen? Lass dich doch mal komplett verwöhnen!«

»Was gefällt dir denn an meinen Haaren nicht?«, fragte sie pikiert.

Er grinste: »Wie oft hab' ich dir zugeschaut, wenn du selbst daran rumgeschnippelt hast?«

»Stimmt«, sagte Franzi, und um ihn zu foppen, stellte sie fest: »Dann lasse ich meine Haare wieder raspelkurz schneiden.«

»Sternderl!«, rief Simon.

Franzi kugelte sich vor Lachen über sein entsetztes Gesicht. »Keine Panik«, beschwichtigte sie ihn. »Sie bleiben länger. Mir gefällt das auch besser. Hoffentlich bekomme ich kurzfristig einen Termin.«

»Ich habe für dich schon einen vereinbart«, gestand Simon.

»Na, du bist mir ja einer!«, neckte ihn Franzi. »Willst mich wohl runderneuern. Erst das Kleid, nun der Friseur. Ich bin gespannt, was du noch alles an unerwarteten Dingen auf Lager hast!«

Simon, du alter Gauner!, dachte Franzi, als zu ihrer Überraschung auch eine Kosmetikerin beim Friseur auftauchte, die ihr ein Tages-Make-up auflegte.

Simon überhäufte sie mit Komplimenten, als er sie im Salon abholte. Nach einem kleinen Imbiss gingen sie in die Ferienwohnung und Franzi zog das neue Kleid an. Als sie ins Wohnzimmer kam, stand er in einem vornehmen dunklen Anzug vor ihr.

»Wo hast du denn diesen edlen Zwirn her?«, feixte Franzi verwundert.«

»Gefall ich dir?«, wollte er wissen.

Sie nickte begeistert.

»Heute Morgen gekauft, erklärte er. »Ich will doch neben meinem herausgeputzten Sternderl flott aussehen.«

Sie machten sich zu Fuß auf den Weg ins Gästezentrum und kamen an dem kleinen Gotteshaus in der Ortsmitte vorbei.

»Ich habe gelesen, dass die St.-Clemens-Kirche früher bei Sturmfluten für die Bevölkerung als Zufluchtsstätte diente«, sagte Franzi.

Simon raunte: »So wie du meine bist, Sternderl. Magst du immer noch meine Frau werden?«

Franzi rief freudestrahlend: »Simon, das weißt du doch, natürlich möchte ich dich heiraten!«

Simon gab ihr einen Kuss und erkundigte sich mit einem verschmitzten Lächeln: »Hier und jetzt?«

»Wieso?«, fragte Franzi verwirrt.

Simon schmunzelte. »Erinnerst du dich an meinen Heiratsantrag? Du wolltest mehr Romantik. Die sollst du bekommen! Ich habe heimlich das Aufgebot bestellt und einen Termin vereinbart.« Er schaute auf seine Armbanduhr. »Wenn du möchtest, könntest du in genau 27 Minuten meine Ehefrau werden.«

Gerührt und überglücklich fiel ihm Franzi um den Hals und küsste ihn.

»Ach daher der Friseur, die Kosmetikerin und das elegante Kleid!«, rief sie.

»Klar«, grinste er. »Wir wollen doch auf unseren Hochzeitsbildern tadellos aussehen, oder? Ich habe einen Fotografen bestellt, der ins Standesamt kommen wird. Die gesamte Zeremonie wird gefilmt, damit wir zu Hause etwas vorzeigen können!«

»Du bist ja ein Organisationstalent«, sagte Franzi beeindruckt.

»Nein!«, rief Simon plötzlich. »Ich Dödel, du brauchst unbedingt einen Brautstrauß. Setz dich bitte auf die Bank, ich komme sofort zurück. Das Standesamt ist im Rathaus, das ist das Gebäude neben der Kirche.«

Nach wenigen Minuten stand er wieder vor ihr.

»Das ging aber schnell!«, stellte sie fest.

»Vorbestellt hatte ich ihn ja bereits«, sagte Simon. »Künftig werde ich auch nicht mehr so lange zum Semmelholen brauchen.« Er wickelte die Blumen aus dem Papier. »Ich hoffe, ich habe deinen Geschmack getroffen!«

»Meine Lieblingsblumen! Woher weißt du, wie sehr ich Maiglöckchen mag?«

»Du hast es irgendwann einmal erwähnt.«

»Wie wunderschön die hellen Rosen dazu gebunden sind«, flüsterte Franzi gerührt. »Gleich fange ich an zu weinen.«

»Heb dir das für die Trauung auf«, riet Simon pragmatisch und nahm ihre Hand.

»Komm, es wird Zeit!«

Sie erledigten alle Formalitäten, und dann schritt Franzi an Simons Arm ins Trauzimmer. Jetzt verstand sie auch, wieso sie ihren Personalausweis nicht mehr gefunden hatte. Simon brauchte ihn, um die Anmeldung zur Eheschließung durchführen zu können. Bevor der Standesbeamte die Zeremonie vornahm, sprach er ein paar Worte. Er äußerte sich anerkennend über Simons außergewöhnliche Idee und wies darauf hin, dass es einen erheblichen Aufwand und viel Mühe koste, alle Papiere und Genehmigungen zu beschaffen.

»Investieren Sie in Ihre Ehe ebenso viel Energie und Kraft und bewahren Sie sich in schwierigen Zeiten die Erinnerung an diesen besonderen Tag!«, riet er und fragte dann, ob sie im Anschluss an die Trauungszeremonie Ringe tauschen wollten.

»Nein, ich …«, sagte Simon an Franzi gewandt, »… ich habe extra keine Eheringe gekauft, weil ich fand, dass wir sie gemeinsam aussuchen sollten. Den Ringtausch heben wir uns für die kirchliche Hochzeit auf. Wir wollen doch den Bund fürs Leben auch vor Gott bezeugen und um seinen Segen bitten, oder?«

»Ja, das wäre großartig!«, gab Franzi zurück.

Der Standesbeamte bat sie nun aufzustehen und fragte: »Frau Franziska Diana Obermair, wollen Sie mit dem hier anwesenden Doktor Simon Lorenz Astaller die Ehe eingehen, dann antworten Sie bitte mit ›Ja‹.«

Franzi konnte vor Ergriffenheit kaum sprechen und hauchte: »Ja.«

Der Beamte stellte Simon die gleiche Frage. Der Bräutigam, dem man seine Rührung ebenfalls anmerkte, musste sich erst räuspern, bevor er sein Jawort hervorbrachte.

»Dann erkläre ich hiermit, dass Sie nunmehr Kraft des Gesetzes rechtmäßig verbundene Eheleute sind.«

Franzi und Simon schauten sich unsicher an, und der Standesbeamte bemerkte freundlich: »Wie heißt es in Liebesfilmen an dieser Stelle – Sie dürfen die Braut jetzt küssen!«

Franzi lachte fröhlich und gab Simon einen dicken, langen Kuss.

»Das ist der glücklichste Tag meines Lebens!«, rief sie, als sie aus dem Trauzimmer gingen.

»Und viele weitere werden folgen!«, versprach Simon.

Als sie vor das Gebäude traten, stand eine Kutsche mit zwei weißen Pferden vor der Tür.

»Nein, ich glaube es nicht!«, kreischte Franzi.

»Ist das jetzt Romantik genug?«, fragte Simon ironisch. »Komm, ich helfe dir beim Einsteigen!«

»Es ist traumhaft, ich kann es gar nicht fassen«, flüsterte Franzi, als sie aneinandergekuschelt in der Kutsche saßen. »Du hast wirklich an alles gedacht!«

Nach einer ausgiebigen Fahrt durch den Ort und am Strand entlang stoppte der Kutscher vor einem urigen Lokal. Dort hatte Simon ein fünf-Gänge-Menü bestellt. Leider konnte Franzi vor Glück und Aufregung nicht viel essen.

Den glanzvollen Abschluss des Tages bildete eine Übernachtung in der Hochzeitssuite des Hotels. Am Morgen bekamen Simon und Franzi dann auch noch ein exklusives Frühstück ans Bett serviert.

Froh gestimmt, genoss das frisch vermählte Paar noch eine Woche Zweisamkeit und kam gut erholt heim nach Dirnbach.

Kapitel 21

In Seehöfl freute man sich über die Rückkehr eines Storchenpaares, das sein Nest auf dem Kirchturm erneut in Besitz nahm.

»Was für ein Zufall, dass ausgerechnet heute die Störche ihr Nest beziehen. Erst Anfang Juni! So spät sind sie noch nie gekommen! Das bringt bestimmt Glück«, meinte Sepp. Er hatte sich wie auch Melli und Lena mächtig in Schale geworfen, um die Wiedereröffnung der Praxis von Doktor Simon Astaller zu feiern. Und wie Franzi es vorhergesehen hatte, freuten sich alle von Herzen, dass die Nachfolge von Doktor Braun jemand aus ihrem Umfeld übernahm.

Die frisch renovieren Praxisräume, die eine Runderneuerung bekommen hatten, lösten allgemeine Begeisterung aus. Verblüfft stand Doktor Braun im Wartezimmer.

»Wie hell es hier ist, ohne das ganze Holz«, lobte er. »Das Sprechzimmer ist ebenfalls sehr geschmackvoll und ansprechend eingerichtet. Herr Kollege, dein Vater wäre mächtig stolz auf dich.«

Simon nickte gerührt. »Davon bin ich überzeugt. Es ist erstaunlich, wie genau mich mein Vater kannte. Das hätte ich nicht vermutet.«

Franzi lachte. »Ja, es ist beachtlich, wie Lenz über den Tod hinaus unser Leben beeinflusst.«

Melli trat hinzu, legte mit einer zärtlichen Geste eine Hand auf Franzis Bauch und raunte: »Auf sein erstes Enkelkind hätte er sich mit uns bestimmt auch gefreut!«

»Ja«, bestätigte Franzi. »Ist das nicht verrückt, vor lauter Renovierungsarbeiten hab' ich gar nicht gemerkt, dass ich schwanger bin. Die Frauenärztin meinte, ich bin schon im vierten Monat.«

»Was wünschst du dir denn? Ein Mädel oder einen Buben?«, wollte Lena wissen.

»Vollkommen egal«, meinte Franzi. »Hauptsache, es ist gesund!«

»Genau«, rief eine männliche Stimme. »Lasst den Patenonkel gratulieren!« Jakob drängelte sich an den anderen Gästen vorbei und gab Franzi einen Kuss auf die Wange. Mit stolz geschwellter Brust sagte er zu Melli: »Ich darf Taufpate sein, ist das nicht grandios?«

Melli neckte: »Kannst ja das Windelnwechseln üben, bis dein eigenes Buzerl kommt.«

»Julie, hier bin ich, komm her«, rief Jakob. Eine dunkelhaarige Frau trat zu ihnen und grinste. »Hab's g'hört, Melli, aber ein wenig müsst ihr mir noch Zeit geben.«

Jakob küsste sie zärtlich. »Das Üben macht auch viel Spaß, oder?«

»Jakob!«, mahnte Julie und lachte.

»Lass dir von dem frechen Kerl nichts gefallen«, mischte sich Mattes plötzlich ein.

»Was für eine Ehre«, rief Simon. »Das freut mich aber ganz besonders, dass du extra angereist bist, Mattes!«

»Muss doch nach dem Rechten schauen in der alten Heimat«, feixte Mattes, der inzwischen glücklich bei seiner Lebensgefährtin in Franken wohnte.

»Franzi, du trinkst Wasser, oder?«, erkundigte sich Jakob fürsorglich, als er von einem Tablett ein Glas Sekt nahm.

»Selbstverständlich«, bestätigte sie grinsend. »Als Ehefrau eines Arztes!«

Mattes lachte: »Wie? Ehefrau? Ist mir das etwas entgangen? Hab' ich etwa im fernen Franken eine Hochzeit verpasst?«

Franzi lächelte glücklich. »Ja, Herr Stettner, aber die standesamtliche Trauung fand unter Ausschluss der Öffentlichkeit statt.«

»Schluss mit dem ›Sie‹«, bestimmte er. »Ich bin der Mattes, und jetzt erzählt, wann habt ihr den Bund fürs Leben geschlossen?«

Franzi schilderte ihm, wie es Simon gelungen war, sie zu überraschen.

»Er hat es ja sogar geschafft, mich den ›Antrag zur Eheschließung‹ unterschreiben zu lassen, ohne dass ich es gemerkt habe!«

»Früher nannte man es, ›das Aufgebot bestellen‹«, warf Mattes ein. »Und wie hat er dich dazu gekriegte, diesen furchtbar umständlich formulierten Zettel zu unterzeichnen?«

Franzi stutzte und fragte dann lachend: »Woher weißt du denn, dass das Formular auf Beamtendeutsch ist?«

»Na ja, meine Maria und ich ...«, murmelte Mattes. »Herrschaftszeiten, jetzt hab' ich mich verplappert. Das ist doch noch geheim!«

Franzi hob die Finger zum Schwur: »Ich verrate nichts – versprochen! Nun verstehe ich, wieso du dich so für unsere Trauung interessierst. Planst du auch eine Überraschung?«

»Ja, so langsam reift in mir eine Idee«, bestätigte ihr Mattes. »Ihr kriegt rechtzeitig eine Einladung. Ehrlich, es freut mich für euch, dass ihr glücklich seid! Ich hoffe, dass Jakob seine Julie auch bald zum Traualtar führt. Sie passen perfekt zusammen. Eine patente Person, die ihn im Gasthof ausgezeichnet unterstützen wird. Und du? Wirst du als Sprechstundenhilfe in der Praxis mitarbeiten?«

»Nein. Im März habe ich die Sachkundeprüfung und die Praxisübung im Tierheim bestanden. Ich werde im nächsten Monat die Tierpension wieder eröffnen und weiter für das Steuerbüro tätig sein.«

»Ist das nicht viel zu viel Arbeit, wenn jetzt auch noch ein Buzerl kommt?«, fragte Mattes.

»Zur Unterstützung habe ich einen Rentner gefunden, der als Helfer stundenweise einspringt und nach Bedarf da sein kann«, antwortete Franzi. »Und was die Praxis betrifft … Die Rimmel-Julia aus Seehöfl hat soeben ihre Ausbildung zur Arzthelferin abgeschlossen und wird Simon künftig bei seiner Arbeit unterstützen.«

Sie hörten, wie Simon gegen sein Sektglas klopfte. Als die Gespräche langsam verstummten, sagte er: »Danke für euer zahlreiches Erscheinen! Nächste Woche nimmt die Arztpraxis ihren Betrieb auf. Die Öffnungszeiten stehen draußen auf dem Schild. Franzi und ich fühlen uns hier sehr wohl und werden bald Eltern sein. Sobald das Kind das Licht er Welt erblickt hat, erbitten wir Gottes Segen für unsere Ehe.« Er wandte sich an den Pfarrer, der die Segnung der Praxisräume vornehmen würde. »Muss ja kein Brautkleid sein, es gibt ja auch festliche Dirndl.«

Der Pfarrer nickte verständnisvoll lächelnd und sagte dann: »Es darf auch ein weißes Kleid sein, so streng wie früher wird das heute nicht mehr gehandhabt.«

Simon fuhr fort: »Gefeiert wird im Gasthaus ›Zum Schwanen‹ und die hier Anwesenden sind schon jetzt herzlichst eingeladen. Die standesamtliche Trauung hat ja bereits stattgefunden, damit alles seine Ordnung hat.«

Hochrufe ertönten, und Simon sagte: »Lasst uns nun anstoßen und auf all die erfreulichen Ereignisse trinken.«

Spät am Abend machten sich Franzi und Simon auf den Heimweg.

»Morgen will ich unbedingt in der Marienkapelle ein Kerzerl anzünden«, kündigte Franzi an. »Ich habe die Muttergottes um Unterstützung gebeten. Und sie hat mir geholfen! Bald werde ich selbst Mama sein, habe einen liebevollen Mann an meiner Seite und darf in einer traumhaften Gegend auf einem ansehnlichen Bauernhof leben.«

Langsam tastete Simon nach Franzis Hand und drückte sie zärtlich. Die Sterne leuchteten und eine helle Sternschnuppe fiel vom Himmel.